EVA KLINGLER

TRÜGERISCHER SCHATTEN

BADEN-KRIMI

LAUINGER VERLAG

Anmerkung der Autorin:

Handlung und Personen in dieser Geschichte sind frei erfunden. Ähnlichkeiten mit real existierenden oder auch bereits verstorbenen Personen sind daher rein zufällig.

Die deutsche Nationalbibliothek verzeichnet diese Publikation in der Deutschen Nationalbibliografie; detaillierte bibliografische Daten sind im Internet unter www.dnb.de abrufbar.

Projektmanagement & Lektorat: Julia Barisic
Korrektorat & Satz: Beatrice Hildebrand
Umschlaggestaltung: Sonia Lauinger
Umschlagabbildung:
Frau: Muna Nazak | Trevillion Images
Mauer Rückseite: Designed by Freepik.com
Druck: Printed in EU

ISBN: 978-3-7650-8815-5

Dieser Titel erscheint auch als E-Book:
ISBN: 978-3-7650-2145-9

www.lauinger-verlag.de
www.derkleinebuchverlag.de
www.facebook.com/DerKleineBuchVerlag

PROLOG

In Deutschland gibt es mehr als 6000 Museen, darunter etwa 660 Kunstmuseen. Laut neueren Forschungen betrachtet ein Museumsbesucher ein einzelnes Objekt im Durchschnitt elf Sekunden lang. Bedenkt man dies, war es ungewöhnlich, dass ich mir das Bild neben meinem Bett deutlich länger ansah. So lange, bis in ihm nach und nach eine alte Schuld sichtbar wurde.

****

Erst hatte sie nicht mitgehen wollen. Es war schon Herbst, und die Tage wurden empfindlich kühl. Doch es tat ihr gut, sich wieder unbeschwert in der Natur zu bewegen. Den Körper anzustrengen, so wie früher, um sich lebendig zu fühlen. Nicht nur rennen, um der allgegenwärtigen Angst zu entfliehen oder sich in einem Kellerloch zu verstecken.

Dieser Ausflug war, so betrachtet, ein kleiner Luxus.

Den Sport hatte sie vermisst in all den dürren und schrecklichen Jahren, die hinter ihr lagen. Sie war aber noch nicht so stark wie früher.

Ich muss mehr essen, dachte sie. Wenn sich alles beruhigt, werde ich auch überlegen, wie es mit *ihr* weitergehen soll. Jetzt war *sie* freundlich. Weil *sie* Angst hatte. Jetzt hatte *sie* tausend Erklärungen. Es sei ihr Mann gewesen, nicht *sie*. Nun, das konnte man glauben, musste man aber nicht. Doch Rache war das Privileg Gottes oder der Vorsehung.

Sie könnte Gnade walten lassen.

Weiter ging sie auf ihrem Weg. Kleine Steinchen knirschten unter ihren Schuhen. In dem Moment spürte sie hinter sich eine Bewegung. Drehte sich um. Sah in ein vertrautes Augenpaar, in dem sie Mordlust und Entschlossenheit wahrnahm. Und sie wusste, dass sie nun sterben würde. Eigentlich hätte ich es mir denken können, dachte sie, kurz bevor der Schmerz ihren Körper zerriss.

****

Er würde sich das Leben nehmen, denn mit der Schuld konnte er nicht mehr länger leben. Und diese Schuld war viel größer, als er gedacht hatte. Er war sowieso nicht mehr jung, es blieb ihm nicht mehr viel Zeit.
Sie hatten alles beschmutzt, hatten mit dem Bösen einen Pakt geschlossen, und der hatte sich jetzt, viele Jahre später, gerächt.
Er würde sich vergiften und hoffte, es würde schnell gehen. Da er allein lebte und allein war, würde ihn niemand finden, um zu retten, was nicht mehr zu retten war.
Schon seit Langem hatte er das Mittel zu Hause. Es würde nicht schön sein, aber auch nicht blutig und unappetitlich. Er hatte immer Wert auf Ästhetik gelegt. Deshalb hatte er sie ja auch so geliebt. Wegen ihrer Grazie und ihrer Schönheit.
Der Becher stand bereit.
Dann klingelte es an der Wohnungstür. Lohnte es sich noch aufzumachen?
Leise schlich er zum Spion und lugte hinaus. Diese Person schon wieder. Was wollte sie hier? Sie war doch an allem schuld. Ohne ihre Schnüffeleien wäre die Sache niemals herausgekommen.
Er atmete leise.
Sie sollte verschwinden. Doch die Gestalt ging nicht weg. Wie durch ein schwankendes Brennglas wurde ihr verzerrtes Gesicht größer und kleiner, je nachdem, wie nahe sie der Tür kam.

Sie klingelte noch einmal.
Er machte auf. Nur einen Spalt, doch wie stets kam die Person unaufgefordert herein. Und dann sprach diese Frau und sprach immer weiter. Verkündete Ungeheuerliches. Kaum verstand er, was sie da sagte. In der Küche stand doch schon der Becher mit den vielen aufgelösten Schlaftabletten. Alles war bereit. Diese neugierige Person störte ihn bei dem, was er vorhatte.
Dann holte sie ein Foto heraus und ...
... nichts mehr war wie zuvor. Er ging in die Küche, mit Tränen in den Augen, und goss den Becher mit der milchigen Flüssigkeit aus.
Es gab nun einen Grund zum Leben.

EINS

Ich war krank. Ich war krank und fühlte mich einfach nur elend. Die grau-blonde Ärztin, die mir meine langjährige Freundin Felicitas Mänzer vermittelt hatte, meinte lakonisch: »Frau Mainhardt, es ist Ihre Psyche, die Sie nicht auf die Füße kommen lässt.«

Nicht gerade eine bahnbrechende medizinische Erkenntnis. Ich habe schließlich meinen Freund verloren – meinen Gefährten, meinen Geliebten. Und mit ihm meine Zukunft.

Oliver. In Irland geboren und Halbbruder meiner einstigen großen Liebe, Kriminalkommissar Melchior Oberst. Ja, genau der, der damals überraschend meine Freundin und Kollegin Elfie geheiratet hatte und nicht mich. Nachdem ich die beiden eine Weile lang gehasst hatte, waren wir uns zum Schluss wieder nähergekommen ... Letztendlich war das schmucke Pärchen nach Konstanz gezogen, wo es Verbrecher rund um den Bodensee jagte.

Natürlich hatten wir uns nach der Katastrophe um Oliver, die auch Melchior zugesetzt hatte, öfters gesehen. Am Anfang hatten wir täglich telefoniert, doch nun war der Alltag eingekehrt, in dem mein Geliebter nur noch als Erinnerung in unseren gelegentlichen Gesprächen weiterlebte.

Manchmal schickten die beiden mir eine SMS, die sie hübsch mit einem Smiley garnierten: *Hoffen, es geht dir einigermaßen. Kopf hoch. Auch wir denken oft an ihn. Melchior und Elfie.*

Oh, Oliver. Liebevoller Vater von Kelly, meiner Beinahe-Stieftochter. Oliver, der manchmal schwermütig, meistens aber lustig gewesen war und fast immer sexy. Ja, das auch, und ich hatte es wirklich genossen.

Nach einer Reihe von traurigen und manchmal peinlichen Fehlversuchen war Oliver der erste Mann gewesen, mit dem es noch einmal hätte klappen können. Wer nämlich gemeinsam einen Fachwerkhauswinter im nasskalten Kleinstädtchen Sélestat, einem eher industriell geprägten Ort kurz vor Colmar im südlichen Elsass, überstand, der musste sich schon was zu sagen haben!
Doch jetzt herrschte Stille zwischen uns. Für immer. Und nicht, weil wir es wollten.
Auf der Autobahn zwischen Calais und Lille hatte unser Schicksal zugeschlagen. Zwei Lkw waren beteiligt gewesen. Es wird mir niemals gelingen, die schrecklichen Einzelheiten zu vergessen.
Mein kleiner Hund Nessie lebte mittlerweile auch nicht mehr, doch er war einfach nur alt und schwach gewesen, und hatte sich still nach dem Tierhimmel gesehnt, allerdings in der Hoffnung, dass dort Hunde und Katzen getrennt untergebracht wären.
Auch um diesen treuesten aller Freunde hatte ich geweint. Ich fühlte mich verloren.
Geblieben war mir nun die kecke Kelly, die sich doch tatsächlich lange Zeit geweigert hatte, mich zu verlassen. Ihre Mutter Geraldine war Olivers erste Frau gewesen und lebte in London. Ich hatte einiges an Überredungskünsten auffahren müssen, um Kelly davon zu überzeugen, zu ihrer Mutter zu ziehen. Die beiden hassten sich zur Zeit alters- und entwicklungsgerecht. Das würde vorübergehen. Eines Tages würde Kelly heiraten und am Tisch der Eltern würde Geraldine und nicht ich sitzen. Dann würde ich vielleicht vergessen sein.
Die Kelly von heute steckte auf jeden Fall in den Ausläufern einer stürmischen Pubertät und war gerade dabei, ihren persönlichen Dresscode zu entschlüsseln. Zeuge davon konnte man auf Instagram werden, wo sie täglich Fotos von sich und ihren schrillen Outfits postete. So

wusste ich zumindest, dass sie sich kürzlich in London lila Stiefeletten mit rosa Rüschchen und einem goldenen Reißverschluss an der Hacke gekauft hatte; etwas das ihr Vater ihr niemals erlaubt hätte. Oder vielleicht doch?
Sie drohte immer wieder mit liebevoll quieksender und sich manchmal vor Aufregung überschlagender Stimme an, mich zu besuchen, bald schon, und das würde bestimmt teuer. Na wenn schon. An dem früher für mich so typischen Geldmangel litt ich nicht mehr. Als habe er etwas geahnt, hatte mir Oliver nämlich seinerzeit das Haus in Frankreich überschrieben – sollte ihm etwas zustoßen. Auch einen Teil seines Vermögens hatte er mir testamentarisch hinterlassen. Die größere Summe fiel an sein Kind, und das war gut so. Kelly würde auch mich vielleicht einst beerben und neben Geld so schrullige Hinterlassenschaften bekommen wie etwa meine Sammlung unterschiedlicher Weingläser, die sie immer bestaunt hatte. Ich erinnerte mich an einen Spruch, den ich irgendwo gelesen hatte: *Die Dinge, die etwas bedeuten, gibt man jemandem, zu dem sie sprechen.*
Als ich solch grauen Gedanken auf meinem fiebrigen Krankenlager nachhing, wusste ich nicht, wie nahe ich damit der Lösung eines Rätsels gekommen war, das direkt neben mir an der Wand hing.

****

Meine Gastgeberin Felicitas stammte aus einer wohlhabenden und kultivierten Familie. Davon zeugten die Fotos von gut gekleideten Menschen, die mit ernster Miene aus schweren, wertvollen Rahmen heraus auf die Nachwelt blickten.
»Die Mänzers waren einmal wohlhabend, haben aber durch die Kriege natürlich viel, eigentlich fast alles verloren. Und die meisten sind auch früh gestorben!«

Felicitas wies auf schwarze Mäntel und blasse Gesichter auf den Fotos. Bei deren Anblick legte sich erneut Traurigkeit über mein Gemüt, als habe ich einen grauen Hut aufgesetzt. Wie würde meine Zukunft aussehen? Einer wie Oliver würde nicht noch einmal in mein Leben stürmen, um mit seiner irischen Leidenschaft alles durcheinanderzuwirbeln. Ich würde ohne die Liebe eines Mannes alt werden – und das war vielleicht gut so. Zu viele Enttäuschungen pflasterten meinen bisherigen Lebensweg. Zuletzt Melchior Oberst und sein Verrat an unseren Gefühlen. Dann Oliver, das Haus in Sélestat, Kelly und endlich das Gefühl, angekommen zu sein. Keine Verbrechen, keine menschlichen Tragödien und keine Lügen mehr, die mich zum Schluss so fassungslos hinterlassen hatten. Und nun, ohne Vorwarnung, Olivers früher Verlust. Endlich verstand ich den bitteren Spruch mancher Hinterbliebener auf den Todesanzeigen: *Und wir hatten noch so viel vor!* Ja, auch wir hatten noch so viel vorgehabt.
Seltsamerweise schlug diese nicht enden wollende Grippe nicht direkt nach Olivers Tod zu. Krank wurde ich erst, nachdem ich mir in Karlsruhe mit Hilfe alter Freunde wieder eine kleine Wohnung gesucht und eingerichtet hatte. Zu meiner eigenen Verwunderung hatte es mich dabei nicht in die Südstadt gezogen, mit der mich einst so viel verbunden hatte. Fast trotzig hatte ich mich im Westen Karlsruhes niedergelassen, in der Gartenstraße, und dort ganz in der Nähe des Medienmuseums ZKM, dem laut und vernehmlich schlagenden Herzen der Fächerstadt. Die Wohnung befand sich in einem schmucklosen Bürgerhaus aus den Fünfzigerjahren und war mehr praktisch als schön.
Karlsruhe genoss den Status einer aufstrebenden, teuren Stadt. Meine neue Behausung war also nicht gerade billig, aber sie war für mich bezahlbar und lag zentral. Ich würde

den alten 2 CV, den wir in Frankreich für mich angeschafft hatten, vielleicht gar nicht mehr brauchen. Doch das kleine Gefährt war so bunt und fröhlich, wie es da vor dem Haus stand. Ich bemerkte, dass die Leute oft stehenblieben und es anlächelten. Ein Gute-Laune-Auto. Doch drin saß eine Frau mit schlechter Laune.
Das Haus in Sélestat, in dessen alten Holzdielen so viele Geister aus der Vergangenheit hausten, hatte ich mitsamt unseren Möbeln an einen rumänischen Arzt mit deutschem Pass verkauft. Der hatte es sich offenbar zum Hobby gemacht, alte Fachwerkhäuschen billig zu erstehen, zu renovieren und an Türken und Araber weiterzuvermieten. Unter normalen Umständen hätte das die Denkmalschützerin in mir auf die Barrikaden gescheucht, doch in der Zeit nach Olivers viel zu frühem Tod war mir eigentlich alles gleichgültig. Mochte doch ganz Sélestat zerfallen! Die Wahrscheinlichkeit dafür war allerdings gering, denn diese chaotische Ansammlung an Gassen, Kirchen mit geheimnisvollen Krypten und alten Häuschen hatte immerhin bereits viele Jahrhunderte überstanden.
Der dubiose Arzt konnte alles haben. Nur ein paar Bücher, Fotos und die Kerze, die wir abends angezündet hatten, wenn wir aßen und Wein tranken, nahm ich mit in mein neues Leben als eine Witwe, die streng genommen keine war. Denn natürlich waren mir in Deutschland einige Freunde geblieben.
Manche wohnten nicht mehr in Karlsruhe, so wie Matthias, mein spießiger Dauerverehrer, der endlich eine Frau gefunden hatte, die mit ihm zusammen fernsehen wollte. Und das in einem kleinen Ort am Neckar irgendwo hinter Heidelberg, wo sie als Altenpflegerin arbeitete. Ein Berufsprofil, das sie in nicht allzu ferner Zukunft bei ihm wahrscheinlich bestens gebrauchen konnte.
Theo, der schrullige Antiquar, der mich bei so vielen meiner Fälle unterstützt hatte, hatte sich sehr gefreut, dass

ich wieder da war. Und war kurz danach mit ehrlichem Bedauern abgereist: »Aber nur, weil ich die Fahrkarte schon hatte, Maren. Sonst wäre ich bei dir geblieben.«
»Ist schon gut. Ich kann dich bestimmt auch in sechs Wochen noch brauchen. Wohin reist du denn überhaupt?«
Die Antwort hatte mich erstaunt.
»Nach Amerika. Zu meiner Schwester. In der Nähe von Neu York!«
»In diesem Fall heißt es Flugticket und nicht Fahrkarte, Theo. Und ich glaube, der Ort heißt New York!«
Theo würde mir fehlen, doch wenn er den Besuch nicht über Gebühr ausdehnte, würde mein belesener Freund in ein paar Wochen wieder zurück sein. Solange lag sein kleiner, gemütlicher Laden verwaist.
Wenn ich nicht mindestens die erlaubte Zeit drüben bleibe, lohnt sich die Fahrt nicht!, schrieb er mir kurz nach seiner Ankunft und zwar als SMS – eine technische Revolution für ihn, dessen Universum aus staubigen Büchern und uraltem Wissen bestand.
Ich zog also in meine neue Wohnung, möblierte sie gedankenlos und lebte mich ein. An meine Arbeit als Ahnenforscherin mochte ich nicht denken und noch weniger an meine Leidenschaft fürs Detektivspielen. Ich hatte durch meinen Beruf, der zur Berufung geworden war, viel erlebt, hatte mich oft getäuscht und war ebenso oft enttäuscht worden. Vieles hatte ich untersucht: einen Mord im Schwetzinger Schlosspark, die geheimnisvollen Verstrickungen des Hauses Baden mit einer Grabstätte in Pforzheim, ein altes Schiffsunglück in New York, das mit Mord und Totschlag im Europa Park Rust endete. Begonnen hatte meine kriminelle Vergangenheit mit einer geheimnisvollen Familiengeschichte rund ums Kloster Maulbronn …
Mit all dem war ich fertig gewesen. Mit Oliver hatte ich ein neues Leben beginnen wollen. Nun musste ich mich schon wieder auf einen Neustart einstellen.

Als ich dann scheinbar wieder auf den Füßen war, zog es mir den Boden genau darunter weg. Ich entwickelte diese bösartige Grippe, die nicht weichen wollte. Das Fieber stieg unaufhaltsam, niemand machte mir Wadenwickel, und ich wurde dünner und schwächer. Und es machte mir nicht einmal etwas aus. Eigentlich war es egal, ob ich noch da war oder nicht.

Das konnte und wollte meine Freundin Felicitas nicht länger mit ansehen. Felicitas, die wie ich jetzt Mitte Vierzig war, hatte ich vor etlichen Jahren am Teich im Schlossgarten kennengelernt. Gemeinsam hatten wir uns zwar die letzte freie Parkbank geteilt, aber zwischen uns doch so viel Raum gelassen, dass noch eine dritte Person hätte Platz nehmen können. Jede von uns hatte ein Buch herausgeholt: ich »Der Kettenmann«, einen brutalen Thriller mit abgesägten Gliedmaßen, die nach einem geheimnisvollen alten Code über die Stadt Chicago verteilt wurden, und sie »Astas Tagebuch« von Barbara Vine.

»Das ist ein Krimi ohne Mord. Nur mit einem Geheimnis«, empfahl sie mir, als sie meine Seitenblicke bemerkte. »Die Spannung ist trotzdem fast unerträglich. Nein, falsch, sie ist köstlich. Wie ein ausgedehntes Essen in einem guten Restaurant. Ihr Buch, mit Verlaub, sieht mehr aus wie eine Schlacht bei McDonalds!«

So hatte unsere Freundschaft begonnen. Wir trafen uns von da an regelmäßig, und sie hatte mir gutgetan. Felicitas war diszipliniert und trotz ihrer zarten Erscheinung überraschend zäh. Als wir in dem kleinen, gemütlichen Cafe Jäck in der Karlstraße zusammensaßen, erklärte sie dazu: »Sportlich waren viele in unserer Familie. Mein Vater und auch mein Opa, ja, der hat sehr gut Tennis gespielt, und meine Uri Clara war sogar beinahe athletisch. Von ihr und ihren Freundinnen existierte in Mamas Album ein altes, hochdramatisches Schwarz-Weiß-Foto aus dem Jahr 1919. Darauf haben die Frauen und Mädchen ungemein pathetisch aussehende Gymnastikübungen vollführt und halb nackt griechische Tänze in der freien Natur getanzt. Sah lustig aus. Wie eine Szene in einem Stummfilm.«

»Wer verwendet denn heute noch das Wort ›ungemein‹? Ich liebe deine schöne Sprache, Felicitas.«

»Und ich meinerseits liebe die gute, alte Zeit. Zu Hause habe ich eine Fotoleinwand. Ich habe die alten Bilder zu einer Collage zusammengestellt und dran gepinnt. Eigentlich beobachten mich alle meine Vorfahren tagtäglich. Sie sind wichtig in meinem Leben.«

Später würden wir erfahren, wie recht sie damit hatte. Jetzt amüsierte ich mich darüber: »Na, du bist ja wirklich der Fleisch gewordene Traum eines jeden Ahnenforschers!«

»Maren, du weißt das besser als ich. Wir sind doch alle das Produkt aus so vielen verschiedenen Genen und Anlagen. Mich fasziniert das, es macht mich stolz.«

Als sie das sagte, strahlte sie tatsächlich von Innen heraus. Ich hingegen schwieg, denn in meiner Familie ging es anlagentechnisch etwas bescheidener zu. Ich dachte an meinen Vetter Stefan, der bereits das vierte Mal unglücklich verheiratet war, und die Tochter meiner Cousine Astrid, die bei »Deutschland sucht den Superstar« in der ersten Runde rausgeflogen war.

Felicitas hingegen war ganz erfüllt von den glänzenden Fähigkeiten ihrer Vorfahren.

»Uri Clara war eine begeisterte Skifahrerin und eine herausragende Bergsteigerin. Obwohl ihre Familie, glaube ich, ganz ursprünglich mal aus dem Mannheimer Raum kam, waren die Berge ihr Ein und Alles. Eine fortschrittliche Frau. Du, die war sogar in Paris auf einem Institut und hat dort Französisch gelernt. Dagegen bin ich langweilig. Das bisschen Paddeln ab und zu im Vierordtbad.«

Bei dem Wort zuckte ich zusammen. Auch dort, mitten unter den Schwimmern in Karlsruhes wunderschönem

Wellnesstempel, hatte es damals eine Tote infolge einer tragischen Geschichte auf dem Jakobsweg gegeben.

****

Nun war ich also krank und Felicitas, die mich zweimal am Tag versorgte, beschloss, dass ich ebenso gut in ihrer herrlichen Altbauwohnung in der Cäciliastraße weiterhusten könnte. In dieser Wohnung hatte sie schon mit ihrer Mutter gelebt, alles darin atmete Würde.

Und so lag ich dann bald in ihrem hübschen, sehr femininen Gästezimmer, umgeben von Orangensaftgläsern, Tablettenpäckchen und zerknüllten Tempotaschentüchern. Natürlich auch von Zeitschriften und Büchern, denn Felicitas las viel und behielt sogar das meiste davon im Gedächtnis.

»Du erinnerst mich an Virginia Woolf!«, sagte sie freundlich. »Die war auch bei jeder seelischen Erschütterung krank.«

»Ist zwar ein schmeichelhafter Vergleich«, krächzte ich, »aber ich hoffe, ich ende nicht wie sie: Steine in die Tasche und ab ins kalte Wasser.«

»Kein Fluss in unmittelbarer Nähe, in dem du dich ertränken könntest. Die Alb ist zu flach.« Felicitas schüttelte mein Kissen auf und legte mir einen Stapel frischer Tempos griffbereit hin. »Kommst du zurecht, Maren? Ich würde jetzt mit Adele ins Kino gehen und mir diesen neuen französischen Film ansehen. Ach, ich verehre alles Französische. Das liegt mir im Blut – meine Ururoma Alberta hieß mit Mädchennamen Debertin, und sie war eine Hugenottin. Sie hat dann in die Familie Heym geheiratet und ihren ausgeprägten Kunstsinn mitgebracht. Ihre Tochter, meine Uroma Clara Heym etwa …«

»Und wie heißt der Film?«, krächzte ich, um den vielen Urs zu entfliehen.

»Monsieur Chocolat.«
»Aha.« Französische Filme langweilten mich. Allzu geduldige Kameraeinstellungen und feinsinnige Gags, die ich erst nach langem Nachdenken verstand.
Felicitas stellte mir die Flasche Fachinger griffbereit und erläuterte: »Der Film stand als Tipp in den BNN. Es geht um einen entflohenen karibischen Sklaven, der in den Pariser Nachtclubs der Jahrhundertwende wie ein Clown vorgeführt wurde, sich auch selbst so benahm, wohlhabend wurde, das süße Leben genoss, aber dann merkte, dass ihm seine Menschenwürde abhandengekommen war. Finde ich ein interessantes Thema.«
»Welche Jahrhundertwende?«, krächzte ich.
»Maren! Natürlich die vorletzte. Und nun schlaf! Ich bin bald zurück. Französische Filme sind meistens nur 80 Minuten lang.«
Ich beobachtete, wie sie den Vorhang meines Siechenzimmers zuzog.
Felicitas war schmal und hatte ihr lockiges dunkelblondes Haar wie einen lichten Kranz um den Kopf frisiert. Sie trug stets ausgefallene und geschmackvolle Kleider, die sie bei einem dänischen Versandhaus bestellte. Das moderne, hektische Leben schien an ihr vorüberzugehen. Felicitas verschlang gute Bücher, dachte lange in ihrem Schaukelstuhl über die Welt nach, schrieb kleine altmodische Gedichte und verfasste sogar Briefe, die sie am oberen Rand mit kleinen filigranen Zeichnungen versah. Natürlich verdiente sie auch Geld, obwohl ich nicht wusste, ob sie es wirklich nötig hatte, denn sie stammte ja ganz offensichtlich aus einer gutsituierten Familie.
Ihr Urgroßvater Alfred Mänzer und ihr Großvater Robert Mänzer, so erzählte sie oft voll Stolz, waren renommierte Ärzte gewesen. Felicitas selbst arbeitete als Geigenlehrerin und regelmäßig kamen kleine, niedliche Püppchen mit winzigen Geigen zu ihr, abgegeben von jungen und

schicken Müttern, die viel jünger und schicker waren als Felicitas und ich. Diese Kinder kratzten dann scheue Mäusetönchen auf ihren Geigen und Felicitas verteilte am Ende der Stunde Smarties als Belohnung.

Dass Felicitas aus besserem Haus stammte, sah man nicht nur an ihr selbst und ihrem guten Geschmack, sondern auch an ihrem Porzellan, ihren Möbeln, der ehrwürdigen Büchersammlung und ihren edel gerahmten Bildern. Zwar handelte es sich meistens nur um moderne, schön gerahmte Kunstdrucke oder Museumsposter, doch strahlten sie allesamt jenen gewissen intellektuellen Geschmack aus, den man nicht kaufen und nicht lernen konnte.

»Die Debertins, von denen meine Uri Clara Heym, verheiratete Mänzer, mütterlicherseits abstammte, betrieben eine Spedition, und ich denke, das eine oder andere haben sie wohlhabenden Leuten abgekauft, die umgezogen oder ausgewandert sind. Ich habe jedenfalls gehört, sie besaßen zahlreiche Kunstgegenstände. Allerdings war nach dem Krieg nicht mehr viel übrig. Meine Mama besaß im Grunde nichts mehr Wertvolles, nur Kopien oder Drucke. Keine Ahnung, wo die anderen Sachen geblieben sind. Möglicherweise war Uris Haus von Bomben zerstört worden oder vielleicht liegen die Sachen irgendwo noch in einem vergessenen Safe. Uri Clara starb ja so plötzlich«, endete sie versonnen.

Ich schnäuzte, stöhnte und gab übellaunig einen Kommentar ab: »Oder sie haben sie vielleicht schlicht und einfach verkauft. In den Kuhställen des Kraichgau hatten sie damals angeblich Orientteppiche liegen. Eine Wurst gegen einen silbernen Kerzenleuchter.«

Auch die Wand neben meinem Krankenlager zierte ein Bild in einem würdigen Holzrahmen. Es war einer dieser vielen Niederländer, die man früher furchtbar oft auf Kalenderblättchen gesehen hat, und wo mehr oder weniger einer wie der andere aussah. Und man wusste niemals so recht, wie der Name des Künstlers auszusprechen war: Breughel, Brügel... Einmal war es der Jüngere, ein andermal der Ältere. Die Bilder jedoch schienen irgendwie gleich.

Die angesäuselten, tanzenden Bauern mit ihren Holzschuhen und ihren Gelagen hatte man irgendwann ebenso satt wie die blauen Schwertlilien von Van Gogh oder dessen trauriges Selbstbildnis, das einem im Esszimmer bei den Schulaufgaben zusah. Als Reproduktionen, gestickte Bildchen oder als Poster gehörten sie in unsere Kindheit der Sechziger- und Siebzigerjahre, und unsere Omas staubten die geschmacklosen Kopien lieblos ab.

Das Bild, das nun so plastisch neben meinem Bett hing, gefiel mir nicht besonders. Und der lange Titel, der auf einem in Folie geschweißten Karteikärtchen neben dem Werk hing, ließ meinen Magen rebellieren. »Der Antrag und ein Mahl auf dem Lande«. So wortreich wie der Titel, so bevölkert war auch das überladene Bild selbst. Es erzählte gleich mehrere Geschichten:

Im Vordergrund, unter dem romantisch kaputten Dach eines Hauses oder einer Schänke, spielte sich ein Teil der Handlung ab. Ein paar ziemlich rustikal aussehende Gestalten in groben Jacken tummelten sich um einen rohen Holztisch, auf dem in einer irdenen Schale derbe, fette Würste serviert wurden, bei deren Anblick erst recht Übelkeit in mir aufstieg. Etliche Hunde vom Typ Spaniel balgten sich am Boden um einen Knochen. Im Hintergrund der Gaststätte spielte ein Mann etwas, das wie eine Gitarre aussah. Alle Männer trugen weite weiße Hemden. Einige hatten ein Lederwämschen oder derbe Jacken darüber. Friedlich zogen im Hintergrund ein paar weiße Wolken über den kühlen, blassblauen Himmel, der die Landschaft mit sparsam belaubten Bäumen, einem sich windenden Fluss und einem Ort mit Kirche und Häusern überspannte. Das große stolze Gebäude im hinteren

Bereich des Bildes erinnerte an ein Herrenhaus und ließ auf die Nähe zu einer Stadt schließen. Die frischen Wiesen und Weiden und die Szene am Tisch wirkten friedlich. Stolz stand ein gut gekleideter Gutsherr im Vordergrund und betrachtete den Tisch, einige andere Männer saßen auf einer Bank und genossen die Musik. Ein Mann mittleren Alters stand hinter der geöffneten Gaststättentür, an der er sich festhielt, und beobachtete alles wohlwollend. Die gedrungenen, in enge Wämschen gepackten Kinder, die überall herumkugelten, lachten. Vor dem Haus stand ein gerade erblühender Baum und verdeckte halb ein paar Butzenfenster. Aus einem der Fenster lugte ein weiteres Gesicht heraus, das eines Mannes mit dunklen Locken. Er wollte es mit seinem kräftigen Arm wohl gerade schließen.

Irgendwo hatte ich mal gehört, dass niederländische Maler nach der Zahl der Köpfe bezahlt wurden, die sie gemalt haben. Wahrscheinlich hatte der unbekannte Künstler dann hier und dort noch einen Kopf platziert. So nach dem Motto: *Meine Frau braucht noch einen Wintermantel. Also mal ich schnell noch zwei Typen in das Bild!*

Auf der Bank neben der Schenke standen Krüge und Schüsseln. Die drei Frauen trugen ebenfalls weiße Blusen über langen Kleidern mit wärmenden Überwürfen.

Aber das war noch nicht alles. Das bereits übersättigte Auge schweifte weiter. Die Hauptszene des Gemäldes bestand aus einem Mann, der etwas vom Haus entfernt unter einem Baum saß und seinen Arm um eine junge, dralle Frau legte. Mit der Hand des anderen Armes griff er nach ihren Fingern. Wenn die Leute am Tisch das »Mahl auf dem Lande« darstellten, musste das hier »Der Antrag« sein. Als ob das alles nicht genug wäre, tanzten im Hintergrund vor der Silhouette einer Stadt oder eines größeren Dorfes noch die üblichen gesichtslosen Standardbauern in Holzschuhen herum.

Das Bild war nicht schlecht, doch es war insgesamt kein besonders tiefschürfendes Werk.
Ich seufzte und wandte den Kopf zum Fenster, das mir im Vergleich zu diesem Bild geradezu leer und friedlich schien: Nur der Himmel über der Stadt Karlsruhe und der Ast eines blühenden Baumes, sonst nichts.
Doch irgendwann musste ich mich wieder umdrehen und da war er dann wieder, »Der Antrag«. Als wollten die beiden Verliebten mich verhöhnen. Ob Oliver und ich eines Tages geheiratet hätten?

****

Nachdem ich wochenlang auf dieses Bild gestarrt hatte, meistens allerdings mit hämmerndem Kopfschmerz oder zwischen Fieberschüben, klagte ich in Felicitas' stets sanftes und geduldiges Ohr.
»Felicitas, ich kann dieses Landidyll nicht mehr sehen. Häng was anderes hin. Tausch es aus, von mir aus sogar gegen einen richtig hässlichen Picasso. So mit Auge mitten auf der Stirn oder so.«
»Kann ich morgen machen!«, entgegnete sie heiter. »Ich besitze zwar einen Picasso, einen wunderschönen Rückenakt in Blaugrün, doch im Unterschied zu diesem Bild da ist er nicht echt.«
Ich setzte mich auf und ließ mich gleich wieder fallen. Dass man sich derart schlecht fühlen kann!
»Echt? Das da ist also wirklich ein Original?«
Felicitas stopfte mir ein Kissen in den Rücken. Sie roch zart nach einem altmodischen Blütenduft.
»Ja. Und sogar ein Teniers.«
»Wer?«
Felicitas vergab mir und klärte mich freundlich auf: »Es gleicht den Werken des berühmten Malers David Teniers, dem Jüngeren, wohlgemerkt. Geboren Anfang des

17. Jahrhunderts. Ist ziemlich alt geworden, hat also ein ganzes Jahrhundert mit seinen Bildern begleitet. Hat verschiedene Genrebilder gemalt, darunter Wirthausszenen und Dorfszenen, aber auch biblische Darstellungen und Tierstücke. Er war sehr angesehen und offenbar ein guter Netzwerker, wie man heute sagen würde. Er kannte sie alle. Rubens und die anderen. Er hat sogar die Tochter von Jan Brueghel, dem Sohn des bekannten Bauernbrueghel, geheiratet. Samtbrueghel genannt.«
»Ein kontaktfreudiger Typ also!«
»Offenbar. Es gab hier in der Kunsthalle eine große Sonderausstellung über Teniers. Vor etwa elf Jahren. Ich habe irgendwo noch den Katalog. Warte, ich suche ihn.«
Ich wartete ergeben. Ins Museum zog es mich nur in bestimmten Stimmungen. Etwa sonntags, wenn ich mich einsam fühlte. Doch nicht immer passten die Termine der Sonderausstellungen und meine Gefühlswelt zusammen. Deshalb war ich schon lange nicht mehr in der Staatlichen Kunsthalle gewesen.
Felicitas, deren gesamte Vergangenheit offenbar erstaunlich gut sortiert war, erschien schon nach kurzer Zeit mit einem jener voluminösen Kataloge, die bei Sonderausstellungen zu überhöhten Preisen angeboten wurden. Ich blätterte das dicke Buch kraftlos durch. Allesamt typische Szenen: Häuser, Bäume, Hunde, Kinder, Kartenspieler, betrunkene Leute in der Kneipe, ewige Tanzereien auf dem Marktplatz ...
»Haben diese Holländer eigentlich zwischendurch auch mal was gearbeitet? Sie singen und tanzen und essen und trinken anscheinend ganzjährig«, fragte ich gereizt.
»Maren, immerhin haben sie ein Weltreich aus Handel und Wandel aufgebaut und die sogenannte Vereinigte Ostindische Kompanie gegründet. Aber mein Bild stammt natürlich nicht von dem großen Teniers. Es ist von seinem Bruder, Abraham Teniers, der nicht ganz so berühmt

war, aber immerhin auch einen Namen hat. Es gab sogar ein Echtheitszertifikat von einem habilitierten Kunsthistoriker, welches auch die Datierung und die Signatur bestätigt. Meine Mutter hat mir oft davon erzählt.«

»Beeindruckend«, sprach ich muffig und wuchtete das schwere Buch auf die andere Bettseite.

In meinem familiären Umfeld hatte es nicht allzu viele echte Kunstwerke gegeben. Die einzigen Originale, die ich bei meinen Leuten gesehen hatten, stammten von mir selbst aus dem Kindergarten. Echte Bilder von echten Malern hatten sich in meiner Welt nur Leute geleistet, die von allem anderen schon genug gehabt hatten. Heute sei Kunst vor allem Geldanlage, hörte ich immer wieder und fand das irgendwie ernüchternd.

»Ja. Dieses Zertifikat ist leider irgendwann verschwunden. Vielleicht hat es meine Tante Diana nach Amerika mitgenommen oder mit ihren anderen Sachen versehentlich weggeworfen. Eine Art Begleitschreiben, in dem der Kunsthistoriker seine Untersuchung kurz zusammengefasst hat, muss aber noch irgendwo bei ihren Sachen auf dem Speicher sein. Meine Mutter hat es mir mal irgendwann gezeigt. Obwohl ich schweren Herzens schon einiges entsorgt habe, ist der Speicher immer noch voll von uralten Sachen. Ich gehe da niemals hoch.« Dann kokett: »Frag mich also bitte nicht, wo genau es heute liegt. Ach, man möchte immer Ordnung in das Chaos bringen und schafft es dann doch nie …«

Es tat gut, dass auch die disziplinierte Felicitas nicht alle Dinge auf Anhieb fand.

»Maren, niemand hat je angezweifelt, dass es ein echtes altes Bild ist. Das sieht man an der Tiefe der Ölschichten. Die Pinselstriche müssen geradezu zu fühlen sein. Hat mir irgendwann ein erwachsener Geigenschüler gesagt, der sich auskennt.«

»Ist es denn sehr wertvoll?«

Ich wusste, dass sich Felicitas nicht viel aus Geld machte, denn ihr Luxus waren Musik und Bücher und dafür reichte es immer. So hob sie nur fragend die Schultern. Die Sonne verfing sich in ihrem dunkelblonden Haar mit den hübschen kleinen Löckchen.
»Vielleicht schon. Ich habe es mal im Internet recherchiert. Bilder niederländischer Maler aus dem 17. Jahrhundert haben ihren Wert. Natürlich nicht wie David Teniers selbst. Der kann schon mal hunderttausend Euro auf einer Auktion bringen.«
»Was?« Verständnislos betrachtete ich die selbstvergessen tanzenden Bauern.
»Ja, aber dieser da könnte schon auch zehntausend Euro wert sein. Ich habe es von meiner Tante Diana Mänzer, der Schwester meiner Mutter, geschenkt bekommen. Oder sagen wir vielmehr, sie hat bestimmt, dass ich es später mal bekommen soll. Als sie nach Amerika ging, war ich ja noch klitzeklein.«
»War das die Modezeichnerin, von der du mir erzählt hast?«
»Ja, die Modezeichnerin. Diana Mänzer. Sie trug ihren Mädchennamen, da sie meines Wissens nach niemals geheiratet hat. Schneiderin hatte Diana eigentlich gelernt, aber sie hatte wohl immer eigene und ausgefallene Ideen. Meine Tante muss eine ehrgeizige Frau gewesen sein, und sie hätte wohl nur zu gern ihr eigenes Atelier mit ihren eigenen Kreationen gehabt.«
Felicitas stand auf und wies auf ein Foto, das eine Frau im Profil zeigte. Dunkles Haar, makelloser olivfarbener Teint, ein energisches Kinn und eine keck aufstrebende Nase. Hübsche Person.
»Die Locken hast du von ihr!«
»Nicht unbedingt. Meine Mutter hatte auch schönes Haar. Diana war übrigens kinderlos. Sonst hätten ja ihre Nachfahren das Bild bekommen.«

»Klar!«
»Aber Diana hat zu meiner Mama gesagt – und sie hat es mir hundertmal vorgebetet, du kennst ja Mütter – sie möge es mir geben, und ich solle es auf jeden Fall behalten und immer wieder betrachten. Es sei bedeutsam und gehöre in die Familie Mänzer, hat sie gesagt. Obwohl meine Mutter ja durch ihre Heirat Sempermann hieß und ich damit eigentlich auch eine Sempermann bin.« Es klang nicht freundlich, wie sie den Namen Sempermann aussprach. »Aber ich fühle mich dem Namen Mänzer mehr verbunden, deshalb habe ich beschlossen, so zu heißen. Und da ich eine gesetzestreue Person bin, habe ich es auch in den Pass eintragen lassen. Kostenpflichtig.«
»Was war an diesen Mänzers so besonders?«
»Besonders? Nichts Spektakuläres. Doch sie waren sehr ernste und pflichtbewusste Menschen. Angesehene Mediziner. Viele Karlsruher haben sie gekannt, meinen Urgroßvater Alfred Mänzer und meinen Großvater Robert Mänzer. Meine Mutter Liselotte war ›nur‹ Krankenschwester, du weißt ja, die Zeit und Mädchen, die ja angeblich doch heiraten ...«
»Nicht immer!«, flocht ich ironisch ein.
»Nein, nicht immer. Siehe uns beide! Mein Vater als Chemiker schlug jedenfalls aus der Art. Nicht nur in dieser, nein, in jeder Hinsicht. Meine Eltern haben sich dann auch getrennt und mein Vater lebt heute in Berlin.«
Ich zog die Augenbrauen interessiert hoch.
»Maren, wir haben keinen Kontakt. Ich kenne nicht mal seine Adresse. Oft reist er einfach nur in der Welt herum. Manchmal kommt eine unpersönliche Karte. Er könnte ebenso gut tot sein.« Kleine Pause. »Er stammte aus dem heutigen Tschechien, alle Verwandten umgekommen, und er hat eigentlich auch nie über die Vergangenheit gesprochen ... Deshalb waren uns eben die Karlsruher Mänzers mit ihrer badischen Lebensart näher.«

»Logisch!«, sagte ich ergeben. Jede Familie hatte ihre eigenen Gesetze. Ich kannte solche Geschichten aus meiner Ahnenforscherzeit zur Genüge. Kinderlose Tante sucht sich Lieblingsnichte heraus und hinterlässt ihr Geld, Schmuck sowie oftmals eine erstaunlich gute Erinnerung an sie.

»Als ich jung war« – Felicitas lächelte so melancholisch, als schaue sie aus der Höhe von hundert Jahren milde auf das Heute herunter – »hatte ich mal erwogen, das Bild zu verkaufen, um mir einen ganz bestimmten Louis-Vuitton-Reisekoffer zu gönnen.«

»Das ist normal. So eine spendable Verwandte lob ich mir jedenfalls. War sie deine einzige Tante?« Ich streckte die Hand nach der Teetasse aus.

»Ja, sie war, wie gesagt, die jüngere Schwester meiner Mutter. Diana ist in den Siebzigern in die USA ausgewandert und konnte oder wollte das Bild nicht mitnehmen.«

»Lebt sie eigentlich noch?«

»Leider nein. Sie war Jahrgang 1953 und könnte also heute noch in den besten Jahren sein. Sie ist aber 2010 in New York verstorben. Laut Totenschein an Krebs. Tante Diana war nicht verheiratet. Wir wissen leider nicht viel über ihr Leben da drüben. Nur am Anfang hat sie ein- oder zweimal geschrieben und ein Foto von sich und der Straße geschickt, in der sie wohnte, aber dann hat sie sich nicht mehr gemeldet.«

»Schade!«

»Ja, das stimmt.«

Irgendwie hatte ich die Büchse der Pandora geöffnet. Mich beschlich ein leiser Verdacht, dass Felicitas ein klein wenig in der Vergangenheit lebte, als sie erneut forthuschte und mir ihre Leinwand mit den daran gehefteten Familienfotos auf die Knie stellte, die unter der Bettdecke herumzitterten und mit meinen Zähnen um die Wette aneinanderschlugen.

»Da, schau, die Straße, in der sie wohnte!«
»Keine genaue Adresse?«, fragte ich.
»Nein. Den Briefumschlag habe ich nicht mehr.«
Den Straßennamen konnte man nicht erkennen, da die schlanke Gestalt von Diana Mänzer als Schattenwurf davorstand. An der Ecke sah man ein nostalgisch aussehendes Kino namens Manhattan Jewel. Das Haus mit der Nummer 8, vor dem sie stand, war typisch für das frühere New York, wie es zumindest in unseren Köpfen aussah. Hohe und schmale Backsteinhäuser in Schwarz und Weiß oder Rot. Feuerleitern. Im Erdgeschoss eine Reihe kleiner Lädchen.
Ich versuchte, wissend zu nicken, doch die Bewegung schüttelte in meinem Kopf alles schmerzhaft durcheinander. Es war, als hätte ich Murmeln im Kopf.
»Meine Mutter ist letztes Jahr auch gestorben, wie du weißt ...«
»Ich erinnere mich«, sagte ich sanft. »Das Herz.«
Felicitas seufzte anmutig, so wie sie alles mit Anmut tat.
»Maren, es ist schon traurig. In meiner Familie ist keiner wirklich alt geworden. Mein Opa Robert, der bedeutende Arzt am Diakonissenkrankenhaus hier in Karlsruhe, starb schon 1984. Also mit Anfang sechzig. Das ist früh, aber er war wohl ziemlich abgearbeitet. Meine Uri Clara, seine Mama, ist auch nicht sehr alt geworden. Sie ist direkt nach dem Krieg verunglückt. Auch nicht ihr Mann, mein Uropa Alla, so wurde er wohl genannt, obwohl er Alfred hieß. 1944 wurde er im Luftschutzkeller verschüttet und erstickte dort. Auch er ein bekannter Arzt.«
»Das erwähntest du schon«, bemerkte ich so taktvoll wie möglich. Ich legte Felicitas die Hand auf den Arm, denn ich spürte ihre Trauer um die Gestalten der Vergangenheit. Vielleicht auch, weil es ihr an Zukunft mangelte.
»Das hat nichts zu sagen. Ich meine, für *dein* Leben ... Das kannst du mir glauben. Ich kenne mich aus. Das ist

schließlich mein Job als Ahnenforscherin. Gene hin oder her. Du kannst hundert Jahre alt werden.«
»Nein, nein, ich weiß. Aber manchmal denkt man schon über all das nach. Und wenn ich das Bild sehe, kommen die Erinnerungen, wie es einmal war.« Sie schluckte.
»Habt ihr das Gemälde dann noch mal neu schätzen lassen?«
»Nein. Ich will es nicht verkaufen. Warum auch? Meine Mutter hat erzählt, Diana habe es von einem unbekannten Verehrer bekommen, der Kunstsammler gewesen sei. ›Der Mann, der es mir geschenkt hat, würde niemals etwas Unechtes in die Hand nehmen.‹ So in etwa seien ihre Worte gewesen.«
»Hm …« Ich dachte an all die Lügen, die ich im Laufe meiner Arbeitsjahre schon gehört hatte, wenn es um die Vergangenheit ging, die man so herrlich zurechtbiegen konnte.
Felicitas lachte, als habe sie meine Gedanken erraten.
»Keine Sorge, das Bild hier ist wirklich ein Original. Ich habe den Brief selbst gesehen, in dem die Ergebnisse der Expertise zusammengefasst wurden – diese Berichte sind ja ziemlich ausführlich. Und selbst wenn … Vor Jahren hatte ich mal Besuch von einem Kunsthistoriker. Ein seltsamer, aber netter Geselle. Er wollte in hohem Alter noch Geige lernen, aber leider vergebens. Der Mann arbeitete bei der Kunsthalle hier in Karlsruhe und hatte über Samuel van Hoogstraten, einen anderen holländischen Maler, promoviert. Der malte nette Quodlibets.« Bevor ich fragen musste, kam schon die Erklärung: »Das bedeutet, man hat Gegenstände, die wichtig schienen, die etwas bedeuteten, so naturalistisch dargestellt, als seien sie real. Zum Anfassen genau! Jedenfalls wollten wir den Mann in seiner Freizeit nicht belästigen, aber er hat dann doch die Unterschrift geprüft und das Bild eindeutig dem Bruder des bedeutenden Teniers zugeordnet. In

der Kunsthalle kannst du Letzteren besichtigen. Bei den Holländern. Er hängt nicht weit von Rubens.«
»Schön. Aber ich persönlich finde das Bild nicht so toll. Wenn du mal ein richtig teures neues Auto brauchst, verkaufst du den Schinken einfach.«
Felicitas wurde ernst.
»Nein. Ich hänge irgendwie an dem Bild. Es ist das Einzige, das uns von der Tante geblieben ist. Wir sind so eine kleine Familie gewesen. Ohne Not würde ich es nicht hergeben.«
Müdigkeit und Überdruss überfielen mich. Als Ahnenforscherin hatte ich mir endlose Familiengeschichten anhören müssen. Ich hatte keine Lust mehr darauf. Nicht auf Stammbäume und nicht auf die tödlichen Rätsel, die mich verfolgt hatten.
Felicitas schien zu verstehen. Sie strich mir sanft über die Stirn und verließ den Raum mit Schritten, die so leise und leicht waren wie die von Katzenpfötchen.
Matt drehte ich den Kopf zur Seite. Weg von diesem Bild. Allmählich hasste ich das dumm-glücklich aussehende junge Paar, das da am Tisch saß. So wie vielleicht auch der griesgrämige, neidische Typ mit dem dunklen Gesicht da oben am Fenster, von dem man nur einen ungepflegten, schwarzlockigen Kopf sah und eine Hand, mit der er gerade im Begriff war, den Laden zu schließen.
War auch er allein und frustriert? Obwohl er nicht sympathisch aussah, war er mir irgendwie vertraut, wie ein guter Bekannter.
Mit diesem Gedanken schlief ich allmählich ein.

****

Am nächsten Tag ging es mir besser. Ich konnte mich aufrichten, ein paar Minuten aufstehen, mich waschen, kämmen und etwas essen.

Es klingelte, und die Frau aus dem zweiten Stock brachte ein Päckchen für Felicitas. Zu dritt setzten wir uns auf den Balkon und speisten gezuckerte Erdbeeren aus einer schönen Keramikschüssel.
Die Frau sprach sehr viel und atemlos. Sie hatte eine Tochter, die war angeblich wunderschön und furchtbar schlau und sehr erfolgreich. Jeden Tag zog sie etwas anderes an und stellte das Foto ins Internet. Inzwischen bekam sie Geld dafür, wenn sie ihre Uhr mit dem Markennamen in die Kamera hielt.
»Die Uhr wird natürlich dann ausgeleuchtet! Uhren sind wichtig. Statussymbole.« Die Frau war unglaublich stolz auf ihre Tochter. »Die Bea ist ja so ehrgeizig. Am liebsten will sie nach Amerika. Raus aus der Provinz. Und das bald. So lang sie noch jung ist. Aber noch haben wir nicht genug Geld, um ihr das Leben dort zu finanzieren. Bis sie es schafft. *Wenn* sie es schafft. Manchmal wünsche ich mir, sie hätte diesen Traum nicht. Dann würde sie hierbleiben. Bei mir.«
»Es ist doch gut, wenn sie so fleißig ist und an sich arbeitet«, log Felicitas um der guten Nachbarschaft willen. Sie selbst war eine gewissenhafte, ja strenge Geigenlehrerin und oberflächliches Modegetue war ihr eigentlich zuwider. Schade, dass Tante Diana nicht mehr lebte. Sie hätte Bea bei sich aufnehmen können, hatte sie doch ähnliche Träume geträumt.
Ich gähnte.
Felicitas begleitete Beas stolze Mama nach draußen. Ich begab mich erschöpft wieder auf mein Krankenlager und streifte das Bild, das nun bereits seit zwei Wochen mein Zimmergenosse gewesen war. Fast dankbar suchte ich den Blick des griesgrämigen Mannes, der aus dem Fenster sah. Was er wohl tun wollte, nachdem er den Laden geschlossen hatte? Zu Bett gehen, aber schon um diese Zeit, wenn alle draußen feierten, sich verlobten, spielten

und heiteres Licht über einer flachen Landschaft lag? War er ein Witwer und einsam oder wartete er drinnen ungeduldig auf seine Frau, die noch unten mit den anderen aß? Trug er Nachtwäsche und hatte er sich vor dem Schlafengehen gewaschen?
Ich betrachtete seine Hand, die den Laden berührte, und stutzte. Diese Hand mündete in ein Handgelenk, das teilweise von einem Blatt des Baumes vor dem Fenster verdeckt war. Ich fasste das Handgelenk näher ins Auge. Da war etwas Merkwürdiges. War er die ganze Zeit da gewesen? Dieser seltsame weiße Streifen am ansonsten nackten Handgelenk?
Ich stand auf, noch etwas wackelig, und ging zum Schreibtisch. Zog erst eine, dann noch eine Schublade auf und fand, was ich suchte. Eine gute, alte Lupe. Ich näherte mich dem Bild mit dem vertrauten Herzklopfen. Dem Herzklopfen, das ankündigte, dass hier etwas nicht stimmte.
Ja, es war eindeutig.
Am Handgelenk der Figur auf dem echten, vierhundert Jahre alten Bild meiner Freundin Felicitas war etwas wie ein Band zu sehen. Ich sah genau hin. Das Ding war fast verdeckt von den Blättern des Baumes. Durch die Lupe erkannte ich an dem gebräunten Handgelenk die weiß gebliebene Stelle von einer abgelegten Armbanduhr.
Ich drehte mich auf die andere Seite und starrte die gegenüberliegende Wand an. Nur ruhig, Maren. Du hast sehr viele Schmerzmittel genommen und bist deprimiert. Deine Fantasie gaukelt dir mal wieder etwas vor. Wie sollte eine Armbanduhr beziehungsweise der weiße Streifen davon an dieses gebräunte Handgelenk kommen? Gab es damals überhaupt schon Armbanduhren? Vielleicht. Schließlich wusste ich nicht viel von Herrn Teniers aus Holland und seiner Zeit.
Ruckartig machte ich im Bett eine Rolle seitwärts und schwenkte meine Beine nach draußen. Eine der vielen

trostspendenden Frauenzeitschriften, die mir Felicitas gebracht hatte, kullerte dabei von meinem Lager. Ich bückte mich, spähte dabei beiläufig unter das Bett und seufzte neidisch, denn es war auch da peinlich sauber.
»Schaust du, ob ich was unter den Teppich gekehrt habe?«
Felicitas war im Türrahmen erschienen. Sie verschränkte die Arme vor ihrem schmalen Oberkörper und schenkte mir ein eher kühles Lächeln.
»Oh, nein. Ich ... ich habe nur etwas Seltsames bemerkt. Sag mal, wann hat dieser Teniers eigentlich gelebt?«
Felicitas runzelte die Stirn.
»Bisschen peinlich, aber haargenau kann ich es dir gerade nicht sagen. Muss ich nachschauen.«
»Ungefähr reicht.«
»Im 17. Jahrhundert. Da bin ich mir sicher.«
Ich setzte mich auf.
Sie wollte mir das Kissen in meinem Rücken zurechtstopfen, aber ich winkte ab: »Danke, Felicitas, es geht schon wieder. Ich glaube, ich werde vielleicht doch nicht sterben. Zumindest nicht diese Woche.«
Sie lachte.
»Gut so. Und was ist das mit Teniers? Ich denke, du magst das Bild nicht.«
Hinter Felicitas schlängelte sich ein kleines weißes Wesen mit funkelnden Augen herein. Pfötchen. Eine zurückhaltende Heilige Birma, die meistens in ihrem eigenen Zimmer lebte wie eine Nonne. Ihr Anblick machte mich noch immer traurig. Mein Hund Nessie – er war zwar hochbetagt an Altersschwäche gestorben, aber gestorben war er eben doch. Es war mir nicht viel geblieben.
Als habe Felicitas meine Gedanken gelesen, sagte sie: »Kelly hat angerufen. Sie kommt dich morgen besuchen und bleibt ein paar Tage. Ich habe gesagt, es ist in Ordnung. Sie kann hier wohnen. Pfötchen kann das Gästezimmer mit ihr teilen.«

»Schön!«, sagte ich. »Schön.« Und dachte, dass ich froh war, dass Olivers Tochter ihrer Mutter glich und nicht ihm. Sonst würde ich ihren Anblick nicht ertragen. Noch nicht.

Kaum war Felicitas wieder gegangen, verschränkte ich die Arme im Nacken und dachte nach. Warum hatte ich ihr eigentlich nichts von meiner Beobachtung erzählt? Etwa: »Hey, auf dem Bild da, schau mal da oben, da ist ein Typ, der etwas Seltsames an sich hat. Er macht sich gerade zum Schlafen fertig, aber trägt offenbar tagsüber eine Armbanduhr.«
Es war wie ein Instinkt gewesen, dass ich ihr noch nichts davon gesagt hatte. Ich scheute einen weiteren Blick auf den Mann am Fenster, als fürchtete ich, er würde verschwunden sein.
Halt, Maren!, wisperte die Stimme der Vernunft. *Es wäre besser für dich, der Mann samt Uhr wäre verschwunden. Du wolltest dich doch nicht mehr in anderer Leute Angelegenheiten mischen. Erinnerst du dich?*
Die Neugierde antwortete: *Es ist doch nichts dabei, beiläufig nachzuforschen, seit wann es eigentlich Armbanduhren gibt.*
Jedenfalls hatte ich das ziemlich sichere Gefühl, dass es im 17. Jahrhundert noch keine gab. Schließlich bin ich Ahnenforscherin und auf den unzähligen alten und uralten Fotos, die ich besichtigen musste, war niemals eine Armbanduhr aufgetaucht. Vielmehr hatten die strengen und immer zu alt wirkenden Herren stets eine Uhrenkette getragen. Ich selbst hatte eine solche runde Uhr an einer silbernen Kette von meinem Opa geerbt. Eine Weile hatte ich noch gedacht, das Schmuckstück könnte etwas wert sein, doch nun tauchten solche Uhren überall auf den Flohmärkten auf und kosteten nicht mal zehn Euro. Dieses traurige Schicksal erlitten auch die einst so be-

liebten bunten Weinkelche namens Römer. Sie und den gedruckten Brockhaus wollte keiner mehr haben. Derartigen Relikten aus dem Nachkriegsdeutschland haftete offenbar etwas Muffiges an.
Ich hatte noch den bekannten Namen des Mannes in Erinnerung, der die frühen Taschenuhren gebaut hatte: Peter Henlein. Voraussetzung war gewesen, dass man das hängende Pendel durch die Unruh - wie hatten wir im Unterricht früher über das Wort gelacht - ersetzt wurde.
Wie die Menschheit so tickt, hatte man die Uhren und ihre Antriebe natürlich immer weiter verkleinert, sodass man im frühen 20. Jahrhundert begann, Taschenuhren auch am Handgelenk zu tragen, was aber bei Männern zunächst als weibisch galt. Cartier, ja genau, *der* Louis Cartier, baute aber schließlich im Auftrag eines Flugpioniers namens Santos Dumont eine Taschenuhr für Piloten, die auf eine schnelle Zeiterfassung angewiesen waren. Die sogenannte Santos de Cartier galt denn auch als erste Herrenarmbanduhr der Welt. Mit diesem Wissen konnte ich mal irgendwann auf einer Party angeben. Sollte ich jemals wieder auf Partys gehen.
Und vor allem war nun eines sicher: Im 17. Jahrhundert hatte ganz bestimmt niemand eine Armbanduhr getragen. Es hatte sie schlicht und einfach noch nicht gegeben.
Konnte der weiße Streifen nicht von etwas anderem herrühren, etwa von einem Band oder einem Strick?
Ich griff noch einmal nach der Lupe. Doch wenn jemals ein Streifen aussah wie der weiße Schatten einer Armbanduhr, dann war es dieser hier. Charakteristisch war das Band, man erkannte sogar die braune Haut durch die Löcher, in die die Schließe des Armbandes gingen, die runde Verdickung, an der das Ziffernblatt angebracht war, und den Abdruck des Rädchens zum Aufziehen.
Ich hatte solche Streifen unzählige Male gesehen - an meinen Freundinnen, die frenetische Sonnenanbeterin-

nen waren, an jungen Mädchen im Schwimmbad und auch an mir selbst.

Langsam ließ ich mich auf das Bett sinken. Das Beste wäre, ich schliefe jetzt ein bisschen. Hatte ich schließlich die ganzen letzten Wochen auch getan und es war immer tröstlich gewesen. Ich würde diese seltsame weiße Stelle vergessen und nie mehr hinschauen.

Ich hatte mir vorgenommen, keine Rätsel mehr zu lösen. Doch ich konnte nicht wegschauen und nicht vergessen. Denn hier, direkt neben mir, schlummerte ein Geheimnis. Und ich würde ihm auf die Spur kommen!

ZWEI

Am Abend schleppte ich mich ins Wohnzimmer, wo samtiger schwerer Rotwein dekantiert auf einem Silbertablett in einer Karaffe darauf wartete, dass Felicitas ihn um eines jener winzigen Gläschen dezimierte, die sie abends gerne zu sich nahm. Dabei saß sie aufrecht, korrekt frisiert und in einem gestreiften Blüschen auf ihrer Couch. Neben ihr Pfötchen, die wie eine Statue wirkte.

»Willkommen im Leben!«, begrüßte mich meine Krankenschwester heiter und erhob sich.

Sie glitt in den Küchenbereich, der durch eine Schiebetür vom Wohnzimmer getrennt war, und stellte Teewasser an, während ich mich auf das Ledersofa setzte. Pfötchen schlich ihr nach, beobachtete unser Tun mit ihren leuchtenden Augen und ließ sich dann gnädig neben mir nieder.

Nachdenklich betrachtete ich meine Freundin. Sie war so grazil, so ätherisch. Im Grunde würde sie niemals altern, nur immer blasser werden, bis sie irgendwann einmal ganz verschwunden war und nichts mehr von ihr bliebe als ein vergilbtes Foto ähnlich denen, die sie auf die Leinwand geheftet hatte und denen man in ihrer Wohnung schlecht entkommen konnte.

Ob ihre Tante, der man den Teniers geschenkt hatte, auch so elfenhaft gewesen war? Hatte der unbekannte Verehrer den Schatten der Armbanduhr dorthin gemalt, und wenn ja, warum hatte er das getan? Vielleicht als taktlose Ermahnung: Heirate mich nur bald, deine Uhr tickt. Oder hatte Diana selbst die Uhr ins Bild gemalt? Das ergab noch weniger Sinn. Ein wertvolles Gemälde auf diese sinnlose Weise zu verändern – wer würde das tun?

»Freust du dich auf Kelly?«, erkundigte sich Felicitas unterdessen höflich. Sie hatte niemals eigene Kinder gehabt, doch ihre jugendlichen Geigenschüler verehrten sie, als sei sie eine Gestalt aus einem Märchen vergangener Zeit.

»Oh ja. Sehr, eigentlich!« Ich schluckte lauwarme Tränen herunter. Kelly. Ihr Name allein rief Erinnerungen an unsere Küche in Sélestat hervor, die sie mit ihrem Teenagerleben erfüllt hatte. Die Illusion einer kleinen Familie, die zerbrochen war.

Felicitas stellte den Tee vor mich hin, in einer reizenden Meissener Porzellantasse, wie ich registrierte. Sie bemerkte meinen Blick.

»Mahonienblüte«, erklärte sie achselzuckend. »Ich mag sie nicht sehr. Zu pompös. Etwas zu gewollt. Doch ich habe auch dieses Service geerbt. Manches mag man mehr, manches weniger.«

»Auch von Tante Diana?«

»Nein, um Himmels willen. Das war nicht ihr Stil. Das wäre ihr, glaube ich, zu verstaubt gewesen. Das Bild, das dich so beschäftigt, war so ziemlich das Einzige von Wert, was sie mir hinterlassen hat. Was auch erstaunlich ist, denn sie brauchte wahrscheinlich Geld für ihr neues Leben. Nein. Sonst war nichts mehr von ihr da. Außer alten Ordnern mit unwichtigen Papieren, ihren Mädchentagebüchern und ein paar Büchern natürlich, die sie drüben nicht mehr benötigte, sowie ein paar selbst entworfenen Blusen. Eine davon habe ich sogar mal getragen. Guter Stoff, aber mir etwas zu groß. Die Tasse hier ist von meiner Mama.«

Selbst entworfene Blusen beeindruckten mich immer. Ich besaß kein Auge für Formen und Perspektive und keinerlei Talent für Stil. Ich war schon froh, wenn ich beim Einkaufen nicht immer wieder schlafwandlerisch zu Sachen griff, die mich als Frau in mittleren Jahren einfach nicht mehr repräsentierten. Früher hatte ich es geliebt, mich bunt und fröhlich anzuziehen. Unkonventionell. Blumen-

kleider über Pluderhosen. Jeans und Paillettenhemden. Leggins mit Punkten und ein Rock mit Streifen. Heute würde ich mich darin verkleidet fühlen. Ein trauriger Clown.
Schuld an meinem etwas chaotischen Geschmack war in meinen Augen meine Mutter, die wild entschlossen gewesen war, ein Leben lang in maritimen Streifen herumzulaufen, obwohl wir in Baden lebten und das Meer nur vom Hörensagen kannten. Scheinbar erbt man auch Stilbewusstsein und ein Auge fürs Figürliche oder man erbt es eben nicht.
»Zeigst du mir ein detaillierteres Foto von deiner Tante Diana? Jetzt war ich doch so lange mit ihrem Gemälde auf Du und Du, da bin ich schon neugierig, was für eine Frau das war, der man solche wertvollen Bilder schenkt.«
Noch immer sagte ich Felicitas nichts von der Uhr. Ich glaube, es war in meiner »kriminellen« Vergangenheit einfach zu oft vorgekommen, dass ich von meinen eigenen Beobachtungen getäuscht wurde. Schlimmer noch: Dass ich am Ende in das Gesicht eines Mörders oder einer Mörderin geblickt hatte – Menschen, denen ich die ganze Zeit vertraut hatte.
Maren, fängst du schon wieder an!? Hier war nicht die Rede von Mord. Es gab keinerlei Hinweise auf Unregelmäßigkeiten oder ein Vergehen. Es war schließlich nicht verboten, eine Uhr in das eigene Bild zu malen, oder? Doch es blieb ein ungutes Gefühl. Und ich dachte an das hinterhältige Gesicht der Figur im Fenster.

****

»Komm.« Felicitas eilte vor mir her in ihr Rumpelzimmer, wie sie es liebevoll antiquiert nannte. Die Katze folgte uns lautlos. Dort lebten ein paar zerzauste Teddybären, hausten Puppen in einem schönen alten Puppenher-

renhaus neben einem alten Nähkästchen und diversen Schränkchen mit alten Büchern – alles sehr wohlgeordnet. In einem Regal aus hellem Holz, das den Charme der Fünfzigerjahre ausstrahlte, befanden sich zwei Porzellankatzen, ein Harlekin und zwei Fotos sowie ein paar bunte Bücher. Ich registrierte auf die Schnelle Pucki, eine schmalzige Mädchengeschichte von einem allzu braven Försterskind, und etliche Werke von Uta Danella. Ein paar Bildbände, Schneideranleitungen und ein schmales Buch mit bereits gelblichen Seiten. Dieses Bändchen erinnerte mich schmerzhaft an die vielen alten Broschüren und Bücher, die ich in meiner Zeit als Ahnenforscherin durchgesehen hatte. Doch jetzt schien meine Arbeit zu einer anderen, einer fremden Person zu gehören.
»Karlsruher Kinder im Dritten Reich. Begleitheft zur Ausstellung 1982.« Ich las die erste Seite, die sich an den kindlichen Leser richtete:

Wir schlagen Euch vor, den Katalog auch einmal gemeinsam mit Euren Eltern oder Großeltern anzuschauen, die die damalige Zeit als Kinder, Jugendliche oder Erwachsene miterlebt haben und sicher viel darüber erzählen können.

Ich unterdrückte ein mattes Lächeln. Viel zu erzählen hätten sie gewiss gehabt, die Eltern und Großeltern. Nur hatten sie es nicht getan, denn die Worte wären ihnen im Hals stecken geblieben. Wie oft war ich auf eine Mauer des Schweigens gestoßen. Sie wollten nicht reden über jene Jahre, die es nicht hätte geben dürfen. Viel lieber wollten sie vergessen. Mit dem Schutt auf den Straßen hatten sie auch den Schutt ihrer Erinnerungen weggekarrt.
Ich nahm das schmale Buch.
»Darf ich das Buch mal mit an mein Bett nehmen und lesen?«

»Natürlich. Warte mal ... Ich hab das noch niemals angeschaut. Schau, dies alles hier auf dem Regal hat sie dagelassen, als sie ging. Alte Modehefte. Ein paar Bücher. Und hier, da siehst du sie selbst noch einmal.«
Das Foto mit den etwas grellen Farben, die typisch für Aufnahmen aus den Siebzigerjahren waren, zeigte Diana als stattliche Frau mit netten kurzen Locken, die in einem freundlichen Braun schimmerten. Selbstbewusst blickte sie in die Kamera. Im Unterschied zu der zarten Felicitas erschien mir ihre Tante eher robust und sinnlich.
»Sie muss eine lebenslustige Frau gewesen sein, Maren. Munter und immer schick. So hat es mir Mama jedenfalls erzählt.«
»Ja, sie sieht handfest aus. Keine, die sich duckt im Leben. Und sie weiß, was sie will. Oder vielmehr wollte.«
Felicitas seufzte: »Schade. Alles vorbei. Vergessene Geschichten.«
Nein, dachte ich, es ist eben nicht alles vorbei. Dianas Bild ist noch da, und der Mann mit der Uhr ist eine Tatsache.
»Felicitas, sie hat das Bild also ausdrücklich *dir* geschenkt?«
Felicitas lachte, aber ein leichter Unwille schwang nun mit.
»Du und das Bild! Ich dachte, du magst es gar nicht. Ja, bevor sie ausgewandert ist, hatte sie bestimmt, dass ich es haben soll. Das war mir damals egal. Ich war ja noch ein kleines Mädchen. Wahrscheinlich wäre mir eine Tafel Schokolade oder eine Barbiepuppe lieber gewesen als ein oller Holländer.«
»Hat sie dir das Bild geschenkt, *weil* sie ausgewandert ist oder hätte sie es dir sowieso vermacht? Hat sich deine Mutter jemals dazu geäußert?«
Felicitas stellte die Teetasse auf den Unterteller.
»Woher soll ich das wissen? Es war einfach da und fertig. Das Bild hat dich wirklich fasziniert, hm?«

»Ja. Es interessiert mich irgendwie. Schließlich habe ich lange genug neben ihm gelegen.«
Felicitas bot mir Kekse an. Ich wollte mir einen nehmen, doch sie schüttelte liebevoll tadelnd den Kopf, nahm das Gebäckstück stattdessen mit einer kleinen Silberzange vom Teller und legte es auf einen winzig kleinen Teller.
»Es freut mich, dass du dich überhaupt wieder für etwas begeistern kannst. Ich habe mir schon Sorgen um dich gemacht, Maren. Du warst früher so ein bunter, kleiner Chaot. Und jetzt erscheinst du mir sehr ernst. Nun ja, kein Wunder. Nach allem, was du erlebt hast.«
Sie legte mir ihre Elfenhand auf die Knie, doch ich sah erschrocken, dass es schon fast Altfrauenhände waren. War es für uns beide schon vorbei mit dem Leben und der Liebe?
Felicitas krauste die Stirn.
»Lass mich nachdenken. Also, Diana Mänzer wanderte aus und zwar wohl ziemlich überraschend. Na ja, in Amerika konnte man es halt noch schaffen. Ein größeres Leben leben, und das wollte sie offenbar.« Felicitas zuckte verständnislos die Achseln. »Und dann gab Tante Diana all ihre Sachen einer wohlätigen Organisation. Ihren Schmuck hat sie sicher mitgenommen, ihre besten Kleider natürlich auch und offenbar ein paar wenige Bücher. Darüber hinaus hatte sie anscheinend nicht viele wertvolle Gegenstände, obwohl man sich früher in der Familie immer für Kunst interessiert hatte und das eine oder andere besaß, was auch immer daraus geworden ist. Ich sage ja, es war ursprünglich eine besondere Familie, aus der ich stamme. Mütterlicherseits wohlgemerkt. Ich spreche nicht von meinem Vater.«
Ich verdrehte innerlich die Augen. Alle meine Klienten kamen immer aus besonderen Familien. Alle hochgebildet und kultiviert. Es war direkt ein Wunder, dass es früher einfache Leute wie Schuster, Bäcker und Reinemachfrau-

en gegeben hatte. Doch Felicitas hatte eine Einschränkung parat: »Es geht ja nicht immer nur um Geld. Der Geist zählt. Mein Uropa, der Arzt Alfred Mänzer, war strebsam und gelehrt, aber nicht so vermögend wie die Heyms, deren Tochter Clara er dann heiratete. Seine Schwiegermutter, meine Ururoma Alberta Heym, geborene Debertin, du erinnerst dich, die Hugenottin, führte sogar einen künstlerischen Salon. Wie Rahel Varnhagen. Ja ja, das Kultivierte und Französische hat sie ihrer Tochter Clara, später eben Alfred Mänzers Frau, vererbt. Ich bin ein bisschen stolz darauf, und finde, ich bin selbst ein französischer Typ.«
Fand ich zwar nicht, aber auch dieses Wunschdenken war mir nicht neu. In letzter Zeit brüsteten sich die Badener ihrer Abstammung von Hugenotten, die als Edelflüchtlinge angesehen wurden.
»Aber Diana selbst besaß an Kunstwerken wohl nur dieses eine Bild, und das hat sie mir gegeben. Auch wenn ich es damals nicht schätzen konnte, war es doch eine nette Geste von ihr.«
Ich wartete. Oh, ich kannte das so gut aus meiner Arbeit. Jetzt begann sie auf dem Pfad der Erinnerung zurückzuwandeln. Ein Ahnenforscher musste warten können und vor allem genau zuhören.
»Ich hab das Gespräch von damals noch im Ohr. Mein Gott, ist das lange her.« Sie strich sich eine Locke aus dem Gesicht. »Ich war noch ein Kind und spielte in der Küche. Mama und Tante Diana saßen am Küchentisch. Ich hätte es längst vergessen, aber Diana duftete immer so gut nach einem teuren Parfüm. Nicht dieses unsägliche 4711, wie es die Frauen damals alle benutzten. Nein, viel feiner. Den Duft habe ich heute noch in der Nase. Und höre dazu Mamas Worte: ›Du fährst doch mit dem Schiff, Diana, du kannst das Bild doch mitnehmen. Es ist immerhin ein echtes Gemälde. Du kannst es in Amerika vielleicht verkaufen. Die Amis mögen so etwas.‹«

Wieder Stille. Felicitas horchte in sich hinein.

»Und was hat sie geantwortet?«, fragte ich ganz vorsichtig, um das zarte Gewebe ihrer Erinnerung nicht zu zerreißen.

»Mein Gott, Maren. Ich habe bis jetzt nicht mehr daran gedacht. Es war doch nicht wichtig. Lass mich in meinem Gedächtnis graben. Das ist so lange her. Tante Diana hat ungewöhnlich heftig geantwortet: ›Ich will es nicht haben, und ich will es auch nicht verkaufen. Ich kann es nicht verkaufen. Es gehört in die Familie.‹ Ja, so etwa waren ihre Worte.« Felicitas nickte langsam.

Ich wunderte mich: »Warum hat sie gesagt, sie konnte es nicht verkaufen? Weil sie so sehr daran hing? Und dann verschenkte sie es?«

Felicitas stand auf und trat ans Fenster. Draußen explodierte mal wieder der badische Frühsommer in Weiß, Rosa und Gelb. Dieses Jahr war er nicht so schön, nicht so warm wie die Jahre zuvor, in denen wir schon im März mit sommerlichen Temperaturen verwöhnt worden waren. Das allgemeine Blühen ließ sich trotzdem nicht aufhalten.

»Ach, Maren, ich war nur ein kleines Kind. Nein, ich glaube eigentlich gar nicht, dass sie so sehr an dem guten alten Teniers hing. Meine Tante Diana war für damalige Ansichten anscheinend eine ziemlich moderne Frau mit eigenen Plänen. Karriere machen. Auswandern. Und unverheiratet. So wie ich.«

»Nur dass sie nach New York schipperte und du kaum aus deinem Viertel herausgehst! Vielleicht solltest du auch mutiger werden.«

»Ich fühle mich wohl in meinem Leben. Mir fehlt nichts«, erwiderte Felicitas fast trotzig.

»Wenn du meinst! Aber verlieb dich doch wenigstens mal.«

»Kein Bedarf. Ich sehe ja, wo das endet. Übrigens, wie gesagt, soweit ich mich erinnern kann, hingen sonst nur

moderne Kunstwerke in Tante Dianas Wohnung. Dali und Picasso. Aber das waren natürlich nur Drucke. Außerdem liebte sie Bilder von Modefotografen aus den Dreißigerjahren. Da hat sie auch ein kleines Büchlein hinterlassen.«
Felicitas suchte zwischen den Modezeitschriften herum, kramte und fand ein Heftchen. Dann zeigte sie mir Schwarz-Weiß-Abbildungen von Frauen in eleganten, schmalen Kleidern mit Pelzen. Neben den Models erkannte ich auch berühmte Gesichter: Marlene Dietrich, Ginger Rogers, Marilyn Monroe in jung und frisch. Ich nickte langsam. Diana war offenbar tatsächlich keine Frau der klitzekleinen Karlsruher Träume gewesen.
Mir drängte sich inzwischen ein Verdacht auf. Sie hatte gesagt, sie *konnte* das Gemälde nicht verkaufen, denn sie wusste, dass etwas nicht damit stimmte. Hatte sie den Fehler also auch entdeckt? Ich würde zu gerne die Expertise sehen.
Von der Seite blickte ich Felicitas an, wie sie da fein, aufrecht, elegant und unantastbar auf ihrem cremefarbenen Sofa saß. Wie sollte ich sie nach der Expertise fragen, ohne dass es ihr auffiel? Mein Interesse an dem Bild war allmählich nicht mehr mit der Tatsache zu erklären, dass ich zwei Wochen neben ihm gelegen hatte.
Ich entschloss mich zur Offensive: »Felicitas, meinst du, dass du die Expertise zu dem Teniers suchen könntest?«
Erwartungsgemäß sah sie mich erstaunt an.
»Warum denn das? Ich habe dir doch gesagt, dass das Werk echt ist.«
Vorsichtig erklärte ich ihr: »Felicitas, mit dem Bild stimmt etwas nicht.«
»Wie bitte?«
Sie wurde nicht böse, sondern nur ein bisschen kühler.
»Komm mit, ich zeige es dir!«

Als ich mit Felicitas ins Gästezimmer ging, hatte ich fast ein wenig Angst, dass der seltsame Mann, der im ersten Stock des Bauernhauses das Fenster schloss, verschwunden sein könnte.
Doch er war noch da, mit dem gleichen dummen Grinsen wie zuvor. Ein wenig hinterhältig und plump. Ausgerechnet so einer musste das Geheimnis tragen.
Ich zeigte mit dem Finger auf ihn, ohne ihn zu berühren.
»Hier dieser Typ. Und schau, an seinem Arm. Fällt dir an seinem Handgelenk etwas auf? Ja, hier, das ist der Abdruck oder der Schatten von einer Uhr. Also die weiße Stelle, die von der Sonne ausgespart wird.«
Felicitas ging schweigend zum Schreibtisch, öffnete eine Schublade, fand nach kurzem Suchen eine Lupe, ging ohne mich zu beachten, zu dem Teniers, ganz nahe dran, wich wieder zurück, studierte Bild, Armgelenk und Uhrenschatten noch einmal. Sie schüttelte den Kopf, atmete tief ein und wies dann schließlich auf das ganze Gemälde. Mit leichter Ironie stellte sie betont sachlich fest: »Tatsächlich. Es sieht so aus wie die weiße Stelle von einer abgelegten Armbanduhr. Ich wüsste nicht, dass es so etwas auf einem Teniersbild geben könnte oder dürfte. Derjenige, der es gemalt hat, hat sich jedenfalls die richtige Figur ausgesucht.«
»Ja? Wieso?« Toll, wie cool sie blieb. Ein Lob der Disziplin.
»Schau dir den Mann an. Er ist ziemlich dunkel, wie ein Italiener. Seine Haut ist braun, sein Haar ist schwarz. Auf einer hellen holländischen Haut hätte man die Spur gar nicht entdeckt. Und es ist Frühling auf dem Bild. Alles fängt gerade erst an zu blühen. Er kann also nicht sonnengebräunt sein. Nein, der Maler hat sich genau den richtigen Typ herausgepickt.«
Ich nickte. Daran hatte ich gar nicht gedacht.
Felicitas legte die Lupe seufzend zur Seite.

»Ich habe diesen Mann noch niemals gesehen. Oder sagen wir, ich habe ihn niemals beachtet. Er ist so unwichtig für das Gesamtbild. Und er ist nicht angenehm. Er ist düster. Ich mag ihn nicht.«

»Nun ist er nicht mehr unwichtig«, sagte ich.

Sie fuhr sich durch ihre Locken.

»Ist die ganze Figur in das Bild gemalt oder nur der Schatten am Handgelenk?«

»Ich denke, dass es nur die Uhr ist. Die Figur, also das Gesicht, sieht ziemlich echt aus, also gleicht genau den anderen Gesichtern, und ich glaube nicht, dass jemand eine ganze Figur einfach so nachmalen kann, dass es nicht sofort auffällt. Vermutlich ist es nur der Schatten der Uhr, der hinzugefügt wurde. Der Mann schließt das Fenster und berührt dabei den Rahmen. Die Hand passt in die Perspektive, hat den gleichen Farbton wie der Arm und war wahrscheinlich immer schon da. Sonst hätte ja sein Arm zuvor in einem Stumpf geendet, mit dem er das Fenster nicht hätte schließen können. Es ist nur der Uhrenschatten.«

»Aber was bedeutet das?«, fragte Felicitas mehr sich als mich.

Nachdenklich antwortete ich ihr: »Felicitas, ich denke, jemand wollte mit diesem Handgelenk und dem Uhrenschatten ein Zeichen setzen.«

Ich wartete geduldig auf ihre Reaktion.

»Ach«, meinte Felicitas mit bemühter Leichtigkeit, »es kann ganz harmlos sein. Der Verehrer, dem das Bild gehört hat, der es Tante Diana geschenkt hat, könnte doch sich selbst hinein gemalt haben. Damit sie immer an ihn denkt. Sie war schließlich eine interessante Frau.«

»Felicitas, glaubst du das wirklich? Erstens war der dumme Kerl da oben höchstwahrscheinlich schon vorhanden. Dann würde der Schenker durch eine so sinnlose Hinzufügung ein teures Gemälde im Wert schmälern. Ich habe

von einem Fall gelesen, in dem ein englischer Fälscher in ein Bild von Rembrandt einem Zecher ein Guinness-Glas in die Hand gemalt hat. Ich glaube, der Mann ist im Knast gelandet. Bei so etwas kennt die Kunstwelt keinen Spaß.«
Felicitas wiegte den Kopf.
»Mag sein, aber vielleicht hat er es getan, damit sie es für immer behalten muss. Deshalb hat sie gesagt, sie *kann* es nicht verkaufen.«
»Der rätselhafte Schenker müsste also nicht nur wohlhabend, ein Kunstkenner und vielleicht Sammler sowie ein Mann in den besten Jahren gewesen sein, sondern auch noch wissen, wo er in Farbe und Stil eines niederländischen Malers des 17. Jahrhunderts unauffällig einen solchen Schatten hineinmalen konnte, den man erst bei genauem Hinsehen als falsch erkannte. Die Uhr ist das eigentliche Zeichen, doch würde sie nicht sofort bemerkt werden. Ein Handgelenk, ein Arm mehr oder weniger auf diesen Bildern fällt sowieso nicht auf. Irgendwo habe ich gelesen, dass große Maler manchmal ihren Assistenten die halbfertigen Bilder gegeben haben, und die haben einfach noch Standardsituationen hineingemalt.«
»Wirklich?« Felicitas sah mich nach meiner langen Einlassung anerkennend an.
»Felicitas, ich denke, in diesem Fall ist es aber so, dass man eben nicht gleich bemerken sollte, dass etwas mit dem Bild nicht stimmt. Und doch sollte es irgendwann gesehen werden. Das Zeichen musste aber möglichst klein und unauffällig sein, der Fehler durfte nicht ins Auge springen. Ob er jemals entdeckt werden würde, blieb deshalb ein Glücksspiel. Doch die Uhr als Zeichen war dennoch eindeutig: Es gab im 17. Jahrhundert keine Armbanduhren.«
»Aber warum? Was für einen Sinn soll das haben?«
»Wir sollten zweierlei wissen: Ist nur die Uhr in das Bild gemalt worden oder wurde es auch sonst verändert? Man

müsste wissen, ob das Bild irgendwo erfasst ist und wie es ursprünglich ausgesehen hatte. Was ist das für eine Uhr und gibt sie einen Hinweis auf Dianas Verehrer? War er Uhrenhändler, stahl er Uhren oder schmuggelte er sie? Dann würde das Zeichen vielleicht einen weiteren Sinn machen. Und wir müssen den Brief mit der Bestätigung der Echtheit des Gemäldes auftreiben. Vielleicht findet sich dort ein Hinweis auf den Vorbesitzer.«

Felicitas verdrehte anmutig die Augen nach oben.

»Maren, jetzt weiß ich, warum mich manche unserer Freundinnen liebevoll gewarnt haben, dich bei mir aufzunehmen. Es sieht nach richtiger Arbeit aus, was auf mich zukommt. Und das alles wegen eines nicht mal besonders reizvollen Kunstwerks, das ich nie sonderlich beachtet habe. Außerdem wolltest du doch nicht mehr … arbeiten. Du weißt, was ich meine. Du wolltest das Böse nicht mehr in dein Leben lassen.«

Ich hob meine Teetasse und griff brav mit dem Zängchen nach einem weiteren Keks.

»Eben. Für heute vergessen wir Zecher, Gastwirtschaften und Männer mit Uhren. Komm, lass uns einfach ein bisschen fernsehen – so lange wir das noch in Ruhe können.«

»Wie meinst du denn das?«, fragte Felicitas erstaunt.

Vorsichtig erklärte ich: »Felicitas, du hast keine Kinder und ich eigentlich auch nicht. Aber eins weiß ich doch: Wenn Kelly kommt, ist es erst einmal vorbei mit unserer heiligen Ruhe hier.«

Instinktiv griff Felicitas nach einer blauen bauchigen Vase mit einer Windmühle darauf. Delfter Porzellan wahrscheinlich.

****

Ich konnte in jener Nacht nicht schlafen, was ich einerseits als Zeichen eines besseren Zustands interpretierte.

Andererseits war mir, als beobachtete mich der Mann aus seinem Bild heraus, als wollte er, dass ich wach blieb.
Nach einer Weile des Herumwälzens gab ich auf und knipste das Nachttischlämpchen an. Müßig griff ich nach dem Buch über das Leben der Karlsruher Kinder im Dritten Reich, ein trauriges Thema, das niemals wirklich verjähren würde. Ich schlug das dünne Bändchen auf, dessen Duft sein muffiges Dasein auf dem Speicher widerspiegelte.
Auf den ersten Seiten fanden sich Berichte über die Armut und Arbeitslosigkeit vor der Nazizeit. Leere Augen und leere Plätze in Karlsruhe. Man schrieb das Jahr 1932. Und die erste unheilvolle Aufforderung: Für das christliche Weihnachtsfest sollte der Deutsche gefälligst bei christlichen Händlern kaufen. Nicht nur das. Schon im Januar 1933 gab es auch in der badischen Behaglichkeit von Karlsruhe Schlägereien von SA-Abteilungen und politischen Gegnern, die damals tatsächlich noch existierten.
Ich machte instinktiv einen Knick in die Seite und erschrak zugleich, denn es war ja nicht mein Buch.
Eine Weile warf ich mich noch hin und her, grübelte, dachte nach und schlief dann trotzdem irgendwann ein.

DRE

Es verhielt sich genau wie vorhergesagt. Kelly brach über uns herein wie ein tropischer Sturm. Dabei hatte sie gar nichts Tropisches an sich – das rothaarige Mädchen hätte in meinen Augen vielmehr Werbung für irische Butter machen können, wenngleich Iren ein keltisches Volk und deshalb eigentlich klein und dunkelhaarig sind. Kellys Haut, jung und frisch sowieso, wies jene weiße, klare Reinheit auf, wie man sie nur im angelsächsischen Raum findet. Tiefblau und unternehmungslustig funkelten ihre Augen unter dichten anthrazitfarbenen Augenbrauen, und weiße Zähne blitzten zu einem grübchenverzierten Lachen.

»Hier bin ich, Mary!«

»Bist du wohlauf?«, fragte Felicitas vorsichtig und bot ihr die Hand.

Der rote Haarschopf wurde von kleinen Händen mit nicht ganz sauberen Fingernägeln verwuschelt.

»Wohl … was? Ach so, es geht«, sagte Kelly verlegen. »Ich … Ich denke jeden Tag *daran*. Aber ich muss auch wieder happy sein. Er hätte nicht gewollt, dass wir traurig herumsitzen. Nicht wahr?«

»Ja, so ist es«, sagte ich, zog sie an mich und fuhr fort: »Lass uns nicht darüber sprechen. Er ist immer dabei, aber wir müssen es ihm nicht dauernd beweisen. Er liebte das Leben, und er wollte, dass wir es auch lieben.«

Sie machte sich verlegen los und kramte in einem grünen Beutel, der wohl ihre Reisetasche war. Ein Slip, ein T-Shirt und eine Häkelmütze erschienen, bevor sie ein kleines Glas mit Marmelade fand.

»Mama hat dir homemade marmelade mitgegeben. Sie haben sie mir am Flughafen weggenommen. Es könnte

eine Bombe drin sein. Ich habe ein neues Glas für dich gekauft. Ja, ein neues Glas.«
Dann begann sie zu weinen. Eine halbe Stunde lang. Ich streichelte ihr über den Rücken. Und ich wusste, sie weinte nicht wegen der Marmelade.

****

Am nächsten Tag ging es Kelly besser und sie schien unternehmungslustig.
»Ich zeige dir Karlsruhe«, versprach ich in forscherem Ton, als mir eigentlich zumute war. Und dann umrundete ich mit ihr die zahllosen Baustellen. Wir linsten durch Bauzäune, marschierten trotz meiner gelegentlichen Schwächeanfälle über die Kaiserstraße, machten Pause im Starbucks und schleckten ein Eis. Vergeblich versuchte ich die Existenz des irischen Klamottendiscounters Primark irgendwie totzuschweigen und am Prinz-Max-Palais statt an der Postgalerie vorbeizugehen. Hastig steuerten wir über die Stephanienstraße auf die Kunsthalle zu.
»Magst du Bilder ansehen? Richtige Bilder? Alte Gemälde?«
Sie schielte mich von der Seite an.
»War da nicht gerade das Schild von Primark?«
»Ja. Vorher Bilder?«
Im mittelalterlich geprägten Sélestat, der quasi-Heimat unserer quasi-Familie, hatte sie sich daran gewöhnt, in Kirchen und Museen geschleppt zu werden. Deshalb zuckte sie jetzt mit den Schultern.
»Alte Bilder?«
»Yep!«
»Okay. Aber dann Primark!«
Doch selbst auf ein Kind, das lieber T-Shirts sammelte, wirkte die Kunsthalle offenbar irgendwie imposant. Zumindest war Kelly erstaunlich still, als ich die Eintrittskar-

te kaufte. Gleich rechts am Eingang hingen Zeitungsausschnitte, in denen die Sonderausstellungen der Kunsthalle kommentiert wurden. Man war sichtlich stolz auf den Rang, den das Haus in Kunstkreisen genoss.

Ich überflog die schlecht kopierten Artikel.

»Raubkunst? Was ist das, Mary?«, fragte Kelly und deutete auf einen Zeitungsartikel mit Foto und Text. Eine mollige dunkelhaarige Frau lächelte schüchtern, der Mona Lisa ähnelnd, in die Kamera.

Ich studierte den Zeitungsausschnitt Kelly zuliebe. Im Grunde hatte ich nicht viel Lust, mich hier mit diesem düsteren Kapitel zu beschäftigen.

»Geht es um Hitler?«, fragte sie, und ihre Augen leuchteten gespannt. In Großbritannien war Hitler inzwischen so etwas wie eine omnipräsente böse Comicfigur.

»Nicht so laut, Kelly!«

»Sag schon!«

»Also, diese Frau hat Kunstwerke zurückbekommen, die die Nationalsozialisten ihren Vorfahren abgenommen hatten. Sie ist wohl eine Ururenkelin der ursprünglichen Besitzer. Sie kommt aus Israel. Dieses Stehlen von Kunstgegenständen nannte man Raubkunst. Den Juden hat man sie damals einfach abgenommen oder man hat sie gezwungen, unter Wert zu verkaufen. Heute versucht man, möglichst viele von den gestohlenen Objekten den Familienangehörigen wiederzugeben. Die zu finden ist nicht immer einfach. Man nennt das Provinienzforschung.«

»Das war nicht okay damals. Leute bestehlen«, befand Kelly kühn. »Mary, gehen wir jetzt diese Treppe nach oben?«

»Ja, aber mach langsam. Ich bin noch nicht ganz fit.«

Dieser mächtige Bau: riesige Treppe im Inneren, große Fenster, die auf die Anfänge der Residenz hinausschauten, hohe Decken, würdevolle Räumen voll mit Bildern und streng blickenden Aufseherinnen. Gemälde an Gemälde in pompösen Rahmen, in der früheren Epoche der

Ölmalerei zumeist Jesus und Maria zeigend. Das Heilige Land und bärtige Christenmenschen hingen nebeneinander und stahlen sich gegenseitig ein wenig die Show. Wir passierten all die heiligen Leute in ihren bukolischen Landschaften und die riesigen Fleischmassen sowie die im Grunde wenig appetitlichen Stillleben von Rubens mit höchst realistisch aussehendem Wildbret, das aus toten Augen in die Ewigkeit starrte. Irgendwann landeten wir zwangsläufig bei den anderen Holländern. Ich hatte mir hastig ein paar Fakten angelesen, um dem Kind wenigstens etwas erklären zu können.

»Fällt dir etwas auf, Kelly?«

Kelly kniff die blauen Augen zu Saphirschlitzen zusammen.

»Nee. Nur dass hier nicht so viele Marias und fette Jesuskinder herumstehen.«

»Nicht gerade schön ausgedrückt, aber es stimmt. Die holländischen Maler haben sich mit der Befreiung von der spanischen Herrschaft im 17. Jahrhundert auch von den strengen künstlerischen Vorstellungen des katholischen Glaubens gelöst. In den Bildern hier erkennt man das neue Selbstbewusstsein, den steigenden Wohlstand und die Liebe zur Heimat.«

Kelly verzog das Gesicht.

»Holland!«, sagte sie abfällig. »Nix außer Pancakes und Käse.«

»Stimmt nicht. Es ist kein Zufall, dass in den Museen der Welt so viele Werke niederländischer Maler hängen. Da gab es schon früh eine wohlhabende Mittelschicht, die es sich leisten konnte, Bilder zu kaufen, zu sammeln und malen zu lassen. Und dann streckten die Kaufleute ihre Hände nach Übersee aus und wurden reich und reicher. Felicitas besitzt übrigens auch so ein altes holländisches Bild.«

Kelly zeigte sich jetzt endlich beeindruckt: »Echt? Hat sie das geerbt? Ich glaube sowieso, die kommt aus einer

vornehmen Familie. Sie hat so was an sich. Posh. Nein, nicht posh. Real gentry. Wie sagt man? Edlig? Adlig! Like her cat. Hat sie viele so alte Bilder?«
Ich war froh, dass Kelly den feinen Unterschied zwischen neureich und vornehm bei Felicitas erkannte.
»Nein, sie hat sonst keine anderen alten Gemälde.«
»Warum nicht?«, fragte Kelly.
»Ich weiß es nicht!«
»Komisch.«
Das fand ich auch.
»Ihr altes holländisches Bild hat sie geschenkt bekommen, von einem Verehrer ihrer Tante. Gemalt hat es der Bruder von David Teniers, einem sehr bekannten Maler. Komm, wir suchen Herrn Teniers mal auf.«
Es ging um gewienerte Ecken herum, den Gang entlang. In regelmäßigen Abständen passierten wir stoische Wärter. Irgendwann standen wir tatsächlich vor einem echten David Teniers. Durch die Darstellungsweise seines Bruders kam er mir fast vertraut vor.
Das betreffende Bild hieß »In der Schenke« und zeigte zwei Räume einer Kneipe in eher düsteren Farben. Einige Töpfe, schimmernde Kessel und irdene Krüge teilten das Bild in zwei Bereiche und sorgten mit den an der gegenüberliegenden Wand hängenden Küchenutensilien für den bei Kunstlehrern so beliebten Goldenen Schnitt. Auch auf diesem Bild herrschte kein Mangel an Personal. Im Vordergrund saßen Leute um einen Tisch herum und hielten das übliche Gelage ab. Auch hier wieder zwei Verliebte, einander umschlingend. Im Hintergrund wurde getanzt, ganz klar. Der unvermeidliche Hund saß bieder blickend neben den Speisenden, hoffte auf Krumen und erinnerte mich entfernt an meine Nessie. Kelly warf einen wenig freundlichen Blick auf das Kunstwerk.
»Na ja. Der hat aber ganz genau gemalt, was die Leute anhaben! Gehen wir dann übrigens noch zu Primark?«

Sie hatte recht. Die Kleidung war genauestens dargestellt. Mein Blick wanderte zu den Handgelenken. Keine der Figuren trug eine Uhr. Hatte ich etwas anderes erwartet?
»Warte kurz. Ich will es nur einen Moment ansehen.«
Kelly spürte, dass mir dieses Bild offenbar wichtiger war als andere, die in seiner näheren Umgebung hingen. Wir ließen uns auf einer der Ruhebänke in der Nähe nieder. Nach einer Weile befand das Kind mit seiner unverfälschten Beobachtungsgabe: »Also diesen Tenman finde ich ja ganz cute. Man sieht so viel auf den Bildern. Es passiert wenigstens was. Something is happening. Die Leute sind so mitten in ihr Leben.«
»Ja«, bestätigte ich. »Alltag und Vergnügen in Flandern. Sie tanzen, essen, verlieben sich. Sie haben Kinder.«
»So wie heute. Woher kommen eigentlich die Bilder, die hier an die Wände hängen?«
»Sie sind gekauft oder ersteigert worden. Von dem Museum mit Mitteln des Landes Baden-Württemberg oder durch sogenannte Drittmittelgeber.«
»Oh Gott. Typisch deutsches Wort«, sagte Kelly.
»Stimmt. Manche stammen vermutlich auch aus Privatsammlungen, die irgendwann über den Kunstmarkt veräußert wurden. Sehr selten – denn es gehört nicht nur Geld, sondern auch Kunstverstand dazu – besitzen nämlich auch normale Leute solche Gemälde. Und es gab eine Markgräfin im Karlsruher Schloss, Karoline Luise, die sehr viele Kunstwerke gesammelt hat. Sie hat sie von überallher zusammengetragen. Ihrer Leidenschaft hat Karlsruhe den Grundstock der Kunsthalle zu verdanken.«
»Geiles Hobby!«
»Kelly!«
»Ganz normale Leute? Wenn *ich* so ein Bild hätte, würde ich es nicht hergeben«, bemerkte meine nach billigem Maiglöckchenparfüm duftende Begleiterin.

Nachdenklich betrachtete ich das Werk vor mir. Hatte der unbekannte Schenker das Bild gekauft, so war es bestimmt kostspielig gewesen. Oder er hatte es geerbt, dann hätte es einen emotionalen Wert besessen. Und doch hatte sich ein Mensch irgendwann einmal von diesem schönen Bild getrennt und es an eine Liebelei verschenkt. Fast, als sei es ihm niemals wichtig gewesen.
Kellys kulturelles Interesse war jetzt allmählich erschöpft. Sie riss ihre blauen Augen flehentlich auf.
»Gehen wir jetzt zu Primark, please!«
Wer könnte einem Kind, das seinen Vater und seine zweite Heimat verloren hatte, etwas abschlagen? Gemeinsam mit ihr begab ich mich also in diesen an eine Lagerhalle erinnernden Kleiderladen, in dem T-Shirts auf riesigen Stapeln verkündeten, sie kosteten gerade mal drei Euro.
»Kelly, diese Dinge werden in Ländern hergestellt, in denen die Menschen ausgebeutet werden.« Ich wies auf die Stangen mit gleich aussehenden Hängerchen in fantasielosem Druck. Irgendwie erinnerte mich das schmucklose Geschäft an eine Kaufhalle in der ehemaligen DDR.
»Ich weiß«, sagte Kelly und hielt ein buntes kurzes Kleid vor sich hin. »Steht mir das?«

****

Als wir mit den verräterischen braunen Papiertüten bepackt nach Hause kamen – auch ich hatte nicht widerstehen können und ein Nachthemd, eine rote Strickjacke und zwei trägerlose Shirts gekauft –, hörte ich Stimmen aus Felicitas' schön eingerichtetem Wohnzimmer mit den Holzböden, der alten verzierten Anrichte, dem prächtigen Jugendstilglasschrank und natürlich dem Flügel.
Inmitten dieser Pracht saß nun nicht nur Felicitas, sondern auch ein dunkelblonder Mann um die Fünfzig, der mir gänzlich unbekannt war. Er war mittelgroß, schlank,

mit einem intelligenten Gesicht und musterte mich intensiv. Seine Nase krümmte sich so stark an ihrem Ende, dass sie aussah, als sei sie an seiner Oberlippe angewachsen, aber da der Rest des Gesichts harmonisch und seine blauen Augen so sanft und freundlich waren, wirkte er sympathisch. Der Unbekannte trug Jeans und einen Pullover, der gut und gern aus den Siebzigern hätte stammen können. Es war sofort erkennbar, dass er sich nicht viel aus seinem Äußeren oder aus Kleidung machte. Am nettesten war sein Mund, der von Humor zeugte.

»Hallo!« Seine Stimme war angenehm, mit einem winzigen selbstironischen Anklang darin. »Du musst Felicitas' Patientin sein. Ich bin Daniel.« Sein Händedruck war fest, warm und tat gut. Felicitas schmunzelte.

»Das ist Daniel Lingenfelder. Dr. Daniel Lingenfelder. Wir kennen uns schon lange. Aber ich bin eine der wenigen Frauen, mit denen er nichts hat.«

Daniel nahm den leicht hingeworfenen Einwurf ernst.

»Aber nicht, weil ich es so wollte. Das wollen wir für die Nachwelt festhalten.«

»Aha!?« Ich sah erstaunt vom einen zum anderen. Was für eine seltsame Konversation für Felicitas, die ansonsten akribisch auf Formen und Benimm achtete. Und was war das für eine Auszeichnung für Daniel? Er sah nicht gerade wie ein Frauengefährder und Gefühlsvernichter aus. Obwohl sein Blick der eines Kenners war - das war nicht zu übersehen.

»Daniel ist Kunsthistoriker und arbeitet bei einem Gutachterbüro in Offenburg.«

»Das ist aber interessant.«

»Seine Schwägerin hatte mal Geigenunterricht bei mir.« Und formvollendet in Daniels Richtung gewandt: »Wie geht es Rosalinda?«

»Heißt sie wie der Papagei aus Pippi Langstrumpf?«, fragte ich amüsiert.

Felicitas warf mir einen tadelnden Blick zu.
Daniel antwortete protokollgerecht: »Danke, gut. Rosalinda heißt wirklich wie der Papagei und ist froh, wieder in ihrer Heimat Schweden zu sein. Sie lebt mit meinem Bruder in einem winzigen Dorf bei Malmö. Nichts als Fische, blaues Meer und blonde Leute. Demnächst besucht mich die ganze Familie.«
»Schön!« Felicitas lächelte verbindlich. Dann kam sie zur Sache: »Daniel, es ist gut, dass du da bist. Im Moment können wir dir nur sagen, dass wir uns für das Bild interessieren, das meine Tante Diana mir vor vielen Jahren hinterlassen hat. Ich habe es dir gezeigt. Es hängt im Gästezimmer.«
»Der Teniers? Vielmehr der Bruder des bekannteren Teniers?«
»Ja. Wir … würden gerne mehr über dieses Bild wissen.«
»Hm. Okay. Obwohl es mir nicht besonders gut gefällt. Es ist mir etwas zu genrehaft und insgesamt zu dicht. Ich kann es mir aber gern noch mal genau anschauen.«
»Nein«, sagten Felicitas und ich wie mit einer Stimme.
»Das ist nicht nötig.« Felicitas reichte anmutig ihre Etagere mit den Keksen herum.
Daniel reagierte gelassen: »Gut, dann eben nicht. Ich kann warten, bin aber gespannt, worum es geht.«
»Zunächst um die Expertise, das Bild betreffend. Ich habe den Brief gefunden, der sich auf das Gutachten bezieht. Ich hatte ihn bei mir hier unten in meinen persönlichen Unterlagen aufbewahrt. Bei meinem« – sie schluckte kurz – »Testament. Mein Gott, ja, eine alleinstehende Dame muss an so was denken.«
Sie hatte den Brief also gefunden. Ein in steiler Handschrift verfasstes Schreiben wurde mir unter die Augen gehalten.
Nun streckte Kelly die Nase herein.
»Hi. Kann ich mir Pizza holen?«

»Gerne«, sagte Felicitas säuerlich, die Kräuter und Körner als Grundnahrungsmittel bevorzugte.
»Ich würde auch eine nehmen. Warte mal, ich gebe dir Geld.« Ich sah mich suchend um.
Daniel griff in eine etwas abgeschabte braune Aktentasche neben sich.
»Nein, nein, das bezahle ich. Dann bring mir doch bitte auch eine mit. Oder wir teilen uns einfach eine Familienpizza. Auch wenn wir keine sind.«
»Wir können uns wenigstens beteiligen!«
Daniel zuckte die Achseln.
»Ist doch egal. Ich mache mir nichts aus Geld.«
Interessant. Wenn schon, denn schon. Wir diskutierten nun den Belag unserer Pizza mit heiligem Eifer. Artischocken, Oliven, Peperoni, Käse natürlich, Tomaten auch.
»Kelly, das Ding wird zentnerschwer werden«, mahnte ich.
Daniel schmunzelte: »Das schafft sie schon. Die Pizza ist das Ziel, da klappt das auch mit dem Weg.«
Ich beäugte ihn.
»Du verstehst Kinder ganz gut, nicht wahr?« Er wirkte nämlich eigentlich nicht wie ein Papa. Eher wie ein ewiger Junggeselle, der gern zeltete und Gitarre spielte.
Daniel grinste schelmisch: »Vielleicht, aber ich wollte nie welche. Da hätte ich ja erwachsen werden müssen. Ich verziehe lieber meine Neffen und Nichten.«
»Geschieden?«
»Nein, auch nicht. Frei geboren, frei geblieben.«
Felicitas hüstelte.
»Wie alt sind deine Neffen und Nichten!«
»14.«
»Und die anderen?«
Er grinste: »Sie sind alle 14. Drillinge.«
»Cool«, entfuhr es Kelly, »Triplets! Würde ich mir wünschen!«

»Warum denn?«, wollte ich wissen, doch ich kannte die Antwort.
»Dann wäre ich nicht so allein.«
Wann hört der Mensch auf, so ehrlich wie ein Kind zu sein? Warum konnte ich nicht einfach sagen: *Kelly, ich auch!*

****

Eine Stunde später.
Unsere Finger waren immer noch fettig von den Pizzastücken, deshalb referierte Daniel aus dem Brief, der in Sichtweite auf dem Tisch lag.
»Es geht um das Bild ›Der Antrag und ein Mahl auf dem Lande‹ von Abraham Teniers. Acq. 1920. Das steht für Acquise und heißt *erworben.*«
»Aha! Das ist schon mal interessant.«
»Erstaunt mich nicht. Diese Jahre zwischen den Kriegen war eine große Zeit für Kunst und Kunstsammler. Das Imperium der Uhdes, der Flechtheims und anderer erblühte damals. Im Ersten Weltkrieg hatte man gesehen, wie schnell Vermögen vernichtet werden konnte. Da schien Kunst als Wertanlage gar nicht so schlecht zu sein.«
Felicitas und ich hörten einfach nur zu. Daniel sah wieder auf sein Blatt.
»Das Gutachten der Kollegen war wohl ausführlich, insgesamt üblich, entspricht dem Wissensstand der damaligen Zeit und wird hier in dem Brief nur zusammengefasst, was aber eigentlich ausreicht, um seine Echtheit zu bestätigen. Das Werk ist von Teniers signiert, was aber allein nichts bedeutet. Signaturen wurden oft im Nachhinein von Mitarbeitern der Werkstatt angebracht.«
»Das wusste ich nicht.«
»Ja, so war das damals. Nein, der Namenszug allein reicht nicht. Alter und Zustand des Bildträgers müssen geprüft,

Proben von den Malschichten genommen werden, und zwar vom Rand, um das Bild nicht zu beschädigen. Mit dem Mikroskop werden Farbpartikel untersucht, denn bestimmte Farbzusammensetzungen wurden zeitweilig nur in bestimmten Regionen verwendet. Auch röntgt man die Gemälde in einem speziell ausgestatteten Labor, um beispielsweise zu sehen, ob ein anderes Motiv darunterliegt.«

»Das hört sich spannend an!«

»Sachverständige prüfen, ob Thema und Inhalt in das Œuvre passen. Natürlich wird man auch versuchen, die Provenienz des Bildes zu ermitteln, sofern der Auftraggeber das wünscht. Will er es nicht verkaufen, besteht dazu keine Notwendigkeit, und laut dem Brief hier war das nicht der Fall. Es sieht nicht aus, als ob ein Verkauf des Bildes angestrebt wurde.«

Wir warteten gespannt.

»Das Bild ›Der Antrag und ein Mahl auf dem Lande‹, Öl auf Leinwand, wurde aus dem Rahmen genommen und Rückseite und Signatur untersucht. Es wurden der Farbauftrag und die Pinselführung analysiert, die deutlich als Erhöhung sichtbar sind. Das wäre bei einem Druck nicht der Fall.«

»Klar«, sagte ich. Man kann immer was lernen.

»Ein winziges Farbpartikelchen wurde entnommen und im Labor chemisch untersucht. Es stammt eindeutig aus der Zeit des 17. Jahrhunderts, was auch die Röntgenaufnahme untermauert. Der Rahmen ist zeitgenössisch und weist einige Abschürfungen sowie einen Holzwurm auf. Das Bild kopiert bewusst ein Bild von David Teniers und reiht sich nahtlos sowohl in dessen Werk als auch in die Gesamtheit der Kopien seines Bruders ein. Die Jahreszahl stimmt auch mit diesen anderen Werken überein. Eine Abbildung des Werkes war laut den Recherchen des Kollegen, dem Rijksbureau voor Kunsthistorische Documentatie in Den Haag mit umfangreichem Archiv, nicht zu finden. Es war wohl immer schon in Privatbesitz und ist gewiss immer wieder verkauft worden, bis es hier gelandet ist.«

»Interessant. Also finden wir nicht unbedingt eine Abbildung davon in den Archiven eines Museums?«

»Wahrscheinlich nicht. Das kommt immer mal wieder vor. Das Bild war einfach stets im Privatbesitz.«

»Von wann ...«, fragte ich atemlos und wusste, dass dies die entscheidende Frage war, »... stammt dieses Gutachten?«

Daniel wand den Brief in seinen Händen mit den ausgeprägten Knöcheln.

»Von 1932.«

»Und in dem Schreiben ist wirklich kein Adressat genannt?«

Daniel hielt den Brief in meine Richtung.

»Nein. Da steht nur: *Sehr geehrter Kunstfreund*. Wahrscheinlich gab es neben diesem Schreiben noch eine Karte oder ähnliches mit ein paar persönlichen Worten. Hier oben ist eine kleine Beschädigung und rostige Verfärbung, die auf eine große Büroklammer schließen lässt. Die Karte selbst ist nicht erhalten?«

»Nein«, sagte Felicitas. »Ich habe auch sonst nichts gefunden.«

Wir schwiegen alle. Kelly, die sich sichtlich langweilte, kratzte mit dem Finger ein paar erkaltete Kästereste aus der Pizzaschachtel.

Nach einer Weile meinte Felicitas: »Tante Dianas Koffer steht oben auf dem Speicher. Soweit ich mich erinnere, sind nur ihre Tagebücher, etliche Ansichtskarten, Briefe sowie ein paar Schnittmuster darin. Die Fotoalben der Familie habe ich hier unten. Ich habe niemals irgendwo eine alte Karte gesehen, aber ich kann noch einmal schauen. Es ist ja schon seltsam, dass das Gutachten fehlt.«

Daniel trank einen Schluck Mineralwasser.

»Das hat der damalige Besitzer oder der galante Schenker vielleicht selbst behalten. Man weiß ja nie, ob sich so ein teures Präsent langfristig lohnt. Und dann wollte er zumindest das Gutachten noch in seinen Unterlagen haben. Wie hat denn der Brief überhaupt die Jahrzehnte überlebt?«

»Er lag zwischen zwei handgeschriebenen Rezepten, die Mama in ihrem Frisiertisch fand, als sie ihre Wohnung aufgelöst hatte. Wahrscheinlich deshalb. Sonst wäre er weg.«

»Frisiertisch?«

»Ja, so etwas hat die feine Dame damals gehabt. Höckerchen, manchmal sogar mit rosafarbenem Fell überzogen, ovale Spiegel und das Nierentischchen mit Tiegeln und Flakons. Sie hat das eine der Rezepte nur aufgehoben, weil es die Zutaten für irgendeine Gurkenmaske fürs Gesicht auflistete. Deshalb diente der Frisiertisch unfreiwillig als Aufbewahrungsort für den Brief.«

Ich sah Felicitas' Mutter Liselotte geradezu vor mir, wie sie mit konzentrierten Bewegungen Hals und Gesicht behandelte. Bestimmt war sie sehr diszipliniert gewesen. Diana schien mir insgesamt ein wenig aus der Art geschlagen gewesen zu sein.

»Aha. Kelly, geh mal nach oben. Der Speicher ist nicht abgeschlossen. Es ist gleich der erste Verschlag und es steht nur ein Koffer drin. Hol ihn doch bitte. Wir könnten noch mal genauer nachschauen.«

»Ob das was bringt?« Felicitas sah von mir zu Daniel und von Daniel zu Kelly, wobei ihr Blick streng wurde.

»Ich hab Angst da oben allein!«, maulte das Kind, und ich war froh zu sehen, dass sie ein ganz normaler Teenager zu sein schien, der nicht so furchtbar gerne half.

»Ich gehe mit.« Felicitas erhob sich und beide verschwanden.

Es dauerte lang, bis sie zurückkehrten. Daniel und ich saßen uns in der Wartezeit weitgehend stumm gegenüber. Ab und zu, wenn er dachte, ich sähe es nicht, musterte er mich und lächelte schelmisch, wenn er ertappt wurde. Ich betrachtete Daniel ebenso heimlich und dachte, wie viele meiner alleinlebenden Freundinnen froh wären, so einen netten und sympathischen Typen kennenzulernen, der noch dazu gebildet war. Ich hingegen wollte nie mehr einen Mann näher kennenlernen, denn Nähe schien für mich unweigerlich in einer Katastrophe zu enden.
Schritte polterten die Treppe hinunter. Felicitas' Wohnung befand sich in einem alten Karlsruher Bürgerhaus und die Stiegen zum Speicher waren noch aus Holz. Felicitas erschien schnell atmend im Türrahmen zum Wohnzimmer, gefolgt von einer zufriedenen Kelly.
»Er ist weg. Einfach nicht mehr da.« Felicitas schnaufte empört und verlor einen Moment lang ihre elfenhafte Vornehmheit. Kelly zuckte nur die Achseln.
»Wer?«, fragte ich, doch im Grunde ahnte ich es. Und das gefiel mir nicht.
Felicitas versuchte sich zu beruhigen. Daniel beobachtete alles interessiert.
»Der Koffer ... Mit den alten Unterlagen ... Es war ein schäbiger brauner Koffer und er ist verschwunden.«
Wie bekannt mir das alles vorkam. Mein Verdacht würde sich bestätigen. Ich hatte es von Anfang an gespürt: Hier stimmte etwas nicht.
»Wann hast du den Koffer zum letzten Mal gesehen?«
Felicitas setzte sich und trank einen Schluck Wasser.
»Keine Ahnung. Vor zehn Jahren vielleicht. Oder noch länger. Ich gehe nicht oft auf den Speicher. Ich habe hier genug Platz für alles.«
»Was genau war in dem Koffer? Weißt du das noch?«
»Dianas Tagebücher. Nicht allzu ausführlich. Sie war keine große Denkerin und schon gar keine Schreiberin,

glaube ich. Wie gesagt, Schnittmuster, einige Kochrezepte, alte Rechnungen, Garantiescheine.«
Kelly verdrehte die Augen. Ich seufzte: »Also weg.«
Schweigen.
Ich hob bedauernd die Hände: »Hier ist die Spur also zunächst zu Ende. Albtraum jedes Ahnenforschers.«
Daniel lachte.
»Ahnenforscher! Ach, jetzt verstehe ich. Du bist die berüchtigte Maren Mainhardt. Ich habe schon von dir gehört. Ziehst die Untaten geradezu an, so sagt man.«
»Na danke! Das ist lange her und vorbei.«
»Und was machst du bei Felicitas? Da gibt es nichts zu forschen. Keine Geheimnisse, und ihre Ahnen sind bestimmt so makellos wie alles hier in ihrer Behausung.«
»Oh nein, der Koffer ist weg, doch die Spur ist keineswegs zu Ende«, unterbrach Felicitas jetzt heiter.
»Wieso nicht?« Mein Herz begann schneller zu schlagen.
»Weil ich sie damals kopiert habe. Dianas Tagebücher.«
»Warum denn das?«
Vom Alptraum zum Traum des Ahnenforschers war es oft nur ein Schritt. Felicitas, so gelassen und fein, wie sie war, schien den Moment jetzt doch zu genießen.
»Ich bin nun mal eine Person, die viel auf Traditionen hält. Auch auf Familientraditionen, wenngleich keine Familie mehr da ist. Ich denke konservativ.«
»Dem wollen wir nicht widersprechen«, warf Daniel höflich ein.
Ich betrachtete ihn wieder nachdenklich. Meine Freundinnen waren auf Partnersuche im Internet unterwegs, und es begegneten ihnen überwiegend Zombies mit gefälschten Porträtfotos und erdachten Lebensläufen. Hier aber saß einfach so und leibhaftig dieser Mann, der freundlich und normal wirkte.
»Und ich bin eine alte Kulturtante und liebe Museen, das wisst ihr!«

»Ja«, sagten Daniel und ich gleichzeitig.
Felicitas triumphierte: »Gut. Ich las vor mehr als zehn Jahren etwas über das Tagebuchmuseum in Emmendingen und habe dort angerufen. Die verantwortlichen Leute haben gesagt, man kann Tagebücher einschicken, und sie prüfen dann, ob sie in den Vitrinen gezeigt werden. Ich habe also Dianas Tagebücher kopiert und dorthin gesendet. Sie wurden erst nach sehr langer Wartezeit zurückgeschickt. Die Aufzeichnungen seien nicht aussagekräftig genug und gerade aus Dianas Generation hätten sie schon so viele Dokumente.«
Felicitas schien noch immer entrüstet, dass man eine der ihren abgewiesen hatte.
»Das ist ja unglaublich … Du hast wirklich eine Kopie gemacht?«
»Ja. Deshalb habe ich ihre Tagebücher noch. Allerdings fehlt der letzte Band bis zu ihrer Ausreise. Den hatte sie nämlich bereits mit einer Schreibmaschine und teilweise in Englisch geschrieben, und deshalb hab ich ihn nicht kopiert und bei den anderen im Koffer gelassen. Getippte Tagebücher nehmen sie in Emmendingen sowieso in der Regel nicht an. Es liegt den Leitern etwas an der jeweiligen Handschrift.«
»In English? Seltsam! Why that?«, fragte Kelly.
Ich sah Felicitas bewundernd an.
»Wunderbar. Ein zufälliger Glücksfall im Unglück. Die schauen wir uns an. Doch es bleibt die Frage, wo die eigentlichen Tagebücher sind. Und wann sie verschwunden sind. Und vor allem, warum.«
Daniel sah jetzt ernster von Felicitas zu mir und wieder zurück. Kelly machte aus ihren Augen riesige runde blaue Kreise. Ich sah das Fragezeichen förmlich über ihrem Kopf schweben.
»Kelly«, meinte Daniel freundlich, »hast du Lust, mit mir einen kleinen Spaziergang zu machen? Da vorne ist ein

Secondhandladen und meine Nichten sind total handtaschenverrückt. Meinst du, du kannst mich beraten?«
Sie war so clever wie ihr Vater, denn Kelly erwiderte in einem besserwisserischen Ton: »Wir sollen die beiden allein lassen, right? Aber okay. Vielleicht finde ich selbst auch etwas. Ich suche schon seit Langem nach einer, wie sagt man, Tasche in die Farbe cream mit schwarzen Punkten. Polka dot, you know. Vintage. Sogar auf dem Flohmarkt in Camden hatte ich kein Glück.«

Als die Wohnungstür ins Schloss gefallen war, wandte ich mich an Felicitas.
»Netter Mann.«
»Ja«, erwiderte sie. »Aber Vorsicht. Er lebt polyamor.«
»Wie bitte? Poly...«
»Polyamor. Kommt derzeit in Mode. Er hat viele Partnerinnen, alle wissen voneinander und keine ist eifersüchtig. Und seine Partnerinnen haben auch wiederum andere Partner, und die sind alle auch nicht eifersüchtig. Liebe ohne Besitzansprüche.«
»Und das funktioniert?«
Ich zweifelte. Ich hätte Oliver mit niemandem teilen wollen. Erst recht nicht mit dem Tod. Doch der hatte nicht gefragt. Aber das war jetzt nicht unser Problem.
»Felicitas, lass uns bitte zusammenfassen, was wir wissen. Die Expertise ist von 1932. Der Uhrenschatten könnte also erst danach hinein gemalt worden sein. Sonst wäre sie dem Sachverständigen aufgefallen.«
Felicitas grübelte: »Ich habe das Bild 1990 auftragsgemäß zum 18. Geburtstag von meiner Mutter bekommen. Sie hatte es solang im Familiensafe bei der Bank aufbewahrt, wohin meine Tante es bei ihrer Auswanderung 1975 gegeben hatte. Das stand auch auf dem Beleg von der Bank, der beigefügt war. Daran erinnere ich mich noch. Ich müsste ihn noch irgendwo haben.«

»Das heißt also: Der Uhrenschatten ist zwischen 1932 und 1975 in das Bild gemalt worden. 1932 war die Uhr noch nicht da und ab 1975 befand es sich im Besitz deiner Familie. Nur in diesem Zeitraum war es also für den Unbekannten - nennen wir ihn Maler - überhaupt zugänglich. Ob man das mit einer Untersuchung genauer datieren kann?«

»Das weiß ich nicht. Heutzutage hat man andere Methoden. Aber bestimmt nicht eingrenzbar auf eine genaue Jahreszahl.«

»Daniel würde es sicher wissen«, bemerkte ich vorsichtig.

Felicitas schüttelte nur abweisend den Kopf.

Ich gab nach: »Also gut, du hast recht. Lass uns noch ein wenig damit warten. Ich habe in meinen letzten Fällen - sie sind ja nun schon eine Weile her - gelernt, dass es nicht gut ist, wenn zu viele Leute von so etwas wissen. Im Grunde hätte ich ja nicht mal dir etwas sagen dürfen.«

»Warum?«

»Weil es manchmal gefährlich ist.«

»Wieso?«

»Wo sind beispielsweise die originalen Tagebücher?«

»Gefährlich? Wegen der Tagebücher?«

»Ja.«

»Wie meinst du das?«

»Felicitas, irgendjemand hat sie vielleicht gestohlen. War der Speicher niemals abgeschlossen?«

Felicitas musste nicht lange nachdenken.

»Nein. Solange ich denken kann, nicht. Es hängt nur ein offenes Vorhängeschloss dran, und drinnen befinden sich mit Latten abgetrennte Boxen für jede Wohnung. Keiner schließt hier ab. Warum auch? Die meisten Mieter wohnen schon lange hier und es sind nur verschlissene Koffer, Skier und ausrangierte Aquarien da oben.«

Ich sah die Szene vor mir.

»Es ist das alte Spiel, Felicitas. In ein Haus wie dieses zu gelangen, ist kinderleicht. Klingeln, irgendeiner macht auf, aha, einer der vielen verschiedenen Paketboten ist da, dann geht die Person rauf auf den Speicher. Am Tag, wenn alle arbeiten und diese Paketleute unterwegs sind, fällt das doch niemandem auf.«
»Wirklich? Ach, ich weiß nicht, das klingt alles wie aus einem Krimi.«
Felicitas lachte ihr feines glockenhelles Lachen, diesmal mit einem ungläubigen Unterton. Dieser hallte an der Wand des Zimmers wieder und klang plötzlich kalt und fremd.

****

Kelly war im Bett. Aber nicht etwa zum Schlafen, sondern zum Skypen, und zwar mit einem gewissen Joey. Und mit einer Lavinia, die offenbar einen neuen, alten Hund mit drei Beinen hatte. Und mit ihrer Mutter. Ich wollte es nicht so genau wissen, aber das musste ich auch nicht. Sie hatte ein Anrecht auf ihr eigenes Leben.
Daniel war irgendwann, ohne viele Worte zu machen, nach Hause gegangen. Allerdings mit einem gutmütigen Lächeln und unter Hinterlassung seiner Visitenkarte.
»Also nur, falls du Lust hast auszugehen. Ich bin frei.«
Ich steckte sie in meinen Geldbeutel. Ich hatte keine Lust auszugehen. Im Gegenteil. Endlich war ich wieder gesund und konnte nach Hause zurückkehren.
Felicitas und ich hatten mittlerweile in Jogginganzüge gewechselt. Ich hockte auf dem Wohnzimmerboden – das tat ich gerne und häufig – und sie saß korrekt auf dem Sofa. Das Fenster war offen. Von Ferne klingelte aufgeregt eine Straßenbahn, gedämpfter Autolärm drang nur als ein Rauschen hinauf. Karlsruhe war nämlich keine wirklich laute Stadt und bei Weitem nicht so großmäulig

wie ihre arbeitsame nordbadische Schwester Mannheim. Nein, Karlsruhe galt als ruhig, bedächtig und vielleicht ein klein wenig langweilig.

In Felicitas' Wohnzimmer herrschte eine elektrisierende Spannung. Zwischen uns lagen die säuberlich zusammengehefteten Kopien der wenigen Tagebücher Dianas. Noch lässig und ohne auf Genaueres zu achten, blätterten wir sie durch. Für die Jahre eines Backfischs, wie man damals zu sagen pflegte, also von 1965 bis 1974, gab es nur insgesamt drei etwas dickere Kladden, manche mit Zeichnungen, einige wenige mit Fotos, die sie offenbar eingeklebt hatte. Felicitas hatte auch diese Fotos kopiert, wodurch ihre Qualität natürlich stark gelitten hatte. Eine große Schreiberin war Diana jedenfalls nicht gewesen, doch sie hatte ausgesprochen gut und witzig zeichnen können.

»Ja, das war ihr wahres Talent«, bemerkte Felicitas sachlich. »Die Frauen in der Familie waren alle künstlerisch veranlagt. Opa Robert war zwar Arzt, doch auch er besaß eine künstlerische Ader. Er hat wunderbar Klavier gespielt, gerne auch mal auf den Weihnachtsfeiern des Diakonissenkrankenhauses. Er ist dort bis heute unvergessen. Sogar sein Bild hängt unten in der Galerie der bedeutenden Gestalten des Krankenhauses. Die Damen haben eher gemalt, so wie Roberts Mutter, die Uri Clara, oder getöpfert und geklöppelt wie Oma Gitte, Roberts Frau.«

Ich hörte nur mäßig interessiert zu. Felicitas' Familie mit den Ärzten und den Uris begann mich zu langweilen. Doch es ging weiter.

»Uri Clara hatte sogar bei einem Kunstmaler Unterricht, der in der Grötzinger Malerkolonie war. Gar nicht selbstverständlich damals, denn Frauen durften zu jener Zeit beispielsweise keine Akte zeichnen oder auch nur ansehen, und an der Kunstakademie waren sie ebenfalls nicht zugelassen. Und Diana konnte auch zeichnen.« Sie schmunzelte. »Als Kind war mir die Oma Gitte am liebs-

ten. Die konnte nämlich das beste Vanilleeis der Welt machen. So cremig.«
»Aha.«
Viele Leute, viele Namen und eine Menge Stolz.
Alle Leute – so hatte ich im Laufe meiner Arbeit erfahren – meinen, dass ihre Sippe etwas ganz Besonderes gewesen sei. Da wurde jeder simple Kerzenständer aus Fimo zur modernen Plastik. Aber es war nicht mein Job, Träume zu zerstören.
Ich wandte mich wieder dem kopierten Tagebuch zu. Im Lauf der Jahre hatte Diana immer weniger hineingeschrieben. Am Anfang waren die Eintragungen noch mit Füller erfolgt, später hatte sie einen Kugelschreiber benutzt. Der letzte Eintrag war vom 17. Mai 1975. Da war sie 22 Jahre alt gewesen.

Ich werde jetzt also wirklich nach Amerika gehen können. Alles vergessen und alles hinter mir lassen. Auch ihn und was er getan hat. Liselotte, kleine Felicitas ... Ich werde die Erinnerung an die beiden immer in meinem Herzen bewahren. Natürlich werde ich meiner Schwester schreiben und ihr all das wunderbare Neue in meinem Leben mitteilen.
Hoffentlich sind sie nicht böse oder enttäuscht. Ich bin keine große Dichterin, aber einen Brief im Monat an meine liebe Schwester sollte ich schon hinbekommen.

Nachdenklich und nicht gerade zufrieden legte ich den letzten Band zurück. Es ist immer eigenartig und ein wenig peinlich, in die Seele eines längst Verflossenen zu sehen. Es ist so, als ob es sich eigentlich nicht gehörte.
Langsam und bedächtig und doch immer noch unsystematisch blätterten wir durch die anderen Ordner.
»Sie berichtet von einem Spaziergang durch den Schlossgarten und einem Besuch beim Arzt. In Baden-Baden war

sie im Tanzcafé. Hier ein Ausflug nach Bretten, um Äpfel von den Streuobstwiesen zu holen.« Felicitas überflog die Seiten. »Sie hört aber auch jeden Tag Johnny Cash im Radio und Elvis Presley, den sie vergöttert. Hat den Eintrag sogar mit einer kleinen Karikatur versehen. Schau, die typische Haartolle und die Gitarre. Ganz detailliert.«
»Hm … Man merkt die versierte Modezeichnerin. Es sind aber mehr Sketche als Zeichnungen.«
»Wenn schon. Sie war richtig gut. Hier, im Frühling 1970. Sie schreibt: *Wir waren im Stadtgarten. Wie schön alles blühte.* Hier war im Original wieder ein Foto eingeklebt. Diesmal ist sie mit einem Mann zusammen darauf. Schau mal. Na, ob es der war? Nicht gerade schneidig.«
»Heb es trotzdem mal auf. Sicher ist sicher.«
»Hier, im vorletzten Tagebuch, schon 1974, ganz hinten, verkündet sie:

Auf der Kaiserstraße gibt es ein neues Geschäft. Da, wo der Knopf mit seinem herrlichen Kaufhaus war, bevor sie es nicht mehr geduldet haben. Oh, ich möchte nichts davon wissen. Niemand will das mehr wissen. Es waren schreckliche Zeiten und es waren schreckliche Leute. Ich kann das deshalb auch nicht.«

»Ich kann das deshalb auch nicht«, wiederholte ich. »Wie bei dem Verkauf des Bildes. Das konnte sie auch nicht.«
Felicitas seufzte und streckte graziös ihre Beine von sich, die in dicken Wollsocken steckten. Wie bei einer Tänzerin, die die Knöchel schonen muss.
»Du wirst das kaum verstehen. Diana war einfach keine angepasste Person. Heute würde man sie vielleicht zickig nennen. Sie konnte dieses nicht und wollte jenes nicht. Sie hatte eben ihren eigenen Willen. Es waren ja auch die wilden Siebziger. Meine Mutter war da allerdings ganz anders. Überlebt haben aber beide nicht.«

Ich streckte meine müden Glieder und sah dabei bestimmt nicht graziös aus. Pfötchen musterte mich verächtlich. Sie konnte das besser.

»Wir sollten nun aber gezielt nach einem Hinweis auf den Verehrer suchen, der ihr das Bild geschenkt hat. Komm, gib mir einen Ordner und nimm du einen anderen, dann geht es schneller.«

Während ich las, überlegte ich, welche Rechtfertigung es eigentlich gab, die Tagebücher anderer Leute zu plündern, denn es war indiskret. Ich konnte mir jedenfalls vorstellen, dass Diana nicht gewollt hätte, dass man ihre Niederschriften las. Dianas Aufzeichnungen waren ordentlich geschrieben und klangen überraschenderweise wenig emotional. Ich besann mich nämlich meiner eigenen Tagebücher in den Jungmädchenjahren. Manchmal war die Tinte verschwommen von den Tränen, die ich darauf geweint hatte, manchmal hatte ich Totenköpfe und Kreuze gemalt, weil mir irgendein Stefan, Walter oder Florian für ein Rendezvous abgesagt hatte. So gefühlsbetont war Diana offenbar nicht gewesen. Insgesamt machte sie trotz eines gelegentlich durchschimmernden Hanges zur Zickigkeit den Eindruck einer sehr beherrschten Person.

Habe mir den roten Wintermantel erst gekauft, als er heruntergesetzt war. Man muß nur den richtigen Moment abwarten können.

Zeichnungen untermalten immer wieder das Geschriebene. Teilweise wirkten die Hefte dadurch wie richtige Bücher und nicht wie intime Geständnisse. Die Diana, die wir hier kennenlernten, machte dennoch einen lebenslustigen Eindruck. Immer wieder fielen Männernamen. Horst, den sie *der gute Horschti* nannte.

Horschti hat mir eine Schallplatte von Udo Jürgens gebracht: »Immer wieder geht die Sonne auf.« Schön, schön, aber ich stehe leider auf die Stones. Pech, guter Horschti.
[...]
Jürgen hat ein neues Auto. Einen Karman Ghia. Ich wünschte, er würde das Wort mal richtig aussprechen. G-ia. Nicht Tschia. Und ist das alles, was er sich leisten kann?
[...]
Morten hat mich fein zum Essen eingeladen. Erst Konzert, dann Essen. Kultiviert, kultiviert, der Junge. Dafür hat er einen Kuss bekommen. Gott, er hat mich danach angestarrt, als müsste er mich heiraten. Es war doch nur ein dummer Kuss!

Etwas später berichtete sie von einem Winterausflug in den Schwarzwald, zum Mummelsee, mit einem Leo:

Am Mummelsee ist es schön. Papa sagt, seine Mama ist mit ihrer Freundin von Gleiburg da schon immer zum Wandern und Klettern hingefahren. Es war ihr Lieblingsort, wo sie sich ihre Freundschaft immer wieder besiegelt haben. Mummelsee, wo die Feen tanzen!

Es folgten kleine, freche Zeichnungen von spärlich bekleideten, tanzenden Feen.

Dieter und ich haben Schluss gemacht. Er nervt mich. Ich will mich nicht verloben. Wer verlobt sich denn heute noch? Make love not war.

Felicitas seufzte: »In Sachen Männer hatte Tante Diana uns was voraus, Maren.«
Ich nickte, doch nach wie vor hatte Dianas Persönlichkeit für mich etwas Rätselhaftes an sich. Warum hatte sie ihre

liebevoll gestalteten Tagebücher nicht nach Amerika mitgenommen oder sie irgendwann nachschicken lassen? Diana Mänzer war schließlich weder im 19. Jahrhundert noch im Dritten Reich ausgewandert. Stattdessen hatte sie die Tagebücher zusammen mit dem Bild ihrer Nichte überlassen und war dann so rasch ausgewandert, als sei sie geflüchtet. Als wollte sie der künftigen Generation damit etwas sagen. Wenn wir nur wüssten, was!

»Wie lange hast du die originalen Tagebücher schon nicht mehr gesehen?«

»Ewig. Seit ich sie damals für Emmendingen kopiert hatte. Ich gehe so gut wie nie nach oben auf den Speicher. Die Wohnung ist groß genug für mich, meine Katze und alle meine Sachen.«

So wie wir Diana aus ihren Tagbüchern kennengelernt hatten, war sie eine durchaus vitale und attraktive Frau gewesen. Sie hatte von sich Fotos eingeklebt, wenn auch wenige, deren Farben mit den Jahren verblasst waren. Durch die Kopien wirkten sie natürlich noch unschärfer und unwirklicher. Oft war sie mit anderen zu sehen, inmitten junger Frauen und Männer - eine lebenslustige Erscheinung von gesundem Aussehen, mit leicht gebräunter Haut und einem schönen Lachen. Das erkannte man sogar noch auf den blassen Kopien.

»Guck mal. Tante Diana war wirklich eine unkonventionelle Frau. Sie hat schon damals lieber Simone de Beauvoir als die ›Frau im Spiegel‹ gelesen«, stellte Felicitas stolz fest und blätterte die Seiten mit heiligem Eifer um.

Ich schüttelte den Kopf.

»Gut und schön. Aber dass du nicht weißt, wie sie eigentlich in Amerika gelebt hat, wundert mich doch.«

»Ich war ein Kind. Sie hat Mama wohl zwei- oder dreimal geschrieben, dann kam nichts mehr. Leider habe ich ihre letzte Adresse nicht, sondern nur ein Foto von ihrem Haus. Ich fand es jedenfalls immer toll, eine Tante in

Amerika zu haben. Und auch noch in New York. Bestimmt lebte sie wohlhabend in einem guten Viertel. In der Park Avenue oder so.«
Ich musste schmunzeln. Das dachten meine Kunden immer. Irgendein Schuster Egon aus Oberderdingen war im 19. Jahrhundert nach Amerika ausgewandert. In der Fantasie seiner Nachkommen war er bestimmt steinreich und spielte Golf mit den Astors. Ein Präsident Trump mit Pfälzer Wurzeln beflügelte solche Illusionen.
»Maren, da gibt es nichts zu lachen. Dann ist sie 2010 an Krebs gestorben. Der Totenschein kam auch. Wir haben ihn prüfen lassen. Alles in Ordnung, außer dass sie eben tot war. Mama war traurig. Sie hat sie ja nun auch nur um wenige Jahre überlebt.«
»Ist der Totenschein noch da? Da müsste ihre Adresse ja gestanden haben. War sie unverheiratet?«
»Nein. Der Schein ist nicht mehr da. Ich habe vor Kurzem alle Unterlagen von Mama durchsucht, ihn aber nicht gesehen. Offenbar war Diana nicht verheiratet gewesen. Ich erinnere mich, dass Mama sagte, ein Nachbar habe sie gefunden. Und gestorben ist sie im Krankenhaus, der Arzt hat es auf dem Schreiben bestätigt. Sie wollte in ein anonymes Grab und ihrem Wunsch wurde stattgegeben. Das war es. Hinterlassen hat sie uns nichts. Wir wollten auch nichts haben. Als mein Vater ... ging, hat er meiner Mutter zwei Eigentumswohnungen überschrieben, die er irgendwie zusammengerafft hatte. Die Mieteinnahmen und der Rest ihres Erbes sorgten dafür, dass meine Mutter eigenes Geld hatte.«
Ich nickte nachdenklich.
Eigentumswohnungen in Karlsruhe waren besser als jedes Sparbuch. Doch irgendetwas hatte Felicitas gesagt. Irgendetwas Wichtiges. Ich griff nach einem der Tagebücher, bätterte es auf und sah in die Augen von Diana Mänzer. Sie schien mir zuzuzwinkern, als habe sie ein

Geheimnis. Und als frage sie sich, ob ich es wohl herausfände.
»Ich komme dir auf die Spur, Diana!«, flüsterte ich. »Unterschätz mich nicht!«

****

Der Reiz eines fremden Tagebuches verliert sich irgendwann, wie wir jetzt merkten.
Felicitas stöhnte: »Es sind so viele Männernamen darin, dass man den Überblick verliert. Am ehesten könnte noch dieser Dieter der Schenker des Gemäldes sein. Er wollte sich immerhin mit ihr verloben! Das würde zum Titel des Bildes passen.«
Auch hier hatte ich das Gefühl, wir übersähen etwas von Bedeutung. Was war es?
Wir lasen weiter. Parallel und intensiv. Jeder blätterte in den Kopien vor und zurück, verglich Namen und Daten. Diana hatte ihren Karlsruher Alltag recht witzig beschrieben, etwa ihre Arbeit im Modeatelier Süß in der Klauprechtstraße:

Die alte Hexe hat den falschen Namen, sie sollte Sauer heißen. Und neugierig ist das gute Mädchen. Wie ein Spion im Kalten Krieg!

Durch ihre ironischen Beobachtungen konnte man sich Dianas beruflichen Alltag bildlich vorstellen:

War zum Abstecken in einer ziemlich feinen Villa am Turmberg. Diese Leute leben auf großem Fuß. Na ja, wenn man es sich leisten kann. Hochnäsige Hausherrin. Nächste Woche Haydnplatz und sogar Baden-Baden. Hoffentlich piekse ich nicht eine von den feinen Ladys in ihre hochwohlgeborenen Hinterteile.

Immer wieder fanden wir verschiedene Hinweise auf Verehrer. Vor allem 1973 hatte sie sich offenbar intensiver in der Männerwelt umgesehen. Einmal war es ein Michael, dann ein Manfred, ein Thomas und ein Georg:

Michael hat mich zu einer Spazierfahrt mit dem Sportwagen eingeladen. Es war schön, aber ich habe mich am Ende mit Eis bekleckert. Frag nicht warum, liebes Tagebuch. Aber mit ihm sollte es nicht weitergehen. Zu ...
[...]
Thomas und ich waren im Straßburger Münster. Schön, dass es so nah ist, dorthin zu fahren. Auch wenn wir lange an den Grenzkontrollen warten mussten. Alles ausräumen. Puh! Wenn doch das in Europa mal aufhören würde!

Ein fades Mauerblümchen war Tante Diana jedenfalls nicht gewesen.
Eine hübsche Zeichnung vom Münster in Straßburg folgte. Die koketten Frauen auf den Bildern trugen weite geschwungene Röcke mit Punkten, unter denen schlanke Fesseln auf hohen Schuhen hervorlugten, so wie man es aus den Mädchenbüchern der Sechzigerjahre kannte.
Manchmal berichtete Diana, dass sie mit ihrer Schwester zusammen etwas unternommen hatte. Die beiden schienen sich gut verstanden zu haben. Dann gab es eine eher beiläufige Notiz im November 1974:

Liselotte hat ihn mit nach oben gebracht. Der arme Kerl stand ja unten im kalten Regen. Zusammen haben wir Tee getrunken. Er ist nett, aber ich weiß nicht. Ich bin zu jung dafür. Immer schenkt er mir etwas. Und holt mich ab. Die Chefin schaut schon seltsam. Gute Familie, das weiß ich ja aus eigener Anschauung. Ich würde mich weich setzen und nie mehr mit Nadeln pieksen.

»Die und ihre Männer. Michael und Manfred ...« Felicitas' Stimme nahm einen tadelnden Unterton an.
»Ja«, sagte ich nachdenklich. »Aber das hier könnte ein anderer Verehrer sein. Die Namen Michael und Manfred hat sie jedes Mal ausgeschrieben. Dieser hier ist immer nur ein *ihn.*«
»Vielleicht hatte sie keine Zeit, keine Lust, seinen Namen auszuschreiben.«
»Dann hätte sie auch keine Zeit gehabt, einen Regenschirm und die Tropfen dazu zu malen, oder? Ich denke eher, dass dieser Mann inzwischen eine feste Größe in ihrem Leben war und deshalb nicht mehr ausgeschrieben werden musste.«
Felicitas schenkte sich Tee nach. Zierlich knabberte sie an einem Keks herum.
»Hm ... Aber das bringt uns auch nicht weiter. Nette Männer, die mit Schneiderinnen poussierten und ihnen Geschenke brachten, wird es in Karlsruhe Tausende und Abertausende gegeben haben.«
»Aber einkreisen kann man ihn doch, Felicitas. So kannte sie ihn offenbar schon länger. Und vielleicht auch seine Familie. Denn sie schreibt ja, dass die Leute Geld haben, und fügt an: ›Ich weiß das aus eigener Anschauung.‹ Vielleicht ein Haushalt, in dem sie gearbeitet hat, und wo sie sich mit Nadeln gepiekst hat.«
»Ist das nicht weit hergeholt? Damals war sie nur ein Schneidermädchen! Hätte sich ein wohlhabender Mann der besseren Kreise mit ihr abgegeben?« Felicitas runzelte zweifelnd die Stirn.
Ich schmunzelte: »Schneidermädchen. Dies waren die Siebzigerjahre und wir sind nicht bei Sissi in Possenhofen. Aber dennoch: Deine Mama lebt nicht mehr und sie hat kein Tagebuch geführt, das uns weiterhelfen könnte. Diana schreibt, dass *er* sie vom Geschäft abgeholt habe und die Chefin neugierig gewesen sei. Das wäre ein Ansatz-

punkt, doch diese Chefin wird vielleicht auch nicht mehr leben. Diana war damals Anfang zwanzig. Die Chefin war doch sicher einige Jahre älter als ihre Angestellte.«

Felicitas schnippte mit dem Finger: »Vielleicht gibt es eine Kollegin oder eine Gleichaltrige, die sich noch erinnert. Das Schneideratelier existiert aber bestimmt nicht mehr. Hier hat sie die Adresse notiert: Klauprechtstraße 22. Neben der Metzgerei. Heute ist in der Nummer 22 ein Secondhandlädchen mit einer sehr netten Besitzerin. Ich habe schon mehrmals meine ausrangierten Blusen dort hingebracht.«

Felicitas war ein ausgesprochener Blusentyp. Mit einem T-Shirt konnte ich sie mir kaum vorstellen. Das wäre geradezu eine Revolution, denn da würden sich ja weibliche Formen abzeichnen, und Felicitas verlöre ihre fließende Silhouette.

»Lass uns zu ihr gehen und Kelly mitnehmen. Vielleicht findet sie etwas, das ihr gefällt und zur Abwechslung auch mal steht. Secondhand kommt mich allemal moralischer und vielleicht auch preiswerter als H&M oder dieser grausige Primark zu stehen.«

»Treffen wir uns morgen um drei vor dem Laden? Ich habe mir nämlich überlegt, dass ich heute endlich bei dir ausziehen und in meine eigene Wohnung zurückkehren werde.«

Felicitas sah mich mit ehrlichem Bedauern an, sagte aber vernünftig, wie sie war: »Ich denke, das ist die richtige Entscheidung.«

VIER

Mit Sack und Pack bezog ich meine eigene Wohnung, die mir fremd und leer vorkam. Kelly war bei Felicitas geblieben, denn sie würde nicht mehr lange da sein, und bis sie all ihre tausend Siebensachen in Tüten und Koffer gestopft hätte, könnte sie bald erneut zusammenpacken.
Daheim angekommen, stellte ich den Fernseher an und machte ihn gleich wieder aus. Unruhig tigerte ich durch die Wohnung. So lange hatte ich jetzt gelegen und geruht, dass ich vor angestauter Energie fast zu bersten drohte. Es war schließlich Juni und draußen geradezu provozierend lange hell.
Spontan begab ich mich hinunter in den sehr ordentlichen Hinterhof, in dem die vielen Fahrräder säuberlich aufgereiht standen – Karlsruhes Fortbewegungsmittel Nummer 1. Mit allem anderen brauchte man zu viel Zeit.
Meines leuchtete rot zwischen einem blauen und einem grünen Rad. Ich befühlte die Reifen. Sie waren noch erstaunlich prall.
»Ich hab sie mal aufgepumpt«, erklang es vom Balkon im Erdgeschoss. Ein schlanker Mann, sehr groß, mit einem beeindruckenden Wuschelkopf und großen anthrazitfarbenen Augen, hielt sich an seinem Geländer wie an einer Reling fest.
»Danke. Das ist aber freundlich. Ich war krank und habe mich von einer Freundin pflegen lassen.«
»Das tut mir leid. Holger Reiter mein Name. Kein Arzt, nur Biologe. Wenn Sie also mal Ableger für was Gesundes brauchen: Ich habe derzeit Muskatellersalbei. Kann man im Topf halten. Auf dem Balkon. Sieht schön aus, kann man aber nicht essen.«
»Danke sehr!«

»In Freiheit in einem Garten sieht er natürlich besser aus!«
Und bevor ich dazu etwas sagen konnte, hatte er sich schon zurückgezogen in das Schneckenhaus seiner Wohnung. Offenbar lebte er allein. Aber anders als der offene und charmante Daniel schien Herr Reiter eher von der rauen Sorte zu sein. Mir waren sie gleich. Weder der eine noch der andere. Ich wollte keine Männer mehr in meinem Leben haben.
Aus dem Briefkasten purzelte etwas Buntes. Melchior und seine Frau Elfie hatten mir eine Karte aus Indien geschrieben. Im Rahmen eines Förderprojektes der Bundesregierung hielten sich die beiden für drei Wochen in Neu-Delhi auf. Mir schauderte bei dem Gedanken, wie sich Elfie mit ihrem ausgeprägten Reinlichkeitswahn in Indien aufführte und was indische Parkbänke mit ihren weißen Jeans anstellen würden.
In diesen beiden hatte ich also keine Hilfe für das Rätsel des Bildes. Und sie würden meine Beobachtung sowieso nicht ernst nehmen. Hatten sie nie. Mein Gott, ein weißer Streifen irgendwo an einem flämischen Handgelenk. Kann alles und nichts bedeuten. Außerdem war dies auch kein Fall für irgendeine Mordkommission. Zu Jonathan Fischer, Melchiors Nachfolger bei der Kriminalpolizei, hatte ich nie mehr als eine freundliche Wie-geht's-Beziehung aufbauen können.
Vorsichtig setzte ich mich auf mein Fahrrad und radelte erst langsam, dann immer schneller mitten hinein in den warmen und aromatisch duftenden Frühsommerabend. Es war nicht allzu sonnig, doch ein milder, fast herbstlicher Schleier lag wie ein Weichzeichner über allem. Ich strampelte Richtung Oberwald, wo ich früher so oft mit Nessie spazierengegangen war. Traurig auch das.
Rechts grüßte das imposante, sich immer weiter ausbreitende Diakonissenkrankenhaus. Zwei steile Fahr-

wege führten hinauf zur Rezeption. Hastig abgestellte Fahrräder parkten überall, Taxis warteten. Ein junger Mann kam mir mit muffigem Gesicht entgegen. Sein Arm steckte in weißem Verband, unter dem Arm trug er noch seinen Motorradhelm. Ich lehnte mein rotes Rad an eine Mauer und betrat die Eingangshalle. Niemand nahm Notiz von mir. Heutzutage erschien ein Krankenhaus fast wie ein Hotel und die strenge Pförtnerin von einst trat als freundliche Rezeptionistin auf. Rechts stand eine Vitrine mit Büchern der Patientenbibliothek, ein Pfeil führte zur Cafeteria und an den Aufzügen blinkten hektische Lämpchen. Junge Männer eilten mit Blumen und noch glücksverwirrten Gesichtern in die Entbindungsstation. Sie waren jetzt Väter. Alte Leute, die das schon hinter sich hatten und heute froh sein durften, wenn die Enkel vorbeischauten, schlurften den Gang entlang und hielten sich an ihren Rollatoren fest. Ausländische Familien saßen ernst und wispernd beieinander auf den Stühlen, in ihrer Mitte wohlerzogene Kinder.

Ich lief weiter Richtung Garten und nachdem ich eine Ausstellung mit unsagbar langweiligen Blumenbildchen hinter mir gelassen hatte, gelangte ich in den Bereich der Verwaltung. Dort hingen tatsächlich ein paar alte Fotos vom einstigen Diakonissenkrankenhaus sowie einiger prägender Persönlichkeiten. Und tatsächlich fand sich auch eine Fotografie von Robert Mänzer darunter. Es handelte sich um ein relativ kleines Bild und zeigte einen gutaussehenden Mann mit dichtem dunklen Haar und sensiblen, ein wenig melancholischen Augen unter starken schwarzen Brauen. Die Bildunterschrift erklärte: *Chef der Chirurgie in der bewegten Nachkriegszeit. Arzt am Diakonissenkrankenhaus von 1949 bis 1984.*

Hinter mir vernahm ich ein Rascheln. Ich drehte mich um und blickte in das Gesicht einer sehr alten und winzig kleinen Diakonisse. Freundlich blinzelte sie mich an. Die

Schwester wirkte jugendlich und vital, mit einer gesunden Haut, die wahrscheinlich niemals Concealer und Make-up oder BB-Cream gespürt hatte. Über ihren Lippen entdeckte ich den leichten Flaum eines Damenbarts.

»Ja, die Doktoren Mänzer. Das hat man auch nicht oft. Vater und Sohn standen durch alle Gezeiten treu zu uns.«

»Stimmt, sein Vater war auch Arzt.«

»Ja. Unser Alfred Mänzer. Von 1925 bis 1944. Da erstickte er bei einem Angriff im Luftschutzkeller. Furchtbar und ungerecht.«

»Hängt sein Foto auch hier?«

Sie beäugte mich stumm von unten nach oben aus ihrem von schlichtem grauem Tuch umrahmten Gesicht heraus. Etwas verlegen wegen der kleinen Schwindelei entschuldigte ich mich: »Ich ... ich bin Genealogin. Und ich interessiere mich für die Familie.«

Ihr Gesicht legte sich in Schmunzelfalten.

»Ach ja? Haben Sie einen Auftrag der Familie?«

»Nun, nicht direkt. Felicitas Mänzer ...«

»Das würde mich nämlich wundern!« Schelmisch drohte mir das kleine Weiblein mit dem Zeigefinger. Dann wisperte sie: »Nein, hier hängt kein Bild von Dr. Mänzer Senior. Aber bei uns im Mutterhaus, da habe ich eines in unserem Album. Möchten Sie das vielleicht sehen?«

Ich nickte und sie huschte mit ihren kleinen Schritten unter dem grauen langen Kleid mir voran durch Gänge, die immer stiller wurden. Hier roch es ein wenig nach Heim der Fünfzigerjahre und in etwa so sahen auch die Stühle und Tische aus. Es ging an einer Kapelle vorbei in einen Warteraum mit christlichen Zeitschriften auf Nierentischen. Alles atmete Vergangenheit und gemütlichen Mief. Die kleine Schwester hieß mich sitzen und verschwand mit ihren raschen, lebendigen Bewegungen.

Es dauerte nicht lange und sie erschien mit einem sepiafarbenen Foto in einem schmucklosen Messingrahmen.

»Das war unser Alfred Mänzer. Ein Mann, der für seine Arbeit brannte. Sie war ihm wichtiger als alles andere. Er war Herzspezialist in doppeltem Sinne, denn er reparierte nicht nur Herzen, er hatte auch ein gutes Herz. Wer hätte denn das sonst gemacht?«
Den letzten Satz verstand ich zwar nicht, aber man muss nicht alles verstehen. Manches ergibt später einen Sinn. Wie recht ich haben sollte!
Jetzt betrachtete ich zunächst das Foto von Felicitas' Uropa Alfred Mänzer. Nur wenig war noch von ihm in ihr zu erkennen. Ein vital aussehender Mann mit blauen energischen Augen und einem hellbraunen Lockenkopf, den er aber für die Aufnahme sicher bemüht glattgestrichen hatte. Man sah, dass er es ernst meinte mit dem, was ihm das Leben aufgetragen hatte.
»Ich kannte seine Seele. Er hat alles getan, um Mediziner zu werden und seinem Sohn zu helfen, dass er auch Arzt werden konnte«, sagte die Schwester. »Und der ist ein wundervoller Doktor geworden. Unser Karlsruher Albert Schweitzer.«
Dann reichte sie mir eine Hand.
»Schwester, Sie machen einen so netten und friedlichen Eindruck«, sagte ich spontan. »Man möchte Sie direkt beneiden. Wir rennen dem Geld hinterher und der Liebe und der Arbeit und den Medien.«
Sie blinzelte.
»Jeder hat seinen Platz. Der eine ist nicht schlechter als der andere. Wichtig ist, genau hinzuschauen. Lassen Sie sich nur nicht ablenken!«
Ein etwas seltsamer Rat, nun gut. Sie war schließlich nicht mehr die Jüngste und nicht jede Nonne redete druckreif wie der Dalai Lama.
»Schwester, wie alt sind Sie, wenn ich das fragen darf?«
»Ich? Ich bin 97 Jahre alt!«
»Und sie arbeiten noch?«

Sie sah mich erstaunt an.
»Ja, warum denn nicht?«

****

Ich hatte ihre Worte noch in den Ohren, als ich mich nachts in meinem Bett von einer Seite auf die andere wälzte. Es war die erste Nacht in meinem eigenen Bett. Um mich herum war es seltsam still. Man könnte es auch einsam nennen.
Mal sehen, dachte ich beklommen, wie lange ich diese Stille und Leere in meinem Leben aushalte. Vielleicht hat die alte Nonne recht. Ich sollte wieder arbeiten. Und wenn auch nur, um das Geheimnis eines Bildes aufzuklären.

FÜNF

Dornröschen hieß der Secondhandladen in der Klauprechtstraße, und das Geschäftchen war wirklich ein Märchenland für Kauflustige mit kleinem Geldbeutel. Jäckchen, Blüschen, Röckchen und verspielte Kleidchen in guter Qualität, wohin das Auge sah. Kein Wunder, dass Felicitas und die offenkundig nette Besitzerin namens Jeannette einander irgendwie ergänzten.

»Ja«, sagte Jeanette, die drall und fröhlich hinter ihrem weißlackierten Tresen residierte, »hier war früher mal ein Schneideratelier. Die haben noch richtig maßgeschneidert. Das gab es damals noch. Ballkleider und Fräcke. Wer kann sich das heute leisten? Aber sie hilft mir immer noch, wenn ein Saum abgerissen ist oder ein Knopf fehlt.«

»Wer?«

»Die Sigrid. Sigrid Süß, die ehemalige Besitzerin. Aber sagen Sie um Gotten Willen nicht SS zu ihr, da wird sie böse. Wohnt im Hinterhaus in einer Eigentumswohnung. Tolle alte Dame. Und wenn ich sage Dame, meine ich Dame. Die hatte damals Mut. Als ganz junge Frau, direkt nach der Lehre, hat sie ihren Meister gemacht und das Atelier eröffnet.«

Plötzlich war es Felicitas und mir, als hätten wir nicht mehr viel Zeit. Unser Weg, das Geheimnis des Bildes zu lösen, schien über sehr viele alte Leute zu führen. Kelly, die sich begeistert vor dem kleinen Spiegel im Umkleidebereich zwei Treppenstufen höher in einem wilden Ensemble aus Blumen, Schleifen und Rüschen drehte und wand, ließen wir in der warmherzigen Obhut des Dornröschen zurück und klingelten im Hinterhof bei Frau Süß. Sie öffnete sofort, als habe sie am Fenster gestanden und auf Besuch gewartet.

Hatten wir eine gutmütige ältere Dame erwartet, so wurden wir nun allerdings überrascht. Sigrid Süß, die etwa achtzig sein mochte, war die fleischgewordene Disziplin inmitten eines modern eingerichteten, ordentlichen Wohnzimmers. Schlank, mittelgroß, mit sehr akkurat frisiertem Haar, zu rot geschminkten Lippen, zur Bluse passenden großen Ohrringen und einem eher giftigen Blick. Ich glaubte nicht, dass sie eine wirklich nette Person gewesen war.

»Wie?« Sie musterte Felicitas streng. »Sie sind also eine Nichte von Diana Mainzer. Na ja. Jaja, na, na, na.«

»Was soll denn das heißen?« Felicitas trat einen Schritt zurück und wurde vornehm und kühl.

»Ach, nix, nix. Hihi. Jedenfalls war sie eine sehr gute Zeichnerin. Lag in der Familie. Alle begabt. Die Männer Ärzte und allzu ernsthaft. Aber die Frauen ein bisschen locker. Ich glaube, in Amerika war sie gut aufgehoben. Was *das* betraf.«

»Was betraf?«

Sigrid Süß verzog ein bisschen beleidigt den Mund und antwortete nicht auf die Frage.

»Sie hat mir noch ein paar Mal geschrieben. Ich glaube, sie hatte auch dort Erfolg bei den Männern. Frauleinwunder.« Die übertrieben amerikanische Betonung des Wortes *fraulein* aus ihrem Mund klang seltsam deplatziert.

»Und hier? Hatte sie einen festen Freund?«

Es war erstaunlich, dass die alte Dame nicht einmal nachdenken musste. Hatte sie all die Jahre doch immer mal wieder an ihre junge Mitarbeiterin gedacht? Offenbar. Aber warum?

»Nein. Das hätte sie mir erzählt. Wir waren ja im Atelier nur vier Frauen und da wurde alles besprochen. Auch wenn die ... na ja ... Sie wissen schon ... die Sache mal ausblieb. Gott ja, wir waren damals auch keine Heiligen. Aber nicht bei Diana. Die konnte gut rechnen. Und *be-*

rechnen!« Sie kicherte wieder ohne Wärme. »Verehrer? Wissen Sie, Sie hatte schon etwas Besonderes, das muss ich sagen. Mehr sag ich nicht. Etwas Besonderes eben. Was Anderes. Sie verstehen. Ja, sie war auch hübsch auf ihre gewisse Art. Sind Sie eine Verwandte?«

Felicitas zeigte sich erneut geduldig.

»Diana war die jüngere Schwester meiner kürzlich verstorbenen Mutter.«

Das Urteil folgte auf dem Fuße: »Dann gleichen Sie mehr Ihrer Mutter. Mit Ihrer Tante haben sie jedenfalls nichts gemeinsam. Sind Sie verheiratet? Kinder?«

»Nein.«

»Na ja, schade, aber wer weiß, wozu das gut ist. Heute kann man ja auch so leben. Heute ist alles lockerer. Man ist auch in diesen Dingen toleranter.«

Felicitas schluckte.

»Wie meinen Sie das denn nun wieder?«

»Weil sich das vererbt!«

»Das Lockere, meinen Sie?«

»Jaja, jaja ...« Sie kicherte. »Das vererbt sich auch.«

Ich beschloss, die beiden Damen wieder auf das Wesentliche zurückzuführen. Solche zähen alten Adler wie diese Sigrid Süß verfügten oft über ein Weltbild, das aus Eisen geschmiedet war und durch nichts erschüttert werden konnte.

»Haben jene Verehrer, die sie hatte, Diana im Geschäft abgeholt? Haben Sie mal einen solchen Mann gesehen?«

Die alte Dame richtete sich auf und holte Luft. Man konnte sie sich ganz gut als Chefin vorstellen.

»Nun, Sie beide sind ja hartnäckig, das muss ich sagen.« Sie überlegte, und wir warteten ab. »Na, das war zwar nicht ganz so üblich, aber der Herr Reichberg wäre immer willkommen gewesen. Ein feiner Mann aus einer wohlhabenden Familie. Oder sagen wir mal so, sie konnten wunderbar so tun, als seien sie wohlhabend.

Das muss man auch erst können.« Wieder kicherte sie, ohne zu lachen. »Der Wolfgang Reichberg war schon ein schneidiger Kerl. Immer das Beste vom Besten. Und sein Sohn, der Michael, der war genauso. Die zwei! Verstanden sich bestens. Aber der ist tot, der Michael. Hab die Anzeige gesehen. Und sein Bruder … Der war ein bisschen ernster. Ich verstehe wirklich nicht, warum sie *den* nicht genommen hat, obwohl er sich bemüht hat.« Sigrid Süß schüttelte tadelnd den Vogelkopf. »Die Kleine war zwar nur Schneiderin, aber die Familien kannten sich, glaube ich, oder auch die Mütter oder Großmütter schon, ach, das war ja eine gemütliche Zeit damals, vor dem großen Krieg. Die Damen standen durchaus auf Augenhöhe. Seinerzeit gab es noch Kreise in Karlsruhe. Feste Kreise, zu denen man gehörte. Nicht wie heute, wo ein einziges Durcheinander herrscht. Das ist nicht gut.«
Hier setzte Felicitas eine trübe Miene auf, als sei sie in diesem Punkt mit Sigrid Süß einer Meinung.
»Ja, ein feiner Mensch. Zurückhaltend. Und er hat sie verehrt. Na ja, manchen Madämchen kann man eben nichts recht machen.«
Wir sahen einander an. Das war einfacher gewesen als erwartet.
»Wie hieß der Bruder von Michael Reichberg denn mit Vornamen?«, fragte ich mit trockenem Mund.
Scharfer Blick aus schlauen Vogelaugen.
»Wer sind *Sie* denn eigentlich?«
Felicitas sprang ein und sorgte ganz gegen ihre Gewohnheit für Verwirrung: »Meine Freundin Maren. Sie ist krank. Das heißt, sie war krank. Bei mir. Das heißt, ich habe sie gepflegt. Und sie ist Ahnenforscherin.«
»Krank? Ahnenforscherin?« Frau Süß schien irritiert.
Ich griff ein: »Das eine hat nichts mit dem anderen zu tun. Felicitas, ich meine, Frau Mänzer, möchte nur erklären, wie wir zueinander stehen. Ja, ich bin Ahnenforscherin.«

Die alte Dame lachte, wie eine Ziege meckert.

»Na dann. Dann kann ja nix mehr passieren. Also, ich muss mich an alles erinnern. Das ist lange her und ich bin alt. Liane - oder hieß sie Diana? Na ja, auch der Name schon kokett, denn wer heißt denn so ... Also sie hat irgendwie ein Geheimnis aus der Sache mit dem jungen Reichberg gemacht. Als ob sie diese beiden aus Italien da wären ... Wie heißen die noch mal?«

»Romeo und Julia?«

»Genau. Die zwei meine ich. Er hat sie nie hier abgeholt. Ich habe sie auch niemals in der Stadt zusammen gesehen, in einer Eisdiele oder was die jungen Leute damals so machten.« Sie las Enttäuschung in unseren Augen. »Aber Sigrid Süß hat trotzdem rausgefunden, mit wem sie ging und wohin.« Kichern, dann fast enttäuscht: »Allerdings nur durch Zufall. Ich habe der Diana mal abends spät ein Kleid gebracht. Für eine Konfirmation am anderen Morgen. Wir hatten es geändert und dabei eine Naht falsch gesetzt. Das arme evangelische Kind passte nicht mehr rein. Ich hatte damals eine böse Sehnenscheidenentzündung und konnte nichts machen. Meine Diana hatte ja eine Maschine zu Hause. Sie sagte, ja, sie macht es. Ich soll in einer halben Stunde zu ihr nach Hause kommen und das Kleid abholen. Die hatte ja schon eine eigene kleine Mansarde. Ich war aber früher da, weil ich die Sache erledigen wollte, und da habe ich einen Mann gehen sehen. Und ich kannte ihn. Es war einer von den Reichbergs. Der schöne Nachzügler. Damals haben die Leute getuschelt. In dem Alter noch ein Kind. Na, na, na. Aber der Wolfgang Reichberg war halt ein ganzer Kerl und ein Draufgänger. Liebte den Luxus über alles. Na, na, na, na.«

»Und wie hieß dieser Verehrer von Diana?«

»Ihr könnt eine alte Frau Sachen fragen. Martin? Nein. Aber so ähnlich. Seltsamer Name, hat mich gewundert, dass sie den unterm Adolf bei den Standesbeamten

durchgebracht haben. Hörte sich doch ein bisschen englisch an. Mo... Morten. Ja, Morten hieß der Mann.«
»Wie der angehende Arzt aus den Buddenbrooks?«
Die ehemalige Direktrice schüttelte den Kopf. Ihre Augen glitzerten wieder tückisch. Literatur schien nicht gerade ihre Stärke zu sein.
»Was Sie da immer reden! Diese Leute kenne ich nicht. Jedenfalls waren die Reichbergs an sich eine gute Familie. Architekten. Ich sag ja: Bisschen großer Fuß, auf dem sie herumstolzierten, und wenig Skrupel. Na ja, jaja. Ich hatte die adelige Dame mal zur Anprobe für ein Ballkleid. Sie wollte echte Goldfäden eingenäht haben. Na ja, jaja. Hinterher tat es ein Faden *wie* aus Gold auch. Wenn es ans Bezahlen geht, verfliegen die Träume. Husch, husch.« Wieder das Ziegenlachen.
Wem sagte sie das? Früher war ich meistens in Geldnot gewesen und hatte gearbeitet, um diesen Zustand zu beenden. Jetzt hatte ich ein bisschen Geld und keine Lust etwas zu tun, um es zu vermehren. Ich starrte wie ein Kaninchen darauf und wartete, bis es aufgebraucht war. Vielleicht weil es mich an Oliver erinnerte und ich es gar nicht haben wollte? Oder vielleicht sollte dieses Geld einfach verschwinden, damit ich wieder arbeiten müsste und alles so wäre wie vor Olivers Zeit? Wer kennt der Seele seltsame Wege?
»Ich habe Diana dann sogar drauf angesprochen. ›Kind, nimm den doch. Der ist gut. Und ordentlicher als die anderen in der Familie.‹« Frau Süß schnaufte. »Aber sie sagte, es sei ein bisschen kompliziert mit ihm und seiner Familie und sie wolle nicht, dass man allgemein darüber spreche. Sie sei sich auch ihrer Gefühle für ihn – ja, sie nannte ihn nur *ihn* und nicht bei seinem Namen – nicht sicher.«
Aha. Ich hatte also richtig gelegen, dass der Mann, um den es ging, nur *er* genannt wurde.
»Dass sie Ihnen das erzählte!«

»Ach, wir hatten hier in der Werkstatt alle ein gutes Verhältnis. Ich war wie eine Mutter zu meinen Mädchen. Streng, aber gerecht. Und ich war ja auch nicht von gestern, hihihi.«
»Wissen Sie, wie wir die Familie Reichberg erreichen?«
»Nein. Bin ich die Auskunft? Aber die sind doch in Karlsruhe bekannt. Immer schon Architekten gewesen.« Dann leise: »Schon beim Adolf. Aber da konnten sie nichts dafür. Da war alles anders. Guckt doch in dieses schwarze Kästchen, wo alles drinsteht. Ihr jungen Leute wisst ja immer so viel!« Sigrid Süß verzog das Gesicht missgünstig.
Ich wette, sie hätte auch gerne so ein schwarzes Kästchen und wäre gerne noch mal jung und würde etwas gelten in einer Welt, die sie längst vergessen hatte.
Unfreundlich verkündete sie: »Jetzt muss ich gehen. Ich habe Bridgestunde. Man lernt nie aus.«
»Dürften wir noch mal wiederkommen, wenn wir noch eine Frage haben?«, erkundigte sich Felicitas scheu.
Sigrid Süß machte ein Gesicht wie ein schlecht aufgelegter Habicht.
»Von mir aus. Aber ehrlich gesagt, weiß ich nicht, warum Sie sich ausgerechnet jetzt so sehr für Ihre Tante interessieren. Warum nicht zu ihren Lebzeiten? Ich gehe doch davon aus, dass sie tot ist, oder?«
»Wie kommen Sie denn darauf?«
»Weil man nichts mehr von ihr gehört hat. Und jetzt muss ich gehen. Raus, ihr zwei Hübschen! Und in die Vergangenheit kann man sowieso nicht sehen.«
»Vielleicht doch. Und manchmal muss man krank werden, um in die Vergangenheit zu sehen«, murmelte ich noch im Gehen und eigentlich mehr zu mir selbst.
Sigrid Süß presste misstrauisch die Lippen aufeinander.
»Antworten, die ich nicht verstehe, mag ich nicht«, befand sie.

****

»Eine echte Nebelkrähe«, schmunzelte Felicitas, als wir wieder im Hinterhof standen, einen dieser schönen Karlsruher Höfe, pflanzenbegrünt, mit geschnitzten Holzbalkonen voller wuchernder und überhängender Pflanzen und einer fast südländischen Atmosphäre.

Ich sagte langsam: »Woher wusste sie eigentlich, dass Diana tot ist? Sie hat gesagt, ›zu ihren Lebzeiten‹. Und sie sagte, man hat nichts mehr von ihr gehört. Ich würde gerne wissen, was sie damit gemeint hat.«

Felicitas zuckte die schmalen Schultern. Ihr Parfümduft, der mehr zu einer älteren Frau gepasst hätte, flog zu mir herüber.

»Weil sie wahrscheinlich keine Briefe mehr von ihr bekommen hat.«

Ich schulterte meine Tasche und suchte meinen Fahrradschlüssel.

»Trotzdem. Wie alt wäre Diana jetzt? Anfang sechzig? Sie ist früh gestorben. Na ja, wir werden von SS nichts mehr erfahren. Jetzt giftet sie ihre bedauernswerten Bridgepartnerinnen an.«

Felicitas öffnete die Zwischentüren und wir traten hinaus in die freundliche Klauprechtstraße. Ein Autofahrer suchte verzweifelt nach einem Parkplatz – ein in Karlsruhe üblicher, ja vertrauter Anblick. Eine Frau, mit Kleidern beladen, näherte sich dem Dornröschen.

»Meine Güte. Da kommt Nachschub. Hoffentlich hat Kelly nicht den halben Laden gekauft. Sie ist mit dem Flugzeug hier.«

Felicitas nachdenklich: »Du warst vorhin so misstrauisch und ich kenne dich und deine … Geschichten. Du meinst aber nicht, dass die betagte Frau Süß nach New York gereist ist und meine Tante Diana umgebracht hat?«

Die Ladentüre klingelte.
»Nein. Das dachte nicht einmal ich, die ich immer Böses wittere. Bis jetzt sieht es überhaupt nicht aus, als ob etwas Unrechtes geschehen wäre, geschweige denn ein Mord. Bis jetzt. Und doch ist etwas an dieser ganzen Geschichte um deine Tante nicht in Ordnung. Das spüre ich. Oh Gott, Kelly, was ist denn das?«
»Ein afrikanischer Kaftan. Steht mir, oder nicht? Sehe ich nicht exotisch aus?«
»Oh ja«, lachte Felicitas und strich ihr über den Kopf, wie sie es gerne bei ihren Geigenschülern tat. »Unbedingt. Mit den Augen, der schneeweißen Haut und den irischen Sommersprossen. Du bist ungefähr so exotisch wie ich!«
Wir lachten alle drei. Und wussten nicht, dass wir keine Ahnung hatten.

****

Am anderen Tag fuhr ich mit Kelly und zwei Koffern – bei Anreise war es nur einer gewesen – zum Flughafen nach Frankfurt.
»In ungefähr sechs Wochen komme ich wieder.« Es hörte sich fast wie eine Drohung an.
»Schatz, das ...«
»Doch. Ich glaube, ich muss mich ein bisschen um dich kümmern. Ich habe irgendwie so ein Gefühl, als ob du auf der – Wie sagt man in Deutsch? – auf der Jagd wärst. Papa hat gesagt, du hast dann so ein *glimmering* in den Augen.«
Ich setzte schnell eine Sonnenbrille auf. Kein Glitzern mehr. Zweimal drückten wir uns und ich spürte, wie die Tränen unter der Brille hervorkullerten.
Ich brachte es nicht fertig zu warten, bis ihr Flieger nach Dublin ging und ich ihn aufsteigen sah. Irgendwie war ich zu unruhig. Nein, ich wollte Olivers Tochter nicht ab-

heben sehen. Der Start und die Landung sind bekanntlich das Gefährlichste. Und ich wollte, dass sie seine Gene weitergab.
Noch eine Weile trieb ich mich am Frankfurter Flughafen herum und landete in einem kleinen Coffeeshop. Hier, inmitten von Rucksäcken, fremden Stimmen, Handyklingeln und Abschiedstränen, einen Kaffee zu trinken, fühlte sich nach Abenteuer und Ferne an. Ich dachte an die mutige, unbekannte Diana, begabt und offenbar lebenslustig, und wie sie sich gefühlt haben musste, als sie hier stand, kurz vor dem Start in ein neues spannendes Leben.
Hatte Morten, der beharrlich werbende Morten, sie bis zum Gate gebracht, hatten sie sich mit einem Kuss verabschiedet? Er hatte ihr Dinge geschenkt, er war wohlhabend gewesen und vielleicht nicht einmal unansehnlich. Warum war sie denn eigentlich wirklich in die USA gegangen und niemals mehr zurückgekehrt?

****

Ich betrat endlich wieder meine eigene Wohnung und war mit mir allein. So schön es auch bei Felicitas gewesen war, so lieb von Kelly, sich noch um eine nicht mal ordnungsgemäß verwitwete Stiefmutter zu kümmern, so sehr genoss ich jetzt das Gefühl, für mich zu sein und machen und denken zu dürfen, was ich wollte. Jetzt konnte ich auch traurig sein, ohne dass mir eine Tasse grüner Tee unter die Nase gehalten wurde, um mich wieder aufzurichten.
Aufatmend lief ich durch meine zwei Zimmer, die so ganz anders, viel weniger schick und mit fast studentischer Improvisation eingerichtet waren. Auch meine Bilder waren ganz andere als die in Felicitas' Zuhause. Ich mochte sehr bunte, manchmal kitschige Fotografien und ganz selten auch ein modernes Gemälde – alles nur Reproduktionen. Nur aus Spaß besaß ich eine waschechte Alpen-

szene, die auf irgendeinem Karton oder dünnen Holz gemalt war und in einem überladenen Goldrahmen steckte. Eine spontane Flohmarktbekanntschaft.
Ich stellte mich vor dieses Bild, das ich schon sehr lange mein Eigen nannte. Es war, als würde gleich Florian Silbereisen aus der Almhütte treten und singen.
Mit wem war ich eigentlich damals zusammengewesen, als ich das scheußliche Ding gekauft hatte? Das war bestimmt schon mehr als zwanzig Jahre her. Seinerzeit waren Flohmärkte noch nicht ganz so schick gewesen wie heute, wo das gepflegte Lehrerehepaar zwischen den Ständen umherschlendert, sich amüsiert und wenig kauft, weil Flohmarkt ja nur ein Event ist.
Also hatte ich seinerzeit mit dem belesenen Klaus, dem spargeldürren Rainer oder dem ruhigen Peter zusammen nach Handtaschen, Kaffeetassen und Büchern gesucht? Jedenfalls war die Sache ungut ausgegangen. Ich glaube, Klaus-Rainer-Peter und ich hatten uns irgendwann miteinander gelangweilt, voneinander getrennt und aus den Augen verloren.
Ich betrachtete das Bild und überlegte mir, was und wen ich da hineinmalen würde, wenn ich es denn könnte oder wollte. Es fiel mir kein Grund dafür ein. Warum ein Bild entstellen, das mir wertvoll war, wenn auch nur immateriell?
Doch dann dachte ich an meinen einstigen Geliebten, Kommissar Melchior Oberst, und seinen Verrat an uns. Enttäuschung würde ich in dieses Bild hineinmalen. Verräterische Gesichter, betrügerische Freundinnen, Täuschungen und Fratzen. Eine Fratze wie der Kerl oben am Fenster, nur dass der schon da gewesen war.
Halt, Maren. Mach nicht gleich wieder einen Kriminalroman aus einer harmlosen Sache.
Noch mal von vorn: Wir befinden uns in irgendeinem Jahr nach 1932, nach dem Erstellen der Expertise. Der unbe-

kannte Besitzer oder die Besitzerin des Gemäldes steht vor der Leinwand und malt den Schatten einer Armbanduhr in ein wertvolles Bild. So perfekt, dass man es nur bei ganz genauem Hinschauen bemerkt. Dieser Schatten einer Uhr verrät für alle Zeiten, dass das Bild verfälscht wurde. Denn es gab keine Armbanduhren im 17. Jahrhundert. Er möchte mit der Uhr also ein Zeichen setzen, dass mit dem Bild etwas nicht stimmt. Er verhunzt gerade ein Kunstwerk, doch das ist ihm gleichgültig. Die Botschaft, die er senden will, ist wichtiger als der Wert des Bildes. Er oder sie weiß nicht, wann und ob sie jemals gelesen wird, aber es ist der letzte verzweifelte Versuch, auf etwas Unrechtes hinzuweisen!

SECHS

Schon früh klingelte mein Telefon und ich erschrak immer noch, denn in Sélestat hatten wir kein Telefon besessen. Wir hatten uns auf unsere Handys verlassen, und so hatte mich auch die Nachricht von Olivers Tod erreicht. Ich hatte dieses Handy später weggeworfen, denn ich konnte dem kleinen schwarzen Ding nicht verzeihen. In der Ill, dem kleinen, munteren Fluss, der an Sélestat vorbeifließt, war es kurz mit den Wellen geritten und dann untergegangen.

Am Telefon war Felicitas, wie immer ganz Dame.

»Entschuldige bitte die frühe Störung. Aber ich dachte, es könnte dich interessieren.« Kleine Pause. »Ich habe die Reichbergs ausfindig gemacht. Es war nicht schwer. Sie sind tatsächlich Architekten. Und sie sind in allen sozialen Netzwerken unterwegs. Die Familie hat ein Haus am Turmberg, sie besitzen aber noch eine kleine Stadtwohnung oberhalb ihrer Büroräume am Haydnplatz.«

»Oh. Aha. Alles beste, allerbeste Adressen. Und Morten Reichberg?«

»Den hab ich auch ausfindig gemacht. Er scheint der Onkel der jüngeren Familie Reichberg zu sein und ist ebenfalls Architekt. Vielleicht ist er im Ruhestand, denn er muss ja schon recht betagt sein. Er arbeitet auch am Haydnplatz und lebt meistens in der büroeigenen Wohnung.«

»Donnerwetter. Das alles hast du aber schnell herausgefunden!«

»Nun, diese Leute verstecken sich nicht gerade. Warum auch? Vielleicht hat dieser Morten meiner Tante das Gemälde geschenkt. Die Uhr war höchstwahrscheinlich damals schon in dem Bild. Ich sehe meine Tante nämlich nicht, wie sie eine solche Uhr in ein wertvolles Bild montiert hat. Ich habe von meiner Mutter gehört – und das passte ja auch zu Diana –, dass sie an Materiellem durchaus nicht uninteressiert war. Also wozu ein wertvolles Kunstwerk zerstören?«

»Das habe ich mir auch schon überlegt. Das Mädel wollte nach Amerika, um Karriere zu machen. Da war jeder Cent recht.«

Blut ist eben doch dicker als Wasser, und deshalb hörte ich Felicitas empört erwidern: »Bitte?! Sie war ein Kind ihrer Zeit. Karlsruhe war im Krieg furchtbar zerstört worden. Die Einwohner waren traumatisiert und damit beschäftigt zu überleben und dann wieder etwas zu erschaffen. Jahrgang 1953. Sie ist in der Nachkriegszeit geboren.«

»Ja, ich weiß. Buttercremetorte hübsch garniert mit verdrängter Vergangenheit. Wir sind wieder wer! Und dabei hilft uns vor allem gutes deutsches Geld.«

»Ja, leider. Umso seltsamer, dass sie das Bild nicht mitgenommen hat. Obwohl eine deutsche Emigrantin im New York jener Jahre wahrscheinlich andere Sorgen hatte, als Bilder auf Auktionen zu verkaufen.«

Ich protestierte: »Jener Jahre ... Und das Wort ›Emigrantin‹! Felicitas, wir reden über das Jahr 1975. Noch nicht lange her ... Deine Tante war ja nicht direkt ein Flüchtling. Sie ging aus freien Stücken, mitten in der Flower-Power-Zeit.«

Felicitas räusperte sich: »Stimmt auch wieder. Obwohl es in Amerika mit dem Neuanfang niemals leicht war, vermute ich. Ob Flower oder nicht. Brauchte man da nicht eine Einladung oder einen Wohnsitz? Oder den Nachweis, dass man genug Geld hatte, um sich durchzubringen?«

»Muss ich nachlesen«, entgegnete ich muffig. Ich mochte es nicht, wenn meine besten Gedanken durch Fakten kaputt gemacht wurden.

»Jedenfalls müssen wir in Erfahrung bringen, woher Morten Reichberg das Bild hatte. Dann kommen wir der

Antwort auf die Frage näher, wer das Bild auf diese Weise verändert hat.«
»Okay, Felicitas, wir können mit ihm sprechen, aber vielleicht sollten wir die Uhr erst einmal nicht erwähnen.«
Felicitas schien entschlossen: »Gut. Warten wir ab, wie er ist und wie er sich verhält. Leb wohl.«

****

Der Haydnplatz war einer von Karlsruhes unbekannteren schönen Plätzen. Vielleicht weil er ein wenig abseits lag. Jedenfalls war er ebenmäßig wie ein griechischer Vers: halbrund mit einer malerischen Fontäne und den entsprechend repräsentativen, steinernen Gestalten drum herum, gesäumt von Gras zum Herumlungern, obwohl dies hier nicht intensiv genutzt wurde, da die Gegend für Studenten zu teuer war. Nur eine schicke, junge Mutter mit einem niedlichen Kind in einem winzigen Jeansanzug saß auf einer Bank und bewachte den Nachwuchs. Die hohen Häuser am Platz waren klassisch und die Wohnungen galten als unbezahlbar. Der Platz spiegelte die jahrhundertealte Rolle Karlsruhes als Residenz wider. Auch ohne es zu sehen, ahnte man, dass in den Häusern hier Parkett, Flügeltüren und Stuck Standard waren. Auch sonst war das Viertel schön. Die Bäume entlang der sogenannten Nördlichen Hildapromenade blühten ungezügelt und ungeduldig, denn es war ein kaltes Frühjahr gewesen und nun galt es, die Sonne zu nutzen. So dachten auch die zahlreichen Frauen mit Kinderwagen, Radfahrer und natürlich Hundebesitzer, die sich wie selbstverständlich am Karlsruher Grün ergötzten und vielleicht schon vergessen hatten, dass nur wenige Großstädte so viele Parkanlagen hatten.
Es gab mir wieder den altvertrauten Stich. In Sélestat hatte es keineswegs so viel Grün gegeben. Die unordentliche Kleinstadt war eher ein verwinkelter, mittelalterli-

cher Häuserhaufen gewesen. Und doch hatte das Städtchen einen unwiderstehlichen Charme gehabt. Vorbei!
Morten Reichberg wohnte im zweiten Stock eines dieser wunderschönen Bürgerhäuser, nicht direkt am Haydnplatz, sondern in der Reihe dahinter gelegen, die fast ebenso vornehm war. Obwohl von Sigrid Süß als Nachzügler bezeichnet, musste er heute ein Mann von mindestens Mitte Siebzig sein. Wir hatten uns trotzdem dagegen entschieden, vorher anzurufen. Wir würden es einfach probieren und sehen, was uns erwartete.
Umso überraschter waren wir, dass Morten Reichberg offenbar beruflich noch sehr aktiv war. Das Namensschild im ersten Stock verwies auf »Max Reichberg, Morten Reichberg und Partner. Architekturbüro und Planung«.
Es war jetzt halb vier nachmittags, eine gute Zeit. Wir klingelten, wurden ohne Rückfrage eingelassen und landeten in einem freundlichen Sekretariat, lichtdurchflutet und mit funktionalem Designerschick eingerichtet. Eine große stattliche Sekretärin mit rötlich braunem Haar stand sofort auf und trat auf uns zu.
»Guten Tag! Hatten Sie einen Termin bei Herrn Max oder Morten Reichberg?«, fragte sie uns mit leicht osteropäischem Akzent.
In diesen Dingen hatte ich Erfahrung und antwortete sachlich: »Wir würden gerne mit Herrn Morten Reichberg sprechen. Leider haben wir keinen Termin. Es dauert nicht lange und es wäre schon, wenn wir ihn kurz sprechen könnten.«
Die Stattliche warf einen Blick auf die Uhr und dann auf einen aufgeschlagenen Terminkalender.
»Herr Morten Reichberg ist gerade beim Arzt. Er sollte in zehn Minuten wieder da sein. Er wird dann allerdings gleich in die Wohnung hinübergehen. Ich werde ihm eine Nachricht hinterlassen, dass er noch kurz im Büro vorbeischaut. Geht es um ein Gutachten?«

»Um etwas Privates«, sagte Felicitas und blickte der Mitarbeiterin fest in die Augen.
»Ich verstehe«, entgegnete sie.
Wir nahmen im Wartezimmer Platz. Automatisch und wie durch einen Reflex fing ich an, die Bilder im Raum zu analysieren. Doch es gab nichts Klassisches an den Wänden, sondern nur Drucke und moderne Fotografien hinter Plexiglas, was heutzutage en vogue war.

Es dauerte genau 18 Minuten, dann sah sich meine Freundin Felicitas dem verflossenen Verehrer ihrer Patentante gegenüber. Beide Personen hatte sie im Grunde niemals wirklich bewusst gesehen oder erlebt, und doch waren sie in den letzten Tagen fast vertraute Gestalten in unserem Leben geworden. Deshalb war dies hier ein besonderer Moment. Ohne das Bild hätten wir Morten Reichberg niemals kennengelernt, nicht einmal seinen Namen gehört. Vielleicht hatte Diana diese späte Begegnung sogar beabsichtigt und deshalb das Bild zurückgelassen. Morten Reichberg, so war zu hoffen und zu vermuten, war der Schlüssel zum Rätsel des Bildes und vielleicht auch der Schlüssel, der post mortem die Tür zu Dianas Herzen und ihrem Tun öffnen konnte.
Er sah jedenfalls noch immer sehr beeindruckend aus. Groß, schlank, gerade Haltung. Er musste früher dunkelhaarig gewesen sein – ein Rest von Schwarz schimmerte durch sein kurzgeschnittenes graues Haar, das noch erstaunlich dicht war. Er hatte natürlich Falten, aber dennoch ein markantes und ebenmäßig geschnittenes Gesicht mit wachen grauen Augen unter dichten grauen Brauen. Seine Nase war ebenfalls energisch und – wenngleich sie keine klassische herrische Adlernase war – dennoch auf eine männliche Art geschnitten. Männer mit Stupsnasen waren mir zeitlebens suspekt gewesen. Ich war überzeugt davon, dass eine empirische Unter-

suchung über Führungskräfte ergeben würde, dass nur ein verschwindend kleiner Teil eine nach oben strebende Nase hatte.

Morten Reichberg war eindeutig ein gutaussehender Mann und ich denke, wenn er dreißig oder auch nur zwanzig Jahre jünger gewesen wäre, hätte ich mich im Café nach ihm umgedreht. Und seine Aufmerksamkeit hätte mir gewiss geschmeichelt. Doch für die Schneidergesellin Diana Mänzer war er offenbar nicht gut genug gewesen. Seltsam. Es passte zu seiner Ausstrahlung, dass er ausgesucht gut gekleidet war. Kariertes Jackett in einem gelblichen Braun mit Grau, graue Hose, teure Schuhe. Teure Schuhe, doch ein todtrauriges Gesicht. Dieser Mann war schon lange nicht mehr wirklich glücklich gewesen.

»Ich erinnere mich nicht ...«, meinte er unschlüssig und bat uns mit großer, beinahe ritterlicher Geste in sein Büro, das rechts neben der Rezeption lag. Auch hier erwartete uns eine moderne und sachliche Einrichtung. Wenn es sich bei den Reichbergs um eine alteingesessene Architektenfamilie handelte, so hatte man irgendwann einmal gründlich ausgemottet und war auf Neustart gegangen.

»Nehmen Sie doch Platz. Zwei attraktive junge Damen empfange ich auch ohne Termin. Sie müssen mich nur entschuldigen. Ich habe Blut abnehmen lassen. Routine. Bin etwas wackelig. Darf ich für uns alle Kaffee bestellen?«

Felicitas nickte wohlwollend. Der Mann hatte gute Umgangsformen. Das gefiel ihr.

Die Stattliche brachte ein Tablett mit Kaffee in einem modernen Service und etwas Gebäck.

»Nun darf ich aber erfahren, was Sie zu mir führt.« Morten Reichberg stellte seine Tasse ab. Ich bemerkte, dass er dabei leicht zitterte. »Ich bin ein alter Mann und mein Rat wird von jungen Leuten nicht mehr so oft gefragt.«

»So jung sind wir auch nicht mehr. Mein Name ist Felicitas Mänzer. Ich bin die Nichte von Diana Mänzer ...«

Ich besaß einige Erfahrung in der Beobachtung von Menschen. Entweder war dieser Morten ein sehr guter Schauspieler oder er freute sich wirklich, von seiner ehemaligen Freundin zu hören. Angst oder Schrecken las ich jedenfalls nicht in seinen Augen, eher Wehmut.

»Dianas kleine Nichte! Jetzt, da Sie es sagen. Es könnte eine Ähnlichkeit bestehen ... Ja doch, aber es ist so lange her. Sie sind natürlich ein anderer Typ. Diana war dunkler und kräftiger, aber um die Augen herum, ja, da sieht man es ein bisschen.«

Ich sah Felicitas in die Augen und zuckte stumm mit den Achseln. Sie lächelte.

Morten sprach mit tiefer, angenehmer Stimme weiter: »Doch, es freut mich. Es freut mich, Sie zu sehen. Sie waren ja schon geboren, ja, aber natürlich habe ich Sie nur einmal von Weitem gesehen. Sie gingen mit Ihrer Frau Mutter im Stadtgarten spazieren.«

»Da war ich ein kleines Mädchen.«

»Ganz genau. Wie geht es denn Diana? Hat sie den ersehnten Erfolg in New York gehabt?«

Wir starrten ihn an. Der Mann freute sich tatsächlich. Kein erkennbares Zeichen von einer Lüge.

Etwas unsicherer fuhr er fort: »Es tut mir leid, dass ich den Kontakt nicht halten konnte. Anfangs haben wir uns noch geschrieben. Aber dann ist die Verbindung irgendwie abgebrochen. Verständlich in einer Stadt wie New York mit den vielen neuen Herausforderungen. Geht es ihr gut? Haben Sie ein aktuelles Foto von ihr?«

Wir sahen einander an. Wie sollten wir denn das jetzt sagen? Entweder log er genial oder er wusste nicht, dass seine ehemalige Freundin längst tot war.

Felicitas schwieg.

Schließlich krächzte ich ein wenig unbeholfen: »Nun, es geht mich eigentlich nicht wirklich etwas an. Ich bin ja keine Verwandte. Aber sie ist tot. Diana ist tot. Ein paar

Jahre schon. Mehr wissen wir nicht. Sie wollte offenbar auch nicht, dass wir mehr wissen.«

»Tot? Sie lebt nicht mehr?« Er starrte uns an. Dann strich er sich unsicher mit der Hand über die Stirn. »Das tut mir aber wirklich leid. Dann ist sie gar nicht sehr alt geworden. Woran ist sie denn gestorben?«

Wir gaben ihm Auskunft. Um Beherrschung bemüht, rang er die zitternden Hände. Ich bemerkte, dass er keinen Ehering, wohl aber einen schlichten Siegelring trug.

»Dieser Krebs. Schon so viele Freunde habe ich durch ihn verloren. Nun auch Diana. Hat sie … Hat sie etwas hinterlassen?«

»An was denken Sie?«, erkundigte sich Felicitas freundlich, doch ich hörte die Anspannung in ihren Worten.

Er breitete die Arme zu einer unschlüssigen Geste aus.

»Ich weiß nicht. Vielleicht Persönliches. Briefe, Tagebücher. Es wäre schön, ihre kunstvolle Schrift noch einmal zu sehen. Und sie war so … lebendig in ihren Beschreibungen. Wie ein Schmetterling, voll Lebenslust. Huschte von da nach dort, war schwer zu fassen.«

Ich hätte in diesem Schachspiel jetzt einen anderen Zug gemacht, doch Felicitas entschied sich für klare Worte: »Nein. Wir haben nichts gehört oder bekommen. Hier, in Deutschland, hat sie Tagebuch geführt, und die habe ich in gewissem Sinne von ihr geerbt. Ich hatte sie auf dem Dachboden, doch als ich sie nun interessehalber herausholen wollte, stellte ich fest, dass sie verschwunden waren.«

Morten Reichberg sah ehrlich überrascht aus.

»Verschwunden? Dianas Tagebücher?«

»Ja.«

»Tja. Vielleicht einfach weggeworfen?« Er zuckte mit den Achseln. »Wenn man älter wird, weiß man, dass nichts von dem Vertrauten bleibt. Freunde von mir – sie sind fünfzig Jahre verheiratet – lassen sich jetzt scheiden. Sie lieben sich nicht mehr. Ich konnte es nicht fassen, dass eine so alte Liebe plötzlich nicht mehr da sein soll. So geht es mir jetzt andauernd. Nichts hat Bestand vor der Zukunft.«

Das kenne ich ganz gut, dachte ich.

Morten stand auf und stellte sich vor den Stadtplan von Karlsruhe, der an der Wand neben dem Schrank hing.

»Gebäude, die unser Vater gebaut hat, werden abgerissen. Geschäfte, in denen ich einkaufte, gibt es nicht mehr. So verschwinden auch Erinnerungen.«

Felicitas sah ihn an und lächelte. Dann tat sie etwas, das ich nicht getan hätte, denn es war gefährlich.

»Vielleicht. Vielleicht auch nicht. Manches verschwindet nicht von sich aus.«

Er sagte nichts dazu.

»Meine Tante hat erzählt, dass Sie ihr dieses schöne Bild geschenkt haben, das nun bei mir zu Hause hängt. Der Abraham Teniers.«

Jetzt erschrak er doch. Man sah es deutlich, auch wenn er sich gleich wieder im Griff hatte. Vielleicht war es ihm auch nur peinlich. Er machte ein wertvolles Geschenk, genannt »Der Antrag«, und wurde dennoch abgelehnt.

»Das hat sie erzählt? Und wem? Eigentlich war das unser kleines Geheimnis.«

»Ja, warum sollte es nicht erzählen? Mir natürlich nicht, ich war ja zu klein, aber meiner Mutter hat sie es gesagt.«

Morten Reichberg räusperte sich und ohne, dass er es wollte, kamen die nächsten Worte mit einem lauernden Unterton: »Und sie hat meinen Namen genannt?«

Wahrscheinlich hatte sie das niemals getan. Aber das wussten nur wir.

»Nun, wir sind ja schließlich nicht umsonst hier bei Ihnen«, wich Felicitas geschickt aus.

Morten Reichberg öffnete das Fenster, als sei ihm zu warm. Der Duft und die Wärme eines schönen Junitages fielen geradezu gewalttätig in den Raum ein.

»Ein schönes, ein sehr schönes Bild, und auch ziemlich wertvoll. Woher hatten Sie es eigentlich?«
Morten Reichberg wurde jetzt endlich ungehalten. Ich an seiner Stelle wäre schon längst böse geworden.
»Bei aller Sympathie für Sie, aber das geht Sie eigentlich nichts an. Dennoch gebe ich Ihnen Auskunft. Das Bild befand sich wie andere Kunstgegenstände im Besitz unserer Familie. Wir sind bekanntlich Architekten und eine alteingesessene Sippe.« Er lächelte bei dem Wort Sippe, um ihm das Völkische zu nehmen. »Unsere Mutter ist eine geborene von Gleiburg. Solche Familien pflegten seit jeher, die Kunst zu lieben und zu sammeln. Wir, also meine Angehörigen, haben Bilder und Kunstgegenstände auf Auktionen erworben, von Kunsthändlern gekauft. Wobei es wiederum nicht so viele sind, wie Sie nun denken werden.«
»Und bei welcher Auktion haben Sie genau dieses Bild erworben?«
»Selbst wenn ich es aus der Erinnerung heraus wüsste, würde ich es Ihnen natürlich nicht sagen. Diese Dinge werden oftmals sehr diskret gehandhabt und haben manchmal auch gewisse finanzielle Hintergründe, über die man nicht spricht. Außerdem habe ich mich dafür niemals besonders interessiert, wenn ich offen sein darf. Die Sachen waren eben da. Manche haben im Safe geschlummert, bis man sie zu einem Anlass hervorholte.«
»Natürlich.«
Felicitas nickte ihm aufmunternd zu. Das verstand sie sehr gut. Ich weniger. Wenn ich ein edles Bild, ein Original, hätte, würde ich wollen, dass es jeder sieht.
Morten fuhr fort: »Unsere Familie war immer sehr an der niederländischen Malerei interessiert. Aber nicht nur daran. Vater hat der Kunsthalle auch eine kleine Radierung von Kallmorgen geschenkt.« Streng fügte er hinzu: »Wir sind nämlich badische Patrioten.«

»Das ist schön«, meinte Felicitas vage. Ich nickte ernst. Den Namen Kallmorgen hörte ich zwar zum ersten Mal, doch badischer Patriotismus war für manche Karlsruher eine heilige Sache.
Im Sekretariat klingelten die Telefone. Morten Reichberg blickte auf seine Uhr. Seine zarten Hände waren mit Leberflecken übersät. Obwohl er sich so gut gehalten hatte, waren es die Hände eines sehr alten Mannes.
Ein Anflug von Traurigkeit überkam mich. Ob er jemals über die Liebe zu Diana hinweggekommen war?
Morten Reichberg verabschiedete uns nun ebenso galant, wie er uns begrüßt hatte.
Als wir draußen standen, fragte mich Felicitas trocken: »Glaubst du ihm?«
»Nein«, sagte ich. »Und du?«
»Ja«, antwortete sie. »Ich mag ihn irgendwie.«
»Ich habe auch schon ein paar Mal Männer gemocht, und sie waren hinterher Mörder«, wand ich ein.
»Hier gibt es weit und breit keinen Mord«, erwiderte Felicitas kalt. »Maren, fall nicht in deine alten Gewohnheiten zurück.«
Ich gab ihr recht, doch sie sollte sich täuschen.

****

Abends nahm ich wieder das Buch über die Karlsruher Kinder im Dritten Reich zur Hand. Gerade weil es schon so alt und vergilbt und die Fotografien in unattraktivem Grau-Schwarz-Weiß gehalten waren, besaß es eine unheimliche und furchtbare Authentizität. In einer pathetisch aufgemachten Annonce wurde etwa ein Hitlerbild als Weihnachtsgeschenk angeboten. Ein gewisser L. Leidel, Maler, würde ein Porträt des Führers anfertigen und »künstlerisch« vollenden. In der Kaiserallee 133 befände sich der sogenannte Führer-Verlag, der dieses Werk für

1,20 RM verkaufte. Es mussten wohl ausgesprochen Linientreue oder Opportunistische sein, die dieses Angebot annahmen, vor allem im Jahr 1932, als Hitler noch gar nicht fest im Sattel saß. 1933 erklangen bereits deutlichere Töne und die Karlsruher NSDAP-Parteizeitung drohte: *Deutschland muss wieder auferstehen! Das große Reinemachen beginnt.*
Mein Gott, dachte ich, wehe dem, der anders war. Der etwas zu verbergen hatte. Der ins Visier geriet.
Angewidert schob ich das Buch zur Seite. Das alles war längst vorbei.

SIEBEN

Inzwischen war es Felicitas und mir klar: Wir mussten Daniel einweihen. Er würde uns eine große Hilfe sein und wir brauchten seinen Rat.

An einem Mittwochabend um 18 Uhr erschien er bei uns. Gelassen, freundlich und mit einem Hauch von hoffnungsvollem Charme küsste er mich ebenso auf die Wangen wie Felicitas.

»An euch beide in einer Wohnung könnte ich mich gewöhnen«, meinte er anerkennend. »Das würde mir viel Zeit ersparen. Gleich zwei auf einen Streich!«

Es war sein Verdienst, dass diese Worte niemals irgendwie schlüpfrig oder aufgesetzt klangen. Seine Liebe zu allem, was Weiblich war, schien so harmlos wie die Begeisterung eines Kindes für den Zoo oder das Fußballspielen.

Er akzeptierte nur ein Mineralwasser: »Niemals Alkohol. Ich trinke nichts!«

Nachdem er den Balkon bewundert hatte, auf dem Felicitas alles mögliche Dekorative angepflanzt hatte, bugsierten wir ihn ins Gästezimmer.

»Das Bild, das uns interessiert, wurde meiner Tante Diana von dem Architekten Morten Reichberg geschenkt.«

Daniel pfiff anerkennend.

»Morten Reichberg? Ich hatte früher wegen diverser Gutachten mit ihm zu tun. Nachkömmling der bekannten Architektenfamilie. Mutter irgendwas Adeliges. Sein Vater war fähig, aber ein Blender, ebenso sein älterer Bruder – wie hieß der noch? Michael. Große Autos, schicke Frauen. Obwohl das ja an sich nichts Schlimmes ist. Dieser Michael, ich glaube er ist tot, war in zweiter Ehe mit einem Model verheiratet. Mit einem seltsamen Namen. Ich habe sie ein paar Mal bei Anlässen getroffen, aber ich mochte sie alle miteinander nicht. Oberflächlich und ein bisschen skrupellos.«

»Und mit diesen Leuten«, bemerkte Felicitas feierlich, »hat also mein Bild zu tun.«

Daniel verzog das Gesicht.

»Schon wieder der überladene Holländer? Der gute Abraham Teniers. Also, mein Geschmack ist das Ding immer noch nicht. Das wisst ihr ja. Von der Teniers-Sippe gefällt mir am besten die ›Hexenküche‹. Hängt auch in Karlsruhe und ist richtig schön schaurig. Hexe, Zaubertrank, Hexenzirkel, ein nacktes Weib im Hintergrund. Potthässliches Bild, aber damals fand man das wohl ziemlich ansprechend.«

»Daniel!«

»Was ist denn jetzt schon wieder mit diesem Bild? Es scheint in ordentlichem Zustand zu ein. Die schon bekannte kleine Farbabplatzung, aber sonst?«

»Sieh dir das Bild noch mal genau an. Ganz genau.«

Daniel beugte sich vor. Einige Sekunden betrachtete er das Bild, doch er bemerkte nichts. Das Geheimnis des Bildes war einfach zu gut versteckt.

Er trat zurück und schüttelte den Kopf.

»Außer dass es ein von seinem älteren Bruder abgekupfertes Motiv ist und nicht ganz so meisterhaft wie jenes ...«

Stumm trat Felicitas an das Bild und deutete auf den Mann am Fenster und sein Handgelenk: »Schau mal, hier!«

Ich hatte mit einem gewissen Erstaunen gerechnet, aber nicht mit diesem Abscheu.

»Um Himmels willen. Also ... das gehört sich nicht! Das ist ja der Schatten einer Armbanduhr, die der plumpe Kerl da trägt! Das ist doch unmöglich!« Er warf nur einen kurzen Blick darauf, schüttelte den Kopf und wandte sich ab. Er schwieg eine Weile, dann böse: »Das ist schrecklich. Ich muss in den Archiven und im Netz nach einer Ab-

bildung dieses Bildes suchen. Sofern es überhaupt eine gibt. Wenn das Bild immer in Privatbesitz war und niemals ausgestellt wurde, dann finden wir möglicherweise nichts. Jemand hat das Bild mit diesem Ding da regelrecht lächerlich gemacht.«
Ich warf vorsichtig ein: »Deshalb interessieren wir uns so dafür. Jemand hat wahrscheinlich die Uhr in das Bild gemalt und das nicht mal ungeschickt oder zu auffallend, denn das Fenster war ja schon da und der blühende Baum verdeckt den Arm und die Hand sowieso zum Teil. Das muss nach 1932 gewesen sein. Denn dem Gutachter, der die Expertise ausgestellt hat, wäre die Figur mit der Uhr auf jeden Fall aufgefallen. Im Jahr 1974 hat Morten meiner Tante das Bild geschenkt und sie hat die Uhr gewiss nicht hineingemalt. Denn warum sollte sie das tun? Wenn mit dem Bild etwas nicht stimmte, hätte sie es doch einfach sagen können.«
»Ganz gleichgültig, wer das gemacht hat und warum, es ist ein kunsthistorisches Vergehen. Abraham Teniers ist zwar nicht David Teniers«, murmelte Daniel und strich sich durch sein dunkelblondes Haar, »aber dieses Werk ist dennoch recht wertvoll. Niederländische Malerei der Teniers-Dynastie und damit Zeugnis einer vergangenen Zeit. Ein mit Pinsel und Farbe gemaltes Zeugnis. Auch wenn es pathetisch klingt. Das da macht man einfach nicht, wenn man die Kunst liebt.«
»Könnte man denn ganz genau feststellen, wann der Uhrenschatten in das Bild hineingemalt worden ist?«
Daniel wiegte den Kopf.
»Ganz einfach ist das nicht, obwohl sich mancher Kunsthistoriker wie ein Detektiv fühlt. So gibt es heutzutage hochmoderne Hyperspektralkameras, die verblichene Malereien zum Vorschein bringen. Normalerweise nimmt man ultraviolettes Licht, womit man die Veränderungen, ja sogar Fingerabdrücke am Originalbild sieht, doch die-

ses Vorgehen ist schädlich für die Bilder. Man macht es nicht gerne.«
»Das möchte ich keinesfalls!«, sagte Felicitas entschieden.
»Ist in diesem Fall auch nicht nötig. Die Uhr ist ja nachweislich später in das Bild gemalt worden. Man würde eine Farbprobe entnehmen und diese untersuchen. Wie genau man das dann datieren kann, weiß ich nicht. Dazu müsste man einen Restaurator fragen.«
»Nun«, sagte ich vorsichtig, »eigentlich brauchen wir sowieso nicht viele Beweise. Eine Uhr ist eine Uhr.«
Daniel trat nahe an das Bild heran.
»Gut. Die Figur, wie wir sie hier sehen, war jedenfalls schon da. Eine Figur, die aus dem Fenster sieht, war übrigens in der holländischen Genremalerei dieses Typs absolut gängig. Sie kam in fast jedem dieser Bilder vor. Die Teniers hatten ansonsten eine ganz besondere Art zu malen. Man könnte sie flach und glatt nennen. Im Unterschied zur pastosen Malweise. Dieser typische Pinselstrich wäre für einen Laien schwer nachzuahmen. Deshalb konnte man nicht riskieren, mehr als diesen Schatten einer Uhr hineinzumalen. Proportion und Anbindung würden nicht stimmen, wenn man an dem Arm oder der Hand etwas verändert hätte. Oder an einer anderen Figur. Auch wären die Farbzusammensetzungen nicht gleich. Wenn die Originalfarben mit Öl gebunden sind, bleiben sie zwar stabil, aber eine nachträgliche Retusche hebt sich natürlich ab. Das würde man sogar im Gegenlicht sehen können.«
»Noch einmal: Kann man nun feststellen, wann die Uhr in das Bild gemalt wurden?«
»Nicht ganz genau. Natürlich ist die Zusammensetzung von Ölfarbe heute anders als zu Zeiten der Brüder Teniers. Die Pigmente wurden damals noch von Hand mit dem Öl verrührt. Doch schon ab Mitte des 19. Jahrhunderts und mit fortschreitender Perfektion wurden die

Farben fertig zubereitet in Pasten und Tuben zur Verfügung gestellt.« Felicitas und ich lauschten. »Ich glaube nicht, dass man einen Unterschied der Farbzusammensetzung zwischen 1930 und, sagen wir, 1960 haargenau feststellen kann. Genauer wüsste das ein Restaurator, aber wie ich dich verstehe, möchtest du keinen Fremden hinzuziehen. Ähnlich verhält es sich bei der C-14-Methode, bei der der Zerfall des Kohlenstoff-Isotops das Alter eines Objekts angibt. Je nach Lagerung, Material, Temperatur, Witterung und so weiter gibt es Schwankungen. Den Malgrund selbst könnte man mit der Dendrochronologie altersmäßig in etwa bestimmen, wenn es sich um eine Holztafel handeln würde, doch liegt uns hier ja eine Leinwand vor, und außerdem geht es uns ja um das Alter der Farbschicht.« Er griff nach seiner Aktentasche, die er aufs Gästebett gelegt hatte, und holte seine Lupe heraus. »Ja, jetzt sehe ich es ganz genau. Auf jeden Fall wirkt die Farbe des Schattens lasierend aufgetragen, also dünner als die des restlichen Bildes. Die Mühe, mehrere Schichten an Farbe trocknen zu lassen, um immer wieder darüber zu malen, bis die Kontur stimmt, so wie es viele flämische Maler gemacht haben, hat sich der unbekannte Zerstörer jedenfalls nicht gemacht.« Er schüttelte den Kopf und dachte nach. Dann sprach mehr zu sich selbst: »Wäre auch nicht sinnvoll gewesen. Er malte ja auf eine bereits vorhandene Farbschicht. Da war es geschickter, dünn und nur einmal Farbe aufzutragen, denn sonst hätte die Uhr zu sehr hervorgestochen und wäre gleich bemerkt worden.« Nach einer weiteren Pause, wie um sich selbst mit der Situation zu versöhnen, sagte er: »Es ist natürlich nur ein winziges Detail am ganzen Bild.«
Felicitas fragte nachdenklich: »Und wie könnten wir herausfinden, woher die Reichbergs den Teniers hatten? Es kann doch nicht einfach so ein relativ teures Bild irgendwo existieren, ohne dass seine Geschichte bekannt ist.«

Daniel strich sich über die nach unten strebende Nase.
»Oh doch. Ihr glaubt nicht, wie viele wertvolle Kunstwerke in Privatbesitz sind, auch als Geldanlage. Manche sind verschollen. Doch wenn das Rijksbureau in Den Haag keine Abbildung des Werkes hat, taucht es auch nicht im Werkverzeichnis von Abraham Teniers auf. Immerhin gibt es die Expertise, doch das Bild ist eben niemals in staatlichen oder öffentlichen Sammlungen aufgetaucht.«
Ich schüttelte den Kopf: »Derart wertvolle Bilder kauft man doch nicht einfach so im Kaufhaus! Da muss es doch Anhaltspunkte geben.«
Daniel nickte.
»Natürlich nicht. Woher kommen noch mal die Reichbergs? Ich habe irgendwie in Erinnerung, dass die Familie ursprünglich aus dem Mannheimer Raum stammt.«
»Stimmt«, sagte Felicitas. »Unsere Urgroßmütter kannten sich sogar. Uri Claras Familie kam ursprünglich auch aus dem Kurpfälzischen.«
Daniel lehnte sich zurück.
»Seit es den Hof zu Karlsruhe gab, lebten und arbeiteten in der Region viele Künstler, und so konnte man natürlich auch Kunst erwerben und nette Sammlungen aufbauen. Unsere Stadt hatte im 19. und beginnenden 20. Jahrhundert einen hervorragenden Ruf als ein Ort, an dem Kunst zu Hause war. Und natürlich gab es die renommierte Kunstakademie. Auch im nahen Mannheim fand reger Kunsthandel statt. Nur als Beispiel: Von hier stammte Daniel-Henry Kahnweiler, der sich schon 1907 in Paris als Kunsthändler niedergelassen hatte und mit Alfred Flechtheim, dem ganz großen Sammler, in den Zwanzigerjahren befreundet war. Netzwerke sind keine Erfindung von heute.«
Felicitas träumerisch: »Paris?«
Daniel lachte.
»Ja. Europa gibt es auch nicht erst seit gestern. Und den Kunsthandel auch nicht. Im Prinzip kaufte und verkaufte

man Kunst schon seit dem 17. Jahrhundert. Rembrandt, sagt man, wurde 1656 zahlungsunfähig, weil er nicht nur einen sehr verschwenderischen Haushalt führte, sondern auch, weil er viele Kunstwerke und Wertgegenstände wie etwa Münzen ankaufte.« Er räusperte sich. »Wir wissen nicht, ob die Reichbergs zum Zeitpunkt der Expertise überhaupt die Besitzer waren oder nicht. Es kann sogar irgendwann im Krieg in einer Auktion unter Wert verkauft worden sein. Oder sonst wie veräußert. Es gibt immer wieder Menschen, die Bilder vererbt bekommen und keine Ahnung haben, was sie besitzen.«

Ich wies auf das Bild: »Wenn ich mich nicht für Malerei interessieren würde, käme ich nicht auf die Idee, dass dieser übervölkerte Schinken was wert sein könnte.«

»Also bitte!«, tadelte mich Felicitas.

»Entschuldige, Abraham«, lächelte ich. Inzwischen war mir fast, als kannte ich diesen Maler persönlich.

Daniel setzte sich auf das Bett.

»Die meisten Bilder in der Teniers-Tradition sind von Bauern bevölkert, so wie dieses hier ja auch, und wirken eher derb. Dieses Genre fing nicht mit Teniers an. Schon Breughel hat diese ländlichen Szenen geschaffen. Sie sehen auf den ersten Blick nicht immer nach dem aus, was wir große Kunst nennen würden. Wenn der Erhaltungszustand nicht besonders gut ist und die Oberfläche ein bisschen beschädigt, dann fällt das Werk nicht als besonders wertvoll auf und kann sozusagen übersehen werden.« Daniel seufzte. »Natürlich kann man die Spur eines Bildes verfolgen oder man kann es versuchen, aber es ist mühsam. Alte Inventare wälzen, Archive besuchen, jeden Auktionskatalog der letzten 300 Jahre anschauen. Das hört sich allerdings schlimmer an, als es ist. Nicht jedes Auktionshaus bot niederländische Kunst an.«

»Trotzdem wäre es schön, mehr zu wissen«, murmelte ich.

»All das gilt auch für Bilder und Auktionen im Ausland?«

»Leider ja. Aber gerade Bilder wie diese Nachempfindungen können im Gedächtnis der Allgemeinheit ›verloren‹ gehen. Man weiß einfach nichts über ihren Verbleib, bis sie irgendwann wie aus dem Nichts auftauchen. Man liest immer wieder von diesen angeblichen Fällen, in denen wertvollste Gemälde auf dem Flohmarkt für zehn Euro angeboten wurden. Und jemand hat so ein Bild gekauft, nur wegen des hübschen Rahmens, und war dann sehr erstaunt, was sich dahinter verbarg.«

»So wie mit unserem ›Antrag‹?«

Daniel zuckte die Achseln: »Kann sein, kann nicht sein. Es gibt natürlich nicht nur einen verschollenen Teniers oder Teniers-Nachahmer. Es ist nicht einmal ausgeschlossen, dass auf irgendeinem Speicher in Holland noch ein unentdecktes Bild der Brüder herumliegt.«

»Wenn uns Morten Reichberg also nicht sagt, woher er das Bild hat, dann sind wir am Ende der Fahnenstange. Und er *muss* uns keine Auskunft geben. Es ist nichts Unrechtes an diesem Bild. Es wurde einmal verschenkt und einmal vererbt. Ganz normal.«

Daniel reckte seine Gelenke. Er war sportlich gebaut, aber auf eine ganz natürliche und unprätentiöse Weise. Er zeigte sich uns – ohne Hintergedanken.

»Ich werde noch einmal bei den Kollegen in der Kunsthalle vorfühlen, ob etwas über die Familie Reichberg bekannt ist, das vielleicht das Licht der Öffentlichkeit scheut. Manchmal gibt es Gerüchte. Über nicht ganz saubere Ankäufe und Verkäufe, auch im Dritten Reich ... Mal sehen.«

»Danke!«

»Trotzdem«, er wies auf das Bild. »Es ist eine Frechheit. Ich glaube, es war deine Tante Diana, die das da mit dem Handgelenk verbrochen hat. Und ich sag dir auch warum. Sie mochte diesen Reichberg nicht und deshalb mochte sie auch sein Geschenk nicht. Und dann hat sie sich einfach darüber lustig gemacht. So sind Frauen nämlich!«

»Das wäre die einfachste Erklärung, die mir aber nicht gefällt und auch keinen Sinn macht. Es wäre jedenfalls nett, wenn du dich trotzdem mal erkundigst.«
Felicitas warf Daniel einen warmen Blick zu. Ob sie doch einmal was mit ihm gehabt hatte? Nein, Felicitas war immun gegen Männer. Sie liebte ihre Geige, ihr Teeservice, ihre Katze und ihre geheiligte Goethe-Gesamtausgabe von 1843.
Daniel sah auf die Uhr.
»Aber jetzt muss ich los. Ich bekomme Besuch. Juristin, sehr nett, gebildet und sieht toll aus. Genau wie ich sie mag. Etwas älter, erfahren und nicht zu dünn.«
Ich dachte an meinen Nachbarn, den hilfsbereiten Biologen. Jeder schien derzeit jemanden kennenzulernen. Es war schließlich Frühsommer in Baden und damit die Zeit der Biergärten, Grillfeste, Baggerseen und Lebenslust.
Als Daniel ging, hinterließ er eine Leere.

ACHT

Wenn man eine Weile in Frankreich wohnt, tut man sich schwer mit Deutschland. In der provinziellen Kleinstadt Sélestat lebte es sich wie in einem dieser romantischen französischen Filme. Beschaulich und immer von einem Hauch Traubenduft umweht. Mittags ruhte meistens alles, und das Leben fand in den Bistros und Restaurants an eng beieinander stehenden kleinen Tischen mit den typischen Papierdeckchen statt. Dann tröpfelte das Leben nach und nach durch die Gassen, ohne Hektik, bis in die späte Kaffeestunde. Dienstags war Markt. Dann brummte und summte der ganze Ort. Morgens schon schlürften alte Männer ihren Riesling aus kleinen hochstieligen Gläsern. Sie sprachen nicht viel miteinander, aber ihre Augen verfolgten noch immer die Frauen mit dem Interesse erfahrener Schildkröten. Man fand eigentlich immer einen Parkplatz und traf immer jemanden, den man kannte.
Karlsruhe hingegen bestand aus teilweise untätigen Baustellen, genervten Autofahrern, ziellos umherirrenden verstreuten Touristen, denen die Stadtpläne nichts nützten, da es die dazu passende Stadt nicht mehr gab.
So gondelte ich jetzt mit dem Fahrrad nach Hause und sehnte mich nach Sélestat und nach Oliver. Damit die Sehnsucht nicht überhandnahm, hatte ich mir Diana Mänzers Tagebücher mitgenommen. Ich wollte sie noch einmal genauer lesen, und das war nicht einmal ein Opfer, das ich brachte. Sie war eine freche, witzige Frau gewesen, die durch ihre Bemerkungen in schwungvoller Schrift erstaunlich modern daherkam.
Inzwischen fühlte ich mich dieser Frau geradezu verbunden. Und wollte mehr über alles wissen. Auch über Felicitas' Familie. Schon die ganze Zeit vermutete ich den

Schlüssel zu allem in der rätselhaft sprunghaften Person der Diana Mänzer.

****

Bevor ich den Weg in meine Wohnung angetreten hatte, hatte ich Felicitas noch einmal ausgefragt: »Felicitas, ich muss das auf die Reihe kriegen. Konzen-trieren wir uns mal auf die Mänzers, denn mit den Sempermanns hat das alles ja nichts zu tun.«

»Nein«, erwiderte Felicitas mit einem bösen Zischen. »Diese Leute sind uninteressant.«

»Liselotte Mänzer, die ich ja noch kannte, war deine Mutter, und ihr habt hier miteinander gelebt. Sie ist vor einiger Zeit gestorben. Ihre jüngere Schwester Diana war deine Tante, und die ist leider auch tot. Und deine Oma?«

»Meine Oma Mänzer?«

»Ja. Wie war deine Großmutter?«

»Oma Gitte war eine einfache und nette Frau, glaube ich. Sie war Krankenschwester am Diakonissenkrankenhaus, hat den Stationsarzt geheiratet und damit das alte Klischee erfüllt. Sie hatte im Alter sehr schwache Augen, ich sehe eine hässliche dicke Brille vor mir. Maulwurf hat sie sich wohl immer selbst genannt.«

»Und ihre Herkunft?«

Felicitas lachte: »Jetzt kommt aber die Ahnenforscherin durch, was? Hm ... Soweit ich weiß, kam sie aus einer wohlhabenden Bauernfamilie in der Ortenau. Wie hießen die noch mal? Rieber oder so ähnlich. Da gibt es noch Cousinen, die aber alle verheiratet sind und so heißen wie ihre Männer. Sie kommen mich einmal im Jahr zur Offerta besuchen und fahren mit Tupperschüsseln und Sonderangeboten von Steakmessern nach Hause. Ich selbst würde um nichts in der Welt dorthin gehen.«

»Aus der Ortenau?«

»Ja. Das ist lustig. Mein Opa Robert Mänzer ist nämlich auch in der Gegend geboren, aber mehr zufällig, als seine Eltern dort in Urlaub waren. Uropa Alfred Mänzer hat sich 1920 mit meiner Uri Clara verlobt, und im Spätjahr 1920 haben sie geheiratet. Im Jahr drauf kam Robert. Das weiß ich aber nur so genau, weil Mama den Verlobungsring und späteren Ehering hat umarbeiten lassen und mir zur Konfirmation geschenkt hat. Den hab ich zwei Jahre später in einer Disco am Waschbecken in der Toilette liegenlassen.«

»*Du* warst in einer Disco?«

»Ja, aber es hat mir nicht gefallen. Ich bin danach nie mehr hingegangen.«

Ich unterdrückte ein Lachen.

Pfötchen schlich herein, sah sich um und legte sich dann aufs Fensterbrett.

»Opa Robert ist immer mal wieder in die Weingegend da gefahren und hat irgendwann in Offenburg in einem Café die Oma Gitte kennengelernt. Sie tat ihm leid, denn sie war eine Kriegswaise. Erster Weltkrieg, versteht sich. Gitte war sogar ein bisschen älter als er. Er hat ihr dann die Arbeit am Krankenhaus in Karlsruhe verschafft und sie später geheiratet. So hat es mir Mama jedenfalls erzählt.«

Ich warf ein: »Ich möchte nicht wissen, wie viele Paare sich früher im Café kennengelernt haben. Heutzutage geht das nicht mehr, weil man Kaffee in einem Pappbecher durch die Stadt spazieren trägt.«

Felicitas schmunzelte.

»Stimmt. Starbucks ist schuld am Geburtenrückgang.«

»Nein«, seufzte ich. »*Wir* sind schuld am Geburtenrückgang. Solche Blaustrümpfe wie du und allzu Spätberufene wie ich, die sich von einer lustigen Südstädterin zu einem Trauerkloß aus der Weststadt entwickelt haben … Erzähl weiter.«

»Du bist hartnäckig. Oma Gittes Mann, also unser Opa Robert Mänzer, war auch ein sehr lustiger Mensch. Ich kann mich noch an ihn erinnern. Er ist irgendwann in den Achtzigerjahren gestorben. Ich fand ihn toll; er hat immer viel Spaß mit uns gemacht. Opa war zwar Arzt, sehr angesehen, aber, wie ich dir erzählt habe, auch musisch veranlagt. Ich habe als kleines Kind neben ihm am Klavier gesessen und seine flinken Finger bewundert. Wie sie über die Tasten glitten. Er hatte ja seine eigene Mutter, unsere Uri Clara, früh verloren. 1945 war für sie das Leben zu Ende gewesen. Wo es für andere wieder anfing.«
»Uri Clara. Du hast schon oft von ihr gesprochen.«
»Ja. Ich habe die Uri nicht gekannt, aber ich fand es immer so traurig, dass sie die besseren Jahre nach dem Krieg nicht mehr erlebt hat. Sie starb übrigens in Baden-Baden, was sich auf ihrem Grabstein schön machte und ihr vielleicht gefallen hätte, denn sie war anscheinend immer stolz auf ihre feine mütterliche Herkunft gewesen. Denn die Heyms waren vermögend und verstanden etwas von Stil. Ich habe hier eine silberne Teekanne aus deren Erbe. Englisch. Queen Anne.«
Allmählich setzte sich Felicitas' Familie in meinem Kopf zusammen. Ich schüttelte den Kopf.
»Wirklich tragisch. Da überlebt man das Dritte Reich, die furchtbare Hitlerzeit und den Krieg und stirbt direkt danach. Hatte sie denn eine Krankheit und war in Baden-Baden in einer Klinik?«
»Das weiß ich nicht. Das ist doch so lange her. Davon hab ich niemals etwas gehört. Meine Mama hat eine Zeit lang manche von den ungeordneten Unterlagen aufgehoben, aber als sie starb, habe ich sie flüchtig durchgesehen und dann das Meiste entsorgt. Ich wollte irgendwie die Wohnung für mich haben. Heute bereue ich es manchmal.«
»Mein Gott, Felicitas, so was macht man doch auch wirklich nicht.«

»Als Ahnenforscherin vielleicht nicht, aber was sollte ich mit den alten Todesanzeigen und Totenscheinen, dachte ich damals. Das Stammbuch ist noch da. Ich gebe es dir nachher mit.«

»Gut«, sagte ich. Später nahm ich es zusammen mit einem Glas Honig, den Felicitas bei einem befreundeten Imker gekauft hatte, einem Kaschmirschal, den sie nicht mehr tragen wollte, und einer Frauenzeitschrift mit nach Hause. Ich legte es erst auf meinen Schreibtisch und dann in die oberste Schublade. Dennoch hatte sie meinen Vorwurf gesehen. Zu Hause erinnerte ich mich an ihre Worte: *Maren, ich bin durchaus familienverbunden. Deshalb habe ich doch diese würdige Fotoleinwand gestaltet. Aber ich habe keine Kinder. Es gibt keine Nachkommen unserer Familie. Mit mir endet alles. Also warum aufheben?*

Als ich das Honigglas aufschraubte und den gelbbraunen Saft in meinen Tee träufelte, dachte ich an den kleinen Hanno in den Buddenbrooks, der im Familienbuch unter seinen Namen einen dicken Strich machte mit der traurigen Begründung: *Ich dachte, es käme nichts mehr!*

Ich sollte erfahren, wie man sich täuschen konnte.

****

Na ja, dachte ich, vielleicht hatte sie recht. Man durfte nicht zu sehr in der Rückschau leben. Das galt im Grunde auch für mich. Nachdem ich wieder zu Hause angekommen war, legte ich Dianas Tagebücher deshalb erst einmal zur Seite.

In den nächsten Tagen versuchte ich krampfhaft, mich in neue Aktivitäten zu vertiefen, um zu vergessen, was eigentlich unvergesslich war. Bevor ich wieder arbeiten gehen würde oder Auftraggeber suchen wollte, die bereit waren, mit mir zusammen die Treppe in die Vergangen-

heit ihrer Familie hinunterzugehen, wollte ich herausfinden, was noch für Potenzial in mir steckte.
So besuchte ich einen Yogakurs, nur um festzustellen, dass ich auch nach all dem, was ich gesehen und erlebt hatte, nicht bereit war, mein Heil in fernöstlichen Verrenkungen zu suchen und seien sie noch so friedlich. Mit dem Computer versuchte ich Schach zu lernen und scheiterte wie ein Kind am Bruchrechnen. Ich konnte mir nicht mal die Züge der einzelnen Figuren auf dem Karo merken. In einem Malkurs an der Volkshochschule traf ich auf Monsieur Schnider, einen alten Lothringer, der den Kurs leitete. Wir waren sieben Personen, sieben Frauen, und er zeigte sich von meinen Produkten einigermaßen entsetzt.
»Liebe Frau Mainhardt, haben Sie schon mal gemalt?«
Ich verneinte.
»Oder hat Ihre Mutter oder Großmutter mit Ihnen gemalt?«
»Meine Mutter war eine ganz gute Köchin«, stammelte ich. »Direkt gemalt hat sie nicht.«
Ich ließ meine Leute Revue passieren. Tatsächlich hatte keiner von uns jemals ein künstlerisches Talent in sich entdeckt.
Monsieur Schnider deutete betrübt auf einen Baum, der wie ein Besen aussah: »Man merkt, dass Sie ungeübt sind. Am besten besuchen Sie erst einmal den Kurs ›Perspektivisch sehen‹.«
Moment mal!, dachte ich. Wirft er mich jetzt raus?
Mitleidig sahen die anderen zu, wie ich, von dem ernsten Blick des Herrn Schnider begleitet, meine Sachen zusammenpackte und den Raum verließ. Also, dachte ich, eines steht fest: *Ich* hätte jedenfalls nicht mal einen kleinen Uhrenschatten glaubhaft ins Bild malen können.
Auf dem Parkplatz blieb ich plötzlich stehen. Daniel hatte Diana als Verunstalterin des Bildes verdächtigt, und Felicitas war geneigt gewesen, ihm zu glauben. Diana hatte

als Modezeichnerin zwar durchaus künstlerisches Talent besessen, doch man stelle sich die Szene vor, wie sie sich damals hätte abgespielt haben können: Die forsche Diana, mit großem Träumen im Kopf und wenig Geld in der Tasche, stand vor einem Bild, das ihr Morten Reichberg geschenkt hatte. Gut, der spendable Verehrer war offenbar nicht ihr Traummann, doch sie wusste durch die Expertise, dass sein Präsent wertvoll war. Indem sie die Spur einer Uhr in das Bild malte, hätte sie doch ihr eigenes Kapital vernichtet. Und selbst wenn sie von Anfang an vorgehabt hätte, das Werk ihrer Nichte als jüngster Nachfahrin der Familie zu schenken, so würde sie es wohl kaum zuvor noch entwerten. Wenn es aber ein Geheimnis um das Bild gab, so hätte sie es doch ebenso gut ihrer Schwester erzählen können.
Also sprach einiges dafür, dass die Uhr bereits auf dem Bild gewesen war, als sie es bekam. Und da musste irgendwann eine Person am Werk gewesen sein, die sich ein wenig auskannte, eine Person, die zumindest ein wenig künstlerisch begabt war und der es gleichgültig war, ob das Bild an Wert verlor.
Es half alles nichts. Einer der Vorbesitzer des Bildes hatte die Uhr vermutlich hineingemalt. Wie viele mochten es aber zwischen 1932 und 1974 gewesen sein? Obwohl es wahrscheinlich ziemlich viele Holländer des 17. Jahrhunderts gegeben hatte, verkaufte man Bilder dieser Größenordnung doch nicht andauernd.
Dennoch blieb Dianas Einstellung zu dem Bild ein Rätsel. Als sie Deutschland verließ, hatte sie es nicht verkauft, sondern verfügt, dass es ihre Nichte einst bekommen sollte. Sie hatte das Geld also nicht gebraucht oder gewollt und war stattdessen mit ganz wenig Startkapital in die Fremde gegangen.
Alles hing jetzt an einer Leinwand voll feiernder und tanzender Holländer, doch Morten Reichberg würde uns

niemals freiwillig erzählen, woher seine Familie das Bild hatte. Wenn er es überhaupt wusste. Hier endete also unsere Reise.
Aber es blieb uns noch ein weiteres Geheimnis: Wer hatte Dianas Tagebücher gestohlen, und hatte ihr Verschwinden überhaupt etwas mit dem Bild zu tun oder gab es einen harmlosen Grund, warum sie nicht mehr da waren?
»Kann es sein, dass dein Vater etwas über das Bild und seine Geschichte wusste? Könnte er die Tagebücher an sich genommen haben?«, hatte ich Felicitas kürzlich gefragt.
Ein eisiger Blick aus ihren veilchenblauen Augen war die Einleitung für ihre Antwort gewesen: »Mein Vater hat mit der Familie nichts zu tun. Er hat sich niemals für irgendetwas interessiert, das nicht seine eigene Person betraf!«
Aha, dann konnten wir diese Option also vergessen.

****

Da sich Daniel noch nicht gemeldet hatte, würde ich nun auf eigene Faust versuchen, etwas herauszufinden. Doch Felicitas sollte über meine Schritte Bescheid wissen, schließlich waren es ihr Bild und ihre Familie.
Ich stieg erneut die vertraute Treppe zu ihrer Wohnung hinauf, konnte glücklicherweise wieder durchatmen und musste nicht keuchen oder husten. Felicitas hatte heute jedoch keine Zeit für eine Müßiggängerin wie mich, die sich in Rätseln der Vergangenheit verlor, weil sie keine Vorstellung von ihrer Zukunft hatte. Das Wohnzimmer war besetzt von winzigen Schülern, die winzigen Geigen grausige Töne entlockten. Im Flur saßen zwei Mütter stumm nebeneinander und warteten, dass das Gekrächze ein Ende hatte. Pfötchen war nirgends zu sehen.
Felicitas wedelte mich mit einer ihrer graziösen Handbewegungen hinaus.
»Wir sprechen später, ja?«

Ziellos streunte ich die Karlstraße entlang, passierte ein Waffengeschäft mit martialischen Auslagen wie Messern und Pistolen. Ein Schauer lief mir über den Rücken. Wie oft hatte ich mich bei meinen Recherchen zum Schluss in einer gefährlichen Situation befunden und wie oft hatte mich Melchior oder ein anderer gerettet?

Es kann jeden treffen. Verteidigen Sie sich!, forderte ein Werbeplakat im Schaufenster mit einem Revolver darauf. *Waffenscheinfrei!*

»Ja«, sagte ein junger Kerl mit Tätowierungen und Pickeln neben mir. Sehnsüchtig verschlang er die Waffe mit den Augen. »Wir leben in gefährlichen Zeiten, heute. Das Böse lebt.«

»Heute?«, murmelte ich. »Nicht nur heute. Gestern waren auch gefährliche Zeiten. Gestern lebte das Böse auch.«

»He?«

»Nur so eine Idee«, sagte ich. »Mehr eine Ahnung.«

»Kapier ich nicht«, sagte der Picklige und ging in den Laden, vermutlich um sich ein Pfefferspray zu kaufen.

Ich schlenderte weiter und sah mich flüchtig im Spiegel eines Schaufensters. Müde Gesichtszüge. Hängende Schultern.

Gegenüber dem Bundesgerichtshof verlief eine kleine Straße, die gesäumt war von Kunsthandlungen, teuren Taschenmanufakturen und vergitterten Antiquariaten.

In einem davon, der sehr alten und angesehenen Kunsthandlung Kunz, hatte ich einmal versucht, eine scheußliche Brosche mit einem Froschkopf zu verkaufen, die mir irgendeine Großtante vererbt hatte. Ich hatte mich damals lange und gut mit dem Besitzer unterhalten – den Frosch wollte er mir allerdings nicht abkaufen. Seither besuchte ich ihn manchmal, denn er kannte sich aus wie kein Zweiter.

Ich trat ein. Es klingelte. Er erschien und hörte sich meine Frage an.

»Familie Reichberg? Das sind die Architekten, nicht wahr?« Paul Kunz, ein kleiner Herr undefinierbaren Alters, der zusammen mit seinem cognacfarbenen Pudel das Antiquitätengeschäft in Sichtweite des Stacheldrahtzauns des Hohen Gerichts betrieb, runzelte die Stirn. »Nein. Die haben bei mir noch niemals etwas gekauft oder mir zum Verkauf angeboten.« Er bemerkte meine Enttäuschung. »Maren, ich habe fast nur Art déco, das gefällt nicht jedem.«

Ich seufzte. Ehrlich gesagt gefiel es mir auch nicht, aber ich streichelte trotzdem eine bauchige braunfarbige Vase. Paul Kunz lächelte.

»Aber jetzt fällt mir ein: Ich war vor vielen Jahren mal wegen einer anderen Sache bei den Reichbergs. Es ging um ein Schmuckstück, das neu gefasst werden sollte, und Rolf, mein verstorbener Partner, war ja Goldschmied. Ich habe es damals abgeholt, weil er nicht Auto fuhr. Der liebe, kleine Angsthase.« Er wischte sich mit einer traurigen Geste über die blassen, tiefliegenden Augen. »Ich erinnere mich ganz gut. Großes, modernes Haus am Turmberg. Diese Reichbergs besaßen tatsächlich ein paar schöne Stücke. Eine badische Szene von Kallmorgen und sogar einen hübschen Otto Laible, auch ein paar Niederländer. Ein kleines Quodlibet von Samuel van Hoogstraten, allerdings leicht beschädigt, wenn ich mich recht entsinne, sonst wäre das ja unbezahlbar ... Und ein ziemlich hässliches Küchenstilleben von Willem Kalf.«

»Nie gehört.«

»Auch ein Niederländer.«

»Die in Holland müssen um ihr Leben gemalt haben.«

»Gewiss. Natürlich weiß ich nicht, ob die Bilder alle echt waren oder nur geschickt nachempfunden. Einige Fin-de-siècle-Plastiken sind mir in Erinnerung geblieben, aber wie gesagt, ich hatte sonst nichts mit den Reichbergs zu tun.«

»Du weißt aber für einen kurzen Besuch noch ziemlich viel!«
»Das ist déformation professionelle. Wenn ich irgendwo hinkomme, dann achte ich sofort darauf, ob die Leute mal Kunden werden könnten.«
»Und die Reichbergs?«
»Die waren keine wirkliche Sammlerfamilie. Da war nicht viel und es war keine Strategie dahinter. Aber die können natürlich früher nach Herzenslust gekauft und verkauft haben, ohne dass ich es weiß. Es gab da eine anarchistische Zeit für Kunst. Jene, da gewisse primitive, gierige Herrschaften sich Kunst unter den Nagel gerissen haben, um damit zu verdecken, dass sie Barbaren waren.«
»Aber es gibt keine entsprechenden Gerüchte über die Reichbergs«, sagte ich enttäuscht.
»Nein. Ich kann mich aber umhören, wenn du willst. Wie geht es dir eigentlich, Kindchen?«
Unvermutet war unser Gespräch privat geworden.
»Ach, ganz prima.«
Er musterte mich mit dem Blick eines Kenners.
»Hast du in Frankreich das Lügen gelernt? Siehst nicht gerade glücklich aus. Du solltest übrigens deinem alten Dauerfreund Theo mal schreiben. Er ist jetzt schon ziemlich lange bei seiner Schwester in Amerika. Ohne dich waren Karlsruhe und die Südstadt für ihn nicht das Gleiche.«
»Ich weiß. Auch mein anderer Freund und Helfer Matthias ist nicht mehr in Karlsruhe. Er lebt im Neckartal in einem bestimmt sehr geordneten Haushalt mit teurer Einbauküche und in jedem Raum einem Fernseher. Du erinnerst dich, wie spießig er ist. Ach, nichts ist mehr, wie es einmal war.«
Paul Kunz legte mir kurz tröstend eine weiche Hand auf den Arm. Eine sanfte Berührung wie mit einer Feder. Ich lächelte.

»Du hast recht. Ich werde Theo ganz bestimmt schreiben. Wenn er sich nicht geändert hat, besitzt er keine E-Mail-Adresse. Hast du seine Anschrift? Ich müsste sie erst mühsam ermitteln.«
»Irgendwo in einem Vorort von New York. Carsdale oder so ähnlich. Ich such sie raus, warte einen Moment.«
Nach ein paar Minuten erschien er mit einem Zettel.
»Was die andere Sache betrifft, höre ich mich um.«
»Danke. Und ich schreibe Theo. Hier konnte er mir manchmal helfen. Aber im fernen Amerika wohl eher weniger.«
Wieder irrte ich.

****

Als ich nach Hause lief, rief mich Daniel auf dem Handy an: »Hallo Maren. Felicitas war nicht zu erreichen. Ist alles in Ordnung?«
»Wenn sie unterrichtet, nimmt sie nicht ab.«
»Ist ja richtig. Also, in der Kunsthalle musste man erst einmal in den Unterlagen nachsehen, ob irgendwo von den Reichbergs die Rede war. Fehlanzeige. Sie sind nicht im Freundeskreis der Kunsthalle oder als Sponsoren oder Gönner bekannt. Im Archiv taucht ihr Name nicht weiter auf.«
»Also haben die Reichbergs und die große Kunst nicht viel gemeinsam?«
»Nein. Oder vielmehr: doch. Meine alte Bekannte, Gott, das war eine tolle Frau, dann hat sie leider geheiratet und ist … Also diese Renate Jacobi hat trotzdem etwas gefunden. Sie haben der Kunsthalle ein Bild gespendet. Einen kleinen Adriaen van Diest. Nicht extrem wertvoll, mehr eine Geste.«
»Wann war das?«
»1943.«
»1943?«

»Ja, ein Akt badisch-nationaler Solidarität. Aber das ist nicht das Interessante. Laut den alten, nur noch teilweise erhaltenen Archivunterlagen erfolgte die Übergabe des Bildes am 20. April 1943.«
»Wo ist dieses Bild? Kann man es ansehen?«
»Nein. Es befindet sich im Depot. Ein Museum zeigt öffentlich meistens die Highlights. Im Depot schlummern aber trotzdem noch viele wertvolle Werke. Verkauft werden davon keine. Manchmal werden sie gezeigt, um die Lücke zu füllen, wenn Bilder aus der Dauerausstellung für Sonderausstellungen ausgeliehen werden.«
Langsam wiederholte ich ins Mikrofon meines Handys: »Am 20. April 1943?«
»Ja, und?«, klang es erstaunt. Dann, nach kurzer Pause: »Oh je. Sie haben das Bild schön brav zu Führers Geburtstag verschenkt. Waren vielleicht sogar Nazis. Oder haben sich zumindest eingeschleimt. Ist das widerlich!«
»Aber dafür kann natürlich dieser Morten Reichberg nichts. Er ist ja erst nach dem Krieg geboren.« Ich schwieg einen Moment lang und dachte an meine Zeit als Ahnenforscherin zurück. »Auch im angeblich liberalen Baden waren viele Familien damals *so* eingestellt.«
»Es war also Mortens Vater, der das Bild gespendet hat? Wolfgang Reichberg, ein angesehener Architekt und Gesellschaftslöwe.«
»Ich würde gerne etwas mehr über ihn wissen«, meinte ich nachdenklich mehr zu mir selbst.
»Ich werde recherchieren. Hast du heute Nachmittag Zeit? Vielleicht eine Tasse Kaffee?«
Mir war sowieso langweilig. Warum also nicht? Ich schlug mal wieder das charmante Café Jäck in der Karlstraße vor und drückte den roten Knopf.

Daniel war schon da, als ich eintraf. Er überflog meine Erscheinung anerkennend, doch das war mir egal. Ich hatte mich in der Zeit, die ich zu Hause verbracht hatte, nicht besonders zurechtgemacht. Ich war nicht auf der Pirsch. Damit war es vorbei.

Als ich meine Wohnung verlassen hatte, um in die Karlstraße zu tigern, traf ich im Treppenhaus noch den wortarmen Biologen. Er hielt eine seltsame Pflanze in der Hand.

»Erbsen!«, verkündete er in seiner knappen Art. »Ich kreuze eine gefleckte, amerikanische Erbsenart mit einer deutschen. Bin gespannt. Die amerikanische Erbse schmeckt süßer. Kreuzungen sind interessant.«

»Aha. Hoffentlich klappt es.«

Er sah mich ausdruckslos an und verschwand wortlos in seiner Wohnung. Der Mann könnte durchaus gelegentlich einen Volkshochschulkurs unter dem Motto *Wie betreibe ich Konversation?* vertragen.

Obwohl ich nur Jeans, ein Sweatshirt und einen Pferdeschwanz trug und ganz bestimmt nicht nach verführerischem Parfüm, sondern nach solider Duschlotion duftete, atmete Daniel tief ein, als er mich kurz umarmte.

»Ich liebe den Duft von Frauen. Jede ist anders. Wie bunte Wiesenblumen! Rosen werden dagegen total überschätzt.«

»Du bist ein berufsmäßiger Charmeur!«

»Du siehst schon wieder etwas besser aus«, sagte er fürsorglich und nicht beleidigt.

»Danke. Aber ich bin immer so müde.«

»Kein Wunder. Ich glaube, du musst erst wieder in deinem neuen alten Leben ankommen.«

Das hatte er schön gesagt. Er öffnete eine verschlissene Aktentasche. Modefuzzis würden Vintage dazu sagen.

»Also, Wolfgang Reichberg, geboren 1895, war tatsächlich gebürtiger Mannheimer, wo ein Teil der Familie noch lange lebte und vielleicht auch noch entfernte Verwandte anzutreffen wären. Irgendwann sind seine Eltern dann in die Pfalz gezogen. Er hat dort eine Baugewerkschule besucht, danach an der TH Karlsruhe studiert. Offenbar

hat er sich zeitweise in Italien aufgehalten, wo er wohl irgendeinen Freund besaß und mit der italienischen Architektur vertraut wurde. Später war er dann Baupraktikant an der Staatlichen Hochbauverwaltung und unterrichtete auch an der Hochschule als Assistent. Er promovierte, habilitierte, übernahm Lehraufträge für Baustoffkunde, Darstellende Geometrie, Gebäudekunde und Gartenkunst sowie Architektur. All das übrigens in ziemlichem Tempo. Er muss ein sehr ehrgeiziger Mann gewesen sein. 1935 wurde er von den Nazis als einer der zwölf Durlacher Stadtverordneten eingesetzt. 1937 erhielt er einen Kulturpreis des Badener Gauleiters. Und es kam noch dicker: 1937 wurde er von Hitler zum ›Stadtbaurat mit besonderen Aufgaben‹ in Nürnberg ernannt, kehrte jedoch ein Jahr später wieder zurück nach Karlsruhe und hat sich mit einem Architekturbüro selbstständig gemacht. Nachdem er einen kleinen Karriereknick erlitten hatte, erhielt er wohl mittels seiner Kontakte in gewisse Kreise viele staatliche Aufträge.«
»Also eine deutsche Karriere«, sagte ich. »Bieder und böse. Korrumpierbar und unmoralisch.«
»Ja. Das kann man sagen, wenn man dem Mann übel will. Ansonsten leider ein ganz normales Leben in schlimmen Zeiten. Es ging das Gerücht, dass er Hermann Göring kannte, der sich ja bekanntlich auch eine Weile in Karlsruhe aufhielt. Der selbsternannte Kunstsammler Göring, wenn man dieses Wort hier anwenden will.«
»Kunstsammler!«
»Ja, aber ein gefräßiger. Der war regelmäßig im Pariser Jeu de Paume zu Gast, suchte sich für lächerliche Preise die schönsten Objekte aus und ließ sie liebevoll behütet zu seinem Wohnsitz Carinhall transportieren. Ebenso hat man für den ›Sonderauftrag Linz‹ im Auftrag des Führers Gemälde gehortet, die bedrohten Juden abgepresst worden waren. So hat etwa Göring 1940 die Nachkommen

des auf der Flucht verstorbenen Kunsthändlers Jacques Goudstikker gezwungen, wertvolle Bilder, etwa von Lucas Cranach, zu verkaufen. Um die Rückgabe tobt jetzt ein Gerichtsstreit.«

Ich schüttelte den Kopf: »Furchtbar!«

»Ja, Maren, Kunsthandel und Auktionswesen erblühten damals mit giftiger Kraft. Mit Bildern war Geld zu machen. Und es ging ihnen besser als den Menschen.« Daniel legte das Blatt zur Seite.

Mir war der Appetit auf Kuchen vergangen.

»Und Reichbergs Frau?«

»Luise von Gleiburg. Jahrgang 1901. Entstammte einer niederrangigen, eher verarmten Adelssippe aus dem Umfeld der einstigen großherzoglichen Familie. Hübsche Person, wenn man den Archivbildern glauben darf. Zwei Söhne. Michael wurde gleich 1926 geboren und Morten kam 1942 als Nachzügler auf die Welt. Insgesamt hat die Familie auf ziemlich großem Fuß gelebt. Im Archiv und in der Zeitung habe ich sie in und vor einem wunderschönen nostalgischen Sportwagen in Baden-Baden gesehen, und auf verschiedenen gesellschaftlichen Anlässen standen sie im Scheinwerferlicht. Bälle, Tennisturniere. Ja, abseits vom Grauen des Naziregimes entfaltete sich das gesellschaftliche Leben derer, die keine Zweifel hatten.«

»Die wie Blumen auf der Scheiße blühten!«

»Ja, vielleicht etwas sehr drastisch, aber wahr. Die Reichbergs waren Bling Blings. Viel im Ausland unterwegs, und sie glänzten auch dort. Und glänzten. Und glänzten.«

Irgendetwas hatte Daniel gesagt, das mir auffiel, aber ich wusste nicht genau, was es war.

Es gab da eine Übereinstimmung. Nur welche?

Daniel hob die Schultern.

»Insofern wundert es nicht, dass er ein halbwegs wertvolles Gemälde der Kunsthalle zu Führers Geburtstag schenkt.«

»Die Familie Reichberg«, sagte ich langsam und ruhig, »scheint jedenfalls überhaupt ganz gerne Gemälde zu verschenken.«

****

Lieber Theo!
Wie du weißt, bin ich ja wieder in Karlsruhe und das ist sicher die beste Lösung. Außer dass die Stadt nur noch aus Baustellen zu bestehen scheint. Eine Straße, die heute noch offen ist, wird morgen nicht mehr befahrbar sein. Ich versuche mich aus allem Chaos, auch anderer Art – du kennst mich – herauszuhalten, weiß aber noch nicht, ob es mir gelingt.
Ich habe bei Felicitas Mänzer gewohnt, als ich krank war. Melde dich einmal. Dass du dich so lange in Amerika aufhältst, passt gar nicht zu dir!

NEUN

Am Abend hatte Felicitas ihren letzten Schüler verarztet, das Geld in bar eingenommen, wirkte zufrieden, wenn auch erschöpft, und servierte mir graziös eine Tasse Tee.
Ich berichtete: »Ich war in dem Kunstantiquariat von Paul Kunze, aber es gab nichts Besonderes über die Reichbergs herauszufinden. Sie haben wohl ein paar nette Sachen gehabt, aber nichts verkauft oder angeboten. Geschenkt haben sie der Kunsthalle allerdings irgendeinen Holländer und zwar leider zu Adolfs Geburtstag. Das Bild ist in den Sammlungen. Kann man nicht öffentlich sehen.«
»Aha.«
»Dieser Weg führt uns also in die nächste Sackgasse. Reichbergs haben zwar aus karrieretechnischen Gründen ein Bild verschenkt, das sie vielleicht im Familienbesitz hatten oder auf anderem Weg erworben haben, aber sie waren keine ausgewiesenen Kunstsammler gewesen. Wie und wo Morten zu deinem Bild gekommen war, werden wir niemals erfahren, wenn er es uns nicht sagt. Kunsthandel war wohl schon immer eine höchst diskrete Sache.«
Felicitas wirkte leicht verärgert: »Maren, wir sollten die Angelegenheit nun endlich ruhen lassen. Es ist ja kein Schaden entstanden. Dieser Uhrenschatten stört mich nicht. Ich will das Bild sowieso nicht verkaufen.«
Ironisch musterte ich sie.
»Ja, wir sollten es unbedingt ruhen lassen. Wenn du mir sagst, wer die Tagebücher deiner Tante vom Dachboden gestohlen hat.«
Felicitas wedelte meine Frage weg.
»Das kann jeder gewesen sein. Ein Dieb oder einer der Studenten, die hier ein- und ausziehen, hat sich einen Spaß gemacht. Aus Versehen zum Altpapier gestellt. Wir

sind nicht Teil einer Verschwörung. Dies hier ist die Provinz und es geht um ein höchst mittelmäßiges Bild. Ich hätte es vor deinem Einzug bei mir abhängen sollen.«
»Provinz? Nein. Karlsruhe hat keinen schlechten Namen in der Kunstszene. Die hiesige Kunstakademie genoss in Europa sogar einen herausragenden Ruf, denn wie wir wissen, hat die Markgräfin Karoline Luise fleißig allerlei Schönes gesammelt. Es gab natürlich auch normale Karlsruher Familien, die sich sehr für Kunst interessiert haben. Karlsruhe war eine gutbürgerliche Residenz. Manches mag im Krieg zerstört worden sein oder verkauft oder weggeschafft. Und vergessen wir nie die Raubkunst. Nazis, die den Juden ihre Kunstwerke schamlos abgenommen haben.«
Felicitas hörte sich meinen stadtgeschichtlichen Diskurs an.
»Noch einmal, Maren. Meinst du nicht, du solltest wieder anfangen zu arbeiten? Schau mal, das mit dem Bild ...«
»Ja?«
»Komm, vergiss das Bild«, meinte sie sanft und rieb sich die vom Geigespielen müden Finger. Die schöne Katze maunzte klagend um sie herum. »Jemand, sicher aus der Familie der Vorbesitzer, hat sich einen Spaß erlaubt. Eine dumme Uhr in ein Bild gemalt. Wir hängen es einfach mit dem Gesicht zur Wand.«
Ich schüttelte den Kopf, nahm sie bei der Hand und zog sie zu dem Bild.
»Normalerweise würde ich dir zustimmen, denn auch mir gehen Uhr und Mann auf die Nerven, aber schau mal genau hin. Es ist nicht nur die Uhr. Der Kerl, er hat ein böses Gesicht, und das nicht, weil er nicht wie ein netter blonder Holländer aussieht. Er wirkt irgendwie unangenehm. Ich glaube nicht, dass wir ihn übersehen können. Er ist zweifellos vom alten Abraham Teniers, doch er trägt eine Botschaft. Warum hatte ausgerechnet *er* die Uhr an? Es

hätte noch andere Figuren gegeben, denen man sie ans Handgelenk hätte zeichnen können. Zum Beispiel dem hier hinten am Tisch mit seinem Bierkrug. Oder dem, der gerade aus dem Haus tritt. Auch seine Hand ist hinter dem Holz kaum zu sehen. Nein, der düstere Fiesling trug die Uhr, beziehungsweise den Schatten davon.«

Felicitas betrachtete das schwammige, hämische Gesicht nun noch einmal lange, seufzte und gab nach. Leise murmelte sie: »Wenn ich genauer hinschaue, denke ich, er sieht fast aus wie … eine böse alte Frau.«

Schweigend saßen wir eine Weile beisammen. Felicitas hatte die Balkontür offenstehen. Warme Luft hatte die Schwüle des Nachmittags verdrängt. Eine Biene nutzte die Gunst der Stunde und suchte die Balkonpflanzen nach Verwertbarem ab. Pfötchen folgte ihr mit den Augen. Überall anders wüteten Unwetter, doch Karlsruhe blieb davon verschont.

»Ich würde gerne diese anderen, die jüngeren Reichbergs besuchen.«

Felicitas schüttelte den Kopf: »Maren, sie werden uns nicht unbedingt mit offenen Armen empfangen. Warum sollten sie auch? Sogar Morten, der ja immerhin der Freund meiner Tante gewesen war, war zum Schluss von uns genervt.«

Ich dachte nach.

»Vielleicht könnten wir in einer anderen Funktion dort auftauchen. Niemand hat uns gesehen, als wir bei Morten waren. Tagsüber ist er im Büro, außerdem wohnt er allein am Haydnplatz. Wir könnten vielleicht einen Werbezettel für etwas abgeben. Irgendeine Dienstleistung. Hundesitting zum Beispiel. Das hab ich schon ein oder zweimal gemacht, als ich Erben gesucht habe.«

»Du spinnst! Sehe ich aus wie eine Hundesitterin?«

»Nein, aber ich kann dir ein paar robuste Jeans von mir ausleihen!«

****

Max Reichberg, Architekt und Mortens Neffe, wohnte laut Adresse mit seiner Mutter Monnika Reichberg zusammen, und zwar in einer ruhigen, schönen Straße in Durlach. Dabei handelte es sich nicht direkt um den ganz noblen Bereich am Turmberg, aber die Straße war beinahe genauso vornehm. Dort besaß die Familie ein Haus. Direkt neben ihrem Anwesen startete die alte Turmbergbahn zu ihrer kurzen steilen Fahrt nach oben auf Karlsruhes Hausberg.

Hohe Gitter umgaben das stattliche Anwesen. Wir klingelten zaghaft. Es bellte kein Hund, aber durch das dichte Sommergebüsch sah ich glücklicherweise eine Katze schleichen.

»Na also! Wir betreuen ab sofort auch Katzen.«

»Ja bitte?«, klang es aus der Sprechanlage.

»Guten Tag. Wir kommen von der Tiersitting Agentur Fellglück und möchten nur einen Flyer abgeben, falls Sie einmal einen Tiersitter brauchen.«

Überraschend schnell eilte eine üppige, kurvige Frauengestalt durch den Garten über den Kies. Ein einst schönes Gesicht in Falten gelegt, strahlte uns an, als seien wir ein Fernsehteam.

»Da kommen Sie mir sehr gelegen. Mein Sohn fährt bald in die Schweiz und ich wollte eigentlich nicht ans Haus genagelt sein, nur wegen der bl… wegen der Katze.«

Das war nun wirklich ein Glücksfall. Ich räusperte mich. Felicitas war sichtlich peinlich berührt. Sie musste das Lügen erst lernen. Ich holte aus: »Ja, also wir bieten den Service an, zweimal am Tag vorbeizukommen und das Tier zu füttern. Und nach dem Rechten zu sehen.«

Vertrauenserweckendes Lächeln. Frau Monnika Reichberg, denn das musste sie sein, freute sich und hinterließ einen schwachen Eindruck von Naivität. Während sie sprach, liefen wir schon auf die geöffnete Haustür zu und betraten den Flur.

»Das ist wunderbar. Ich schreibe mir alles auf. Kommen Sie doch rein. Ich wohne oben, mein Sohn unten. Lassen Sie uns ins Wohnzimmer gehen.«

Wie leichtgläubig sie war. Wir könnten Trickbetrüger sein und sie in ihrem schönen Wohnzimmer umbringen.

Geräumig und schick war es bei den jüngeren Reichbergs, die auch nicht mehr so jung waren. Ich schätzte die Frau auf etwa Mitte sechzig. Sie sprach etwas affektiert, hatte dichtes, gefärbtes, rabenschwarzes Haar. Ihre Augen waren groß und babyblau, die Lippen violett. Ich hätte ihr als Erstes empfohlen, die Finger von dieser Haarfarbe zu lassen. Schwarz stand ihr nicht. Sie wollte vermutlich jünger aussehen und hatte sich damit zur Karikatur gemacht.

Im Wohnzimmer empfingen uns viele schlohweiße Wände in einer Art Backsteinoptik, große Fenster, ein Blick in einen weitläufigen gepflegten Garten. Ledersofa, schicke Schleiflackmöbel in stumpfen Betonfarben, ausgefallene Stehlampen, ein großer Fernseher, der in die Wand eingelassen war, moderne Teppiche, ein Kamin. Alles Mögliche, aber wenige Kunstwerke. Wie bei Morten auch hauptsächlich moderne Drucke. Und auch hier diese neumodischen, auf Glas aufgezogenen Fotografien, die ästhetisch perfekt waren.

»Schön!«, sagte ich, um den Boden für ein Gespräch zu bereiten.

Sie girrte stolz wie eine bunte Taube: »Ja, mein Sohn und mein Schwager sind beide Architekten. Da haben wir die Fachleute ja im Haus!«

»Das ist praktisch.«

»Mein Schwager ist oft bei uns. Hier empfangen wir Gäste. Ich habe oben nur zweieinhalb Zimmer. Das reicht ja

für eine alte Frau.« Gekünsteltes Lachen. Ich sah, dass sie eine sehr teure Uhr und viel zu viel Schmuck trug.
»Und die Enkel spielen sicher gerne oben bei der Oma.«
Ein Schatten überzog das Gesicht von Frau Reichberg.
»Keine Enkel. Leider. Alle im Golfclub geben derart an mit ihren Enkeln, man kann das nicht aushalten. Und keine Nichten oder Neffen. Nichts. Nun ja, Enkel machen alt.« Sie girrte wieder. »Mein Sohn, er ist geschieden. Und mein Schwager hat keine Kinder. Aber wir haben unsere Katze Mohr.«
»Mohrle?«
»Nein, Mohr. Morten meinte, Mohr solle man nicht verniedlichen.«
»Auch ein Standpunkt!«
Wir, die scheinbaren Katzensitter, durften uns jetzt an einen Glastisch setzen. Monnika Reichberg, das war tatsächlich ihr Name, wie sie uns jetzt freundlich mitteilte, schrieb sich auf, was es scheinbar zu schreiben gab. Ich log eher widerstrebend: »Leider haben wir unsere E-Mail-Adresse, Homepage und Geschäftstelefon noch nicht. Wir melden uns in den nächsten Tagen noch einmal bei Ihnen. Wir brauchen auch die behördliche Zulassung. Sollte da etwas schiefgehen, dann hören Sie leider erst später wieder von uns. Aber wir vergessen Sie nicht.«
Ich spürte Felicitas' fragenden Blick. Ich nickte kurz und beruhigend. Diese Einschränkung war nötig, damit die Frau nicht misstrauisch wurde, wenn sie nie wieder von uns hörte und ihrer Familie von unserem Besuch berichtete, die prompt Nachforschungen anstellen würde.
Ich stand auf. Trat wie zufällig ans Fenster. Davor erstreckte sich der herrliche Park mit einem kleinen romantischen Häuschen darin, ein bisschen wie in England. Irgendwo schlich die schwarze Katze umher.
Wir wurden freundlich verabschiedet, traten hinaus auf die ruhige Straße und liefen langsam nach unten. Die

Luft war frischer als in den Niederungen der Rheinebene. Hier konnte man die Stadt genießen und der gefürchteten Karlsruher Schwüle entgehen.
Ein grünlicher Golf parkte gerade ungeschickt weiter unten ein und eine dunkelhaarige, dünne Frau mit spitzem Kinn und brauner Haut schleppte seufzend eine schwere Tasche nach oben. Ich sah, dass verschiedene Reinigungsmittel darin waren.
»Steil hier, nicht?«
»Ja, furchtbar. Aber bei Reichbergs ist oben kein Platz mehr. In den Häusern hier haben alle Leute Autos.« Ich vernahm einen leichten Akzent.
»Sie putzen bei Reichbergs?«
»Ja. Seit zwei Jahre. Sehr gute Stelle. Die Wohnung unten, die Wohnung oben und das Gartenhäuschen.« Sie stellte die Tasche ab und wischte sich über die Stirn. »Da drin will ich heute sauber machen. Und lüften. Vom Garten wehen die gräne Sachen rein, wenn Fenster offen. Blätter.«
Wir schwiegen mitleidig.
Sie lachte trotzdem: »Bei uns wäre das richtige Wohnhaus. Ich bin aus Georgien. Wir sind nicht reiches Volk.«
»Oh. Das soll aber ein schönes Land sein. Gute Stellen zu finden, ist sicher nicht leicht.«
»Nein. Aber hier ist prima. Und es ist so einfach zu putzen. Sie haben ja nur, wie sagt man ...«, sie sah auf ihr Putzmittel, »Fliesen.«
»Genau. Da kann man schnell durchwischen.«
»Nur im Gartenhaus, da haben sie noch ein paar andere Sachen. Ein Klavier, Teppiche, ein paar Bilder und diese dumme Statue, sagt man so, an der ich mir damals den Finger aufgerissen habe.« Sie zeigte die weiße dünne Linie einer vernarbten Verletzung am Ringfinger.
»Eine Statue?«
»Ach, ich hasse diese Statue. Es ist ein Mann, schreckliches Monster, sagt man das so? Großer Kerl mit spit-

zen Hörnern auf dem Kopf, und er läuft wie ein Affe. Gar nicht schön. Wie kann man so etwas aufstellen? An dem hab ich mir den Finger aufgerissen.«
»Oh je. Da muss man sich sogar impfen lassen.«
»Ja, und schnell einen Verband drum. Ich hätte ja alles schmutzig gemacht.« Die junge Frau bückte sich und griff wieder nach ihrem Eimer. Langsam, mit gemessenen Schritten, ging sie die kleine Anhöhe zum Haus empor.
»Gefährlicher Job«, meinte ich ironisch.
Felicitas war überraschend still. Sie stand da, starrte die Straße hinauf und hinunter. Runzelte die Stirn.
»Komm, wir gehen noch mal zurück«, sagte sie plötzlich. »Ich möchte einen Blick in dieses Gartenhaus werfen.«
»Warum denn das? Du warst doch dagegen, dass wir überhaupt in dieses Haus gehen.«
»Sag ich dir später!«
Ein dichtbewachsener, kleiner Weg führte am Zaun zwischen Reichbergs und dem Nachbarhaus entlang. Wir tasteten uns langsam voran, bis wir an dessen Ende angelangt waren. Es ist leicht, von hinten in ein Grundstück einzudringen, wenn man weiß, dass es keine Alarmanlage und keinen bissigen Hund gibt. Durch ein kleines Tor am Ende des Grundstücks, das nur mit einem Riegel verschlossen war, den man leicht hochdrücken konnte, gelangten wir in den hinteren Teil des Gartens. Am Brummen des Staubsaugers aus dem Bereich des nahen Gartenhäuschens war unschwer zu erraten, dass die nette Georgierin ihre Arbeit aufgenommen hatte. So hörte sie uns nicht.
Sie hatte gelüftet und alle Fenster aufgerissen, wie sie es prophezeit hatte. Die Fensterbänke waren niedrig und wir mussten uns nicht anstrengen, damit wir ins Innere blicken konnten. Wer uns jetzt sehen würde, dem mussten wir wie zwei Gestalten aus einer Räubergeschichte für Kinder vorkommen – wie wir da an den Fenstersimsen klebten und nach drinnen spähten.

Der kleine Raum war wie in einem Puppenhaus in zwei winzige Zimmerchen unterteilt, die getrennt waren durch eine weit geöffnete Flügeltür. Es war ein typisches Kinder-Spiel-Gartenhäuschen für Bessergestellte.
Die Statue, um die es ging, war nicht zu übersehen. Sie stand böse glänzend unterhalb eines schönen alten Spiegels auf einer Kommode. Ich hatte nicht viel Zeit, sie anzusehen, doch ich fand sie auf den ersten Blick abstoßend hässlich. Meine eher verträumte Freundin Felicitas verhielt sich nun erstaunlich praktisch. Mit ihrem Handy fotografierte sie das Ding, dann gab sie mir mit dem Kopf ein stummes Zeichen und wir verschwanden auf dem Weg, den wir gekommen waren.
Während der Fahrt zurück in die stickige Innenstadt sprach sie nicht viel. Schweigend liefen wir auch die Treppe in ihrem Haus hinauf. In ihrer mir so vertrauten Wohnung ging sie immer noch wortlos zu einem Schrank und kramte darin herum. Ein altes Fotoalbum erschien.
Sie klappte es hastig auf, blätterte ungeduldig durch die schwarzen, schweren Seiten aus Karton, getrennt durch diese silbrig schimmernden, dünnen Blättchen. Sie blätterte hin und her, suchte angestrengt. Ich stand stumm und erstaunt daneben. Die sonst so gelassene Felicitas war wie verwandelt. Mit roten Flecken auf ihrer sonst so makellos reinen Haut überflog sie die Seiten mit alten Bildern.
»Da, ich hab es gewusst!«
Triumphierend klappte sie das Album weiter auf und zeigte mir das uralte, fast verblasste Schwarz-Weiß-Foto eines geschmackvoll eingerichteten, bürgerlichen Wohnzimmers.
Sie löste das gelbliche Foto aus den Fotoecken, die heutzutage niemand mehr benutzte, und gab es mir in die Hand. Ich drehte es um. *Bei Alberta Heym. 1913. Aus den Kinderschuhen der Fotografie* stand darauf.

Eine alte Dame, die elegant und fast modern anmutend gekleidet war, saß stolz in einem Stuhl und blickte selbstbewusst in die Kamera.
»Ja, und?«, fragte ich. »Ist das wirklich deine – warte mal – Ururgroßmutter? Also die Mutter von deiner … Wie nennst du sie immer? Uri Clara? Schon beeindruckend, diese steinalten Fotos, und für einen Ahnenforscher ein Traum, aber deshalb hätten wir doch nicht so eilig nach Hause rennen müssen. Wir hätten in der Fußgängerzone in Durlach noch einen Kaffee trinken können.«
»Schau genau hin, was da auf dieser Anrichte steht!«
Ich sah genau hin, wie sie es befohlen hatte, und versuchte aus undeutlich deutlich zu machen. Felicitas eilte fort, gefolgt von Pfötchen in gelassenem Schritt, und holte eine Lupe.
Es handelte sich um eine moderne Plastik. Oder zumindest keine von den netten Schäferinnen mit Spaniel, die man so kannte. Sie zeigte einen groben Kerl, der auf riesigen Füßen und mit riesigen Pranken daherschritt. Auf dem Kopf hatte er spitze Zacken, die Hörner oder auch eine Krone sein konnten. Das Wesen hatte einen dicken Bauch.
»Wow. Sieht aus wie das Teil im Gartenhaus der Reichbergs. Wem hat denn das mal gehört? Was hat es damit auf sich?«
»Offensichtlich hat es mal meiner Ururoma Heym – mein Gott, wie war nochmal der Vorname? Ja, Alberta – gehört …«
Jetzt war Felicitas nicht mehr zu halten. Sie tauchte wieder tief in den alten Schrank ein und holte schließlich das hervor, was ich nur zu gut kannte. Ein Familienstammbuch. Wieder Blättern. Aufklappen. Rechnen.
»Alberta Heym, geborene Debertin, lebte von 1880 bis 1932. Außerdem war sie seit 1917 verwitwet. Sie hatte nur ein Kind, nämlich meine Uri Clara, die ihrerseits 1901 geboren wurde. Deren Sohn Robert, mein Opa, kam nach

Claras Hochzeit im Winter 1920 im Frühling des Jahres 1921 auf die Welt. Wenn Alberta Heym 1932 gestorben ist und keine anderen Erben hatte, so hätte sie diese Plastik auf jeden Fall ihrer einzigen Tochter und deren Familie vererbt. Wem denn sonst? Aber die Plastik ist *nicht* mehr im Besitz der Familie, sondern bei den Reichbergs.«
»Es sieht zumindest danach aus. Vielleicht hat man sie verkauft. Von wem ist denn dieses Ding? Ich meine, wer war der Künstler?«
»Keine Ahnung. Wir müssen mal wieder Daniel fragen!« Es klang fast verzweifelt.
»Ja«, murmelte ich. »1932 ist sie gestorben. Seltsam. All diese Zahlen und Daten, die irgendwie bekannt klingen. 1932 ...«

****

Zwei Stunden und drei Tassen grünen Tees später – Felicitas' Geheimtipp als Heilsbringer für Schönheit und Gesundheit – runzelte Daniel die Stirn. Er legte das Foto zur Seite.
»Es handelt sich wohl um einen Bronzeguss. Schätzungsweise fünfzig Zentimeter hoch und damit eine Kleinplastik. Vermutlich Mitte oder Ende des 19. Jahrhunderts. Kleinplastiken sind kunsthistorisch eine etwas vernachlässigte Kategorie, obwohl gerade die kleinen Arbeiten die Handschrift des Künstlers tragen. Aber keine Ahnung, wer Urheber dieses Stückes ist.«
»Ich dachte, man nennt so etwas Skulptur.«
»Nein. Eine Plastik ist aus weichem Material aufbauend geformt. Eine Skulptur wird gestaltet, indem man Material abträgt. Kleiner, aber feiner Unterschied.«
»Himmel!«, stöhnte ich. »Wahrscheinlich habe ich ein Leben lang Skulpturen Plastiken und Plastiken Skulpturen genannt. Sie werden mich hassen, diese Dinger.«

Daniel schmunzelte: »Die Dinger werden es dir verzeihen. Sie sind Schlimmeres gewöhnt.«
Er ist wirklich nett, dachte ich. Doch er lebt polyamor und ich bin geheilt.
»Mädels, leider bin ich ebenso wenig ein Spezialist für Plastiken des 19. Jahrhunderts wie ein Zahnarzt, der Kinder entbinden kann. Aber ein Giacometti ist es gewiss nicht. Wenn er bei deiner Ururoma zu Hause stand, dann ist es dafür zu früh. Aber Giacometti war damals mit Cuno Amiet in Italien. Man hat sich mit anderen Künstlern getroffen und die neuartigen Arbeiten der Italiener bewundert. So ein Stil liegt dann sozusagen in der Luft. Ihr könntet das Bild an die großen Auktionshäuser schicken, Sotheby's oder Christie's. Sie geben umsonst Antwort. Oder wir fragen die Kollegen hier in der Kunsthalle.«
»Nein, nein«, wehrte Felicitas erstaunlich entschieden ab. »Das möchte ich nicht. Wir sprechen schon mit viel zu vielen Leuten über mein Privatleben. Im Grunde ist es auch nicht so wichtig, ob die Figur sehr wertvoll ist. Tatsache ist, dass sie bei den Reichbergs ist und ganz offensichtlich vorher bei meiner Ururoma auf dem Büffet stand.«
»Warum sollten die Vertreter einer gewissen bürgerlichen Schicht nicht untereinander Kunstwerke gekauft und verkauft haben?«
Felicitas gab trotzig zurück: »Warum sollten meine Leute Kunstwerke verkaufen? Sie waren nicht bedürftig.«
»Hier kommen wir nicht weiter, Felicitas. Ich schlage vor, wir sprechen jetzt ganz offen mit den jüngeren Reichbergs, also mit Monnika und ihrem Sohn. Und klären die Sache ein für allemal. Wahrscheinlich hat all das einen ganz einfachen Grund.«
»Ja?«, fragte Felicitas. »Meinst du wirklich?«
»Ja!«, sagte ich und dachte: Nein. Hier ist was faul.

ZEHN

Unserer telefonisch ausgesprochenen Bitte um ein Treffen, vielleicht bei den Reichbergs zu Hause, wurde erstaunlich freundlich stattgegeben. Auch Morten würde gerne anwesend sein.

Ich hielt Felicitas auf dem Laufenden: »Die Leute scheinen in Ordnung zu sein«, sagte ich mürrisch. »Sieht so aus, als hätten sie nichts zu verbergen. Ich habe mich wahrscheinlich getäuscht. Vielleicht war ich zu lange arbeitslos. Keine Geheimnisse in Sicht.«

»Mal sehen.« Felicitas fuhr elegant mit der Zunge über ihre blassen Lippen und glich so ihrer Katze. »Seit der Sache mit der Plastik bin auch ich irritiert.«

Nun fuhren wir also ein zweites Mal nach Durlach, und wieder ging es die steile, von schönen Häusern gesäumte Straße hinauf, in deren Fortsetzung die freie Hochebene des Thomashofs lockte. Als Nessie noch gelebt hatte, war ich dort ab und zu spazierengegangen. Der Wind hatte mir oft den Kopf frei geblasen. Es war fast wie ein kleiner Urlaub gewesen.

Ich wurde traurig. Nessie. Theo. Matthias. Die Melchiors. Nichts blieb. Erich Kästner hatte gedichtet: »Die Zeit fährt Auto. Doch keiner kann lenken.« Das stimmte. Und Anhalten ging auch nicht.

Wir klingelten also wieder an der Tür der Familie und wurden auch diesmal wieder ohne jegliche Rückfrage eingelassen. Auf die Tatsache, dass die Mutter der Familie uns als Katzensitter wiedererkennen würde, waren wir gefasst und gewappnet. Wir hatten uns bereits eine warmherzige Entschuldigung ausgedacht: *Wir wussten einfach nicht, wie wir Sie kennenlernen sollten. Bitte verzeihen Sie uns.*

Doch das Schicksal spielte uns auch heute in die Hände. Monnika war zwar anwesend, aber sie erinnerte sich erstaunlicherweise nicht an uns. Wahrscheinlich war sie blind wie ein Maulwurf und zu eitel, eine Brille zu tragen. Vielleicht kam es uns zugute, dass wir anders gekleidet, frisiert und geschminkt waren, ich eine Art sommerliches Kopftuch trug und Felicitas zunächst die Augen mit einer großen Sonnenbrille verbarg.
Aus einem Sessel am Kamin erhob sich eine Gestalt und ging uns mit einem federnden Schritt entgegen. Und dann geschah es. Zwar war ich schon bei vielen Blitzschlag-Begegnungen zwischen Mann und Frau dabei und manchmal auch höchstpersönlich beteiligt gewesen, doch was sich zwischen der zarten und leicht altjüngferlich angehauchten Felicitas und Max Reichberg abspielte, übertraf fast alles. Er ähnelte seinem gutaussehenden Onkel: groß, schlank, mit schmalem Gesicht, das in ein noch schmäleres Kinn überging. Unter buschigen Brauen musterten uns graublaue Augen – Augen, die von neiderregend langen Wimpern gesäumt waren. Ich schätzte ihn wenige Jahre jünger als Felicitas, die ihren 45. Geburtstag ebensowenig gefeiert hatte wie damals ihren 40.
»Felicitas Mänzer? Mein Name ist Max Reichberg. Ich kenne Ihren Namen und Ihr Gesicht irgendwoher. Und das ist …?«
»Maren«, hauchte Felicitas und nahm die Sonnenbrille ab, »nur Maren Mainberg.«
Aha. Spontane Namensänderung. Nun gut. Ich hätte Pumuckel heißen können, er hätte es nicht bemerkt. Ihn hatte ebenso der Schlag getroffen wie meine ehedem abstinente Freundin. Ich seufzte. Das hier würde alles noch schwerer machen.
An der Eingangstür hörte man ein Geräusch. Morten Reichberg, ganz Grandseigneur, betrat die Szene wie eine Bühne. Die hatten alle so etwas, die Reichbergs.

»Wir kennen uns ja bereits«, sagte er etwas abgeklärt und nur mittelmäßig freundlich. »Haben wir den Gästen etwas zu trinken angeboten?«
»Ja«, sagte Felicitas.
»Aber nein!«, kam es von Max Reichberg.
Morten sah nun aufrichtig verwirrt von einem zum anderen. Ich fasste mich. Schließlich waren wir eigentlich nicht zum Vergnügen hier. Felicitas schien unfähig, etwas zu sagen. Deshalb übernahm ich.
»Mein Name ist Maren Mainhardt. Nicht -berg. Ich bin Ahnenforscherin und stehe in den Diensten von Felicitas Mänzer.«
Keiner sprach etwas. Nur Monnika Reichberg bewegte erstaunt die Lippen und es sah aus, als buchstabiere sie mühsam das Wort Ahnenforscherin.
»Sie kommen mir irgendwie bekannt vor«, erklärte sie schließlich. »Habe ich Sie in letzter Zeit schon einmal gesehen?«
Ich lächelte und rückte das Kopftuch zurecht.
»Kaum. Wir sind echte Allerweltstypen.«
»Nun, zumindest eine von uns!«, empörte sich Felicitas. Offenbar hatte sie die Gabe des Hörens nicht verloren.
Ich lächelte gutmütig.
»Ja, wir beide. Uns kann man mit allen möglichen Leuten verwechseln. Wir müssen Sie leider nochmals fragen, welche Art von Beziehung zwischen den Familien Reichberg und Mänzer früher bestand. Hat man sich in mancher Hinsicht ausgetauscht?«
Es war unklar, ob Max Reichberg zugehört hatte. Vielmehr musterte er Felicitas so intensiv, als sei sie die erste Frau, die ihm im Leben begegnete. Aber er hatte offenbar doch zugehört.
»Unsere Familien hatten eine Beziehung?« Er lächelte äußerst charmant und ähnelte nun noch mehr seinem Onkel Morten. »Aber hoffentlich keine Blutsbande, denn

ich würde Sie« – wieder ein verträumter Blick auf Felicitas und *nur* auf Felicitas – »gerne zum Essen einladen. Irgendwann, irgendwo. Nur bald sollte es sein.«
»Danke«, sagte Felicitas und strahlte wie ein kleines Mädchen, dem man eine neues Püppchen versprach.
Mein Gott. War das dieselbe Frau, die immer zwei Monate wartete, bis sie einen Mann auch nur zurückrief, und keinerlei rote Blumen akzeptierte, weil sie in ihren Augen anzüglich waren?
»Wir hatten vor einiger Zeit durch einen Zufall die Gelegenheit, einen Blick in Ihr Gartenhäuschen zu werfen, und dort entdeckten wir eine Statue ...«
Monnika warf die Arme in die Luft. Etwas, das eine Frau um die Mitte sechzig im Sommer mit kurzen Ärmeln besser nicht tun sollte.
»Das muss am Karlsruher ›Tag des Offenen Gartens‹ gewesen sein. Da wirken wir nämlich immer mit! Man öffnet den Garten für Jedermann, serviert kühle Getränke und macht da so nette Begegnungen, aber an Sie erinnere ich mich leider nicht. Außer dass ich immer noch das Gefühl habe, ich hätte Sie in allerletzter Zeit gesehen. Waren Sie kürzlich hier?«
Morten zwang sich zu einem Lächeln, doch seine Augen blieben ernst.
»Ach, an diesem Gartentag? Da waren ja so viele Leute hier. Ich dachte allerdings, dass wir an diesem Tag das Gartenhäuschen abgeschlossen hatten. Gerade wegen der Kunstgegenstände darin. Nun ja, offenbar täusche ich mich. Noch etwas Kaffee? Ich bin schon alt, aber emanzipiert. Ich kann Kaffee kochen. Habe es mein Leben lang selbst getan. Ich bin ja nichts als ein alter Hagestolz.«
»Ja, so in etwa könnte es theoretisch gewesen sein«, erklärte ich erfreut über dieses bequeme Schlupfloch aus einer peinlichen Lage. »Meine Freundin hier, Felicitas Mänzer, möchte ganz gerne wissen, woher Sie diese Sta-

tue haben, denn sie denkt, sie befand sich einst im Haus ihrer Ururgroßmutter.«
Felicitas lächelte abwesend, als wollte sie damit sagen: *Nicht mehr so wichtig!*
Morten runzelte die Stirn.
»Der Affenmensch aus Bronze? Der aussieht wie ein früher Giacometti, aber leider keiner ist? Von einem Francesco Butti. Steht unten auf einem vergilbten Aufkleber. Unbekannt, aber es gibt natürlich Sammler dieser Kleinplastiken aus dem ausgehenden 19. Jahrhundert. Kunst auf dem Weg in die Moderne, Beginn der Abstraktion und so weiter. Ach, den können Sie gerne haben, wenn er Ihnen gefällt und wenn er Sie an zu Hause erinnert. Ich habe ihn nie gemocht. Max?«
»Der hässliche Kerl?«, fragte sein Neffe Max und bewegte seine Brauen. »Den gibt es schon ewig in unserem Haushalt, nicht wahr, Onkel Morten? Als Kind habe ich mit ihm gespielt. Ich hab sogar Mutter mal gefragt, wo er her ist, weil ich dem Burschen allerlei abenteuerliche Geschichten angedichtet habe. Er wäre über die Alpen marschiert und so was. Den haben wir schon lange, hast du gesagt. Weißt du noch, Mama?«
Monnika schaute verständnislos drein.
»Lange ist ein relativer Begriff«, bemerkte ich kühl. »Sie besitzen ja ansonsten hauptsächlich moderne Kunstwerke.«
Felicitas nickte töricht zu meinen Worten. Max, der den Blick kaum von ihr wandte, so als fürchtete er, sie würde sich dann in Luft auflösen, wurde nun energischer.
»Ja, das stimmt. Das mögen wir lieber, und es passt auch besser in dieses Haus hier. Ganz früher gab es auch noch ältere Bilder, die alten Holländer und die üblichen Sonnenblumen und solches Zeug, sogar Marienbildchen. Ich hab das auf Familienfotos gesehen, aber die wurden fast alle verkauft. Ein paar Stücke haben wir noch in einem

Safe und einige befinden sich im Gartenhaus. Andere sind in unserem kleinen Domizil in Nizza. Aber hier sehe ich lieber diese zeitgenössischen Dinge, auch wenn es manchmal nur Drucke sind. Das Moderne ist doch viel frischer. Finden Sie nicht?«
»Ja, gewiss.«
Max sah zu seinem Onkel hinüber und führte zögernd weiter aus: »Manches hat man wohl seinerzeit als Kapitalanlage angeschafft, wie den Hubbuch und den Spiegel aus der Pfalz. Sind heute leider nicht mehr so viel wert.«
Morten Reichberg hatte sich an dem merkwürdigen Gespräch nicht beteiligt. Er beobachtete alles scharf und ich war sicher, dass ihm die Sympathie zwischen Max und Felicitas nicht entgangen war. Längst fragte er sich gewiss, was diese Scharade hier sollte. Würde sich eine Liaison zwischen einem Reichberg und einer Mänzer wiederholen?
Monnika zirpte: »Ach, mein Mann und mein Schwiegervater liebten die Kunst. Kunst kommt von Können und Können bedeutet immer irgendwann Profit! Das hat mein Mann gerne gesagt. Man hat in diesem Haus stets das Schöne bewundert.«
Passend zu ihren Worten streckte sie sich auf eine Weise, die vor zwanzig Jahren vielleicht noch attraktiv gewesen wäre, jetzt aber nur noch aussah wie eine Farce.
Max und Felicitas waren übrigens durch die Terrassentür verschwunden. Sie bewunderten gemeinsam den Blick in den Garten. Ich hörte, wie Max Reichberg mit sonorer Stimme sagte: »Ach, Geige?« Und dann kam wenig überraschend: »Das ist ein faszinierendes Instrument. Ich würde Sie gerne mal spielen hören.«
Ich traute meinen Ohren nicht, als Felicitas sagte: »Jederzeit! Wie wäre es mit den *Nocturnes*?«

****

Später war ich wieder allein und saß deprimiert und ratlos auf meinem Sofa. Der Fernseher lief, doch ich hörte ihm nicht zu.
Das Gespräch bei den Reichbergs hatte nichts gebracht, außer vielleicht ein vollkommen unerwartetes Gefühlschaos in Felicitas. Es sah nicht so aus, als ob Max Reichberg, der neue Juniorchef der Sippe, etwas zu verbergen hätte. Ihm lag sichtlich gar nichts an der seltsamen Figur und offenbar auch nicht an den anderen Objekten, die sich im Haus angesammelt hatten. Die Reichbergs öffneten ihr Anwesen sogar ganz unschuldig für Gartenbesichtigungen. Es war nichts Geheimnisvolles oder Diabolisches an dieser Familie. Monnika, obwohl schon eine reife Frau, war allerdings eine dumme und oberflächliche Person. Man konnte nur hoffen, dass sich möglichst viele der Reichberg-Gene in Max manifestiert hatten. Der Einzige, der die offenbar legendäre Reichberg'sche Großmannsucht widerspiegeln könnte, wäre Morten.
Ich dachte zurück an unseren Besuch in der Reichberg-Villa. Sie hatten uns freundlich verabschiedet. Beim Hinausgehen hatte ich ein Urlaubsfoto gesehen. Neben einem Gipfelkreuz in luftiger Höhe stand eine ältere, aber sehr sportlich und agil aussehende Dame mit strengen und ein wenig anmaßenden Gesichtszügen und neben ihr zwei sich ähnelnde Männer, die altersmäßig sehr weit auseinanderlagen.
»Das ist mein älterer Bruder Michael, Max' Vater, dann meine Mutter Luise, geborene von Gleiburg, und ich, der … Nachzügler«, hatte Morten Reichberg gesagt, als er meinen Blick bemerkt hatte. Die beiden Brüder, die im Alter so weit auseinander waren, standen auf dem Bild zwar Schulter an Schulter, doch sie sahen einander nicht an. Sie wirkten wie Fremde. Nein. Eher wie Feinde.

ELF

In meinem Freundeskreis gab es eine spektakuläre Entwicklung. Theo, weltfremd und politisch mit dem griechischen Parlament vor Christus vertrauter als dem deutschen Bundestag, hatte gelernt, neben SMS auch E-Mails und WhatsApps zu schreiben. Das war seine individuelle technische Revolution. Und ich durfte live daran teilhaben:

Dear Maren, ich weile bei meiner Schwester in einem kleinen gemütlichen Ort nicht weit von New York. Hier ist es blitzsauber, viel sauberer als in der Südstadt, aber es gibt auch breite Straßen und wenig, sehr wenig Kultur. Du weißt, ich verabscheue Hamburger, Cola und Bier aus der Dose. Einen anständigen Tee bekommst du hier nirgends. Jeden Tag fahre ich deshalb mit einem recht komfortablen Vorortzug in die Stadt und lande kopfheister in einer anderen Welt. Nicht Europa, nicht Amerika – eine eigene Welt. Du glaubst nicht, was für wunderbare Antiquariate es hier gibt! Ich habe einen Mark Twain mit Zeichnungen vom Heidelberger Schloss ergattert. Signiert. Schicke ihn dir!

Kopfheister! Oh Theo, du fehlst mir mit deinem altmodischen Wortschatz, der fast vergessen ist und dessen Hüter du in deinem kleinen Laden in der Südstadt bist. Komm bald wieder!

In nächster Zeit sah und hörte ich nicht viel von Felicitas. Wenn ich sie anrief, sprang der Anrufbeantworter geradezu triumphierend an und ihr Handy schien mir auffallend oft ausgeschaltet. Es war ganz klar. Die Frau war schwer verliebt.

Bei einem eher flüchtigen Treffen, das sich in Form eines Spaziergangs in der grünen Beiertheimer Allee abspielte, gab sie es mit einem Strahlen in den Augen zu.
»Er ist… wunderbar. Max ist unschuldig geschieden. Was, das gibt es nicht mehr? Egal. Seine Frau hatte Kontrollzwang. Sie hat ihn alle fünf Minuten angerufen und wollte wissen, an was er denkt. Aber das ist jetzt schon Jahre her. Er wollte sich nie wieder verlieben. Doch man kann es sich nicht aussuchen. Er sagt, darauf hat er jahrelang gewartet. Wir sind sehr oft zusammen. Er ist so unglaublich einfühlsam.«
Weitere Euphemismen folgten. Gebildet, witzig, aber auch ernst. Aufmerksam und… Nun, über diese andere Sache, die in Beziehungen gelegentlich vorkommt, sprach Felicitas nicht. Dazu war sie zu vornehm. Ansonsten lebte sie mit Max Reichberg auf einem eigenen Stern.
Unser Bilderrätsel ruhte jetzt, denn Felicitas war mit einem neuen Kunstwerk beschäftigt. Nach etwa drei Wochen des trauten Zusammenseins hatte ihr Max nämlich, der Familientradition folgend, ebenfalls ein Bild geschenkt. Sie rief mich an und jubelte: »Ganz entzückend. Es ist eine kleine, unvollständige Studie von Kallmorgen. Nicht das Originalbild, das wäre zu teuer gewesen, aber eine hübsche farbige Vorstudie und zwar von der Kriegsstraße im Winter. Du erkennst die Straße nicht wieder. Mein Gott, wie die Stadt zerstört wird! Ich frage dich, warum wir eine U-Bahn brauchen. Mannheim hat doch auch keine, sagt Max.«
»Stimmt!«
»Oh, es ist ein wunderbares Bild. Der Schnee knirscht geradezu unter deinen Füßen und wie er die Lichteffekte herausarbeitet, also Kallmorgen, nicht Max.«
»Vor allem im badischen Sommer ist das ein ganz typisches Geschenk!«, bemerkte ich.
»Ja. Maxi hat sich gemerkt, dass ich gesagt habe, wie sehr ich die alten Zeiten vermisse, die hochherrschaftlichen

Häuser unserer Residenzstadt, die gemütlichen Straßen, die bürgerlichen Restaurants, die Cafés, die guten inhabergeführten Geschäfte. Max und ich hassen die Ketten!«

»Und woher hat dein Maxi dieses Bild?«

»Oh, das hat er beim Auktionshaus Kiefer in Pforzheim ersteigert. Beleg und Expertise sind dabei!«

»Aha.«

»Wieso ›Aha‹?«

»Diesmal sollte alles ordentlich zugehen, nicht wahr? Keine zwielichtigen Geschenke.«

Felicitas war durch nichts zu erschüttern.

»Ach Maren, ich habe das alles längst vergessen. Wir beide passen irgendwie zusammen, als ob wir uns schon ewig kennen. Schon unsere Vorfahrinnen – gibt es das Wort, Maren? – waren ja bekanntlich dicke Freundinnen. Das wusste er aber gar nicht. Ist das nicht fröhlich? Vielleicht war diese Plastik ein Geschenk oder einer Familie hat der dumme, hässliche Kerl besser gefallen als der anderen. Vielleicht ist es auch ein ganz anderer. Wer denkt jetzt noch an den Mann!«

»Du offenbar nicht. Zumindest nicht an diesen.«

»Du bist mir eine!«, stellte Felicitas heiter fest. Und sie hatte recht. Ich war eine. Und zwar eine, die immer noch zweifelte, dass hier alles mit rechten Dingen zuging. Irgendetwas stimmte nicht. Doch ein Gefühl ist kein Beweis. Und schon gar nicht gegenüber einer Schwerverliebten.

****

Wahrscheinlich wäre die ganze Sache im berühmten Sande verlaufen und ein uraltes Verbrechen in der Vergessenheit geblieben, wenn Felicitas nicht mit ihrem Max Reichberg am Rhein spazierengegangen wäre. Untergehakt und sich gelegentlich in die Augen sehend, vermutete ich.

Als ich einmal mehr zu Hause grübelnd herumsaß und die Vergangenheit nur ganz zögernd loslassen konnte, läutete mein Telefon. Die alte Schneiderin Sigrid Süß rief mich an, der ich meine Visitenkarte hinterlassen hatte. Es war diese Situation, von der Fernsehdetektive träumen: *Wenn Ihnen noch was einfällt, hier ist meine Nummer. Tag und Nacht.* Im richtigen Leben passiert ja danach nichts mehr, aber hier hatte es sich offenbar gelohnt.

»Hier Süß«, knarzte es harsch ins Telefon.

»Hallo, Frau Süß!«

Sie fackelte nicht lange. In ihrem Alter war das vielleicht auch verständlich.

»Ich habe Felicitas Mänzer mit Max Reichberg gesehen, in eindeutiger Pose, also Arm in Arm.«

»Ja? Und?«

»Und ich glaube, die zwei sind verliebt.«

»Ja, aber beide sind deutlich über achtzehn und deshalb …«

Die resolute Alte unterbrach mich rüde: »Das ist nicht das Problem. Ich würde gerne mit Ihnen über etwas sprechen. Mit der anderen kann man jetzt nicht reden. Die ist in Trance. Alte Scheuern brennen lichterloh. Sie wissen, was ich meine.«

»Nur noch ungefähr. Bei mir ist der Brand gelöscht. Und so alt ist Felicitas Mänzer nun auch wieder nicht. Zumindest nicht vergleichsweise … Wollen wir uns treffen?«

In einem Kriminalroman wäre die alte Dame jetzt nicht zum Treffpunkt erschienen, sondern irgendwann schaurig ermordet aufgefunden worden. Doch dies war kein Kriminalroman, sondern Alltag im biederen Karlsruhe. So überlebte Sigrid Süß und wir trafen uns tatsächlich, auf ihren Wunsch hin ganz in der Nähe ihres Wohnhauses in einem winzigen Café in der Klauprechtstraße, in dem es aussah wie in den einfachen Frühstückscafés früherer Zeiten. Vier Tische, ein paar nicht allzu bequeme Stüh-

le, ein paar alte Zeitschriften. Häkeldeckchen aus Plastik und günstige Preise. Ich war fünf Minuten zu spät, was sie mit einem bösen Blick auf ein winziges Ührchen an ihrem dürren Handgelenk quittierte.
»Entschuldigung. Diese Baustellen! Sie nehmen gefühlt täglich um das Doppelte zu.«
Sigrid Süß hatte sichtlich keine Lust auf den beliebten Karlsruher Baustellen-Small-Talk und fingerte unruhig an ihrer Serviette herum. Ihre Hände waren alt und knotig von der jahrzehntelangen Näherei, ihr Blick aus den scharfen Habichtaugen ein wenig blutunterlaufen. Vielleicht trank sie in dunklen Stunden.
»Ich weiß Dinge über die Mänzers und die Reichbergs, die kein anderer weiß.«
Ihre Augen glitzerten. Ich seufzte und griff flüchtig nach ihrer runzligen Hand.
»Falls Sie auf etwas Geld spekulieren, muss ich Sie arg enttäuschen. Ich habe keins.«
Das Glitzern hörte auf, als habe man es ausgeknipst.
»Trotzdem!«
Ich lehnte mich zurück und lächelte.
»Aber eine Tasse Kaffee und ein Croissant spendiere ich Ihnen.«
»Ich möchte Käsekuchen«, antwortete sie trotzig.
»Der ist auch noch drin!«
Sigrid Süß überlegte kurz, dann stand der köstlich duftende Käsekuchen vor ihr und brach ihren Widerstand.
»Jetzt hören Sie gut zu, weil ich es nicht noch mal erzähle. Ich habe mein Atelier ja von meiner Mutter geerbt. Sie ist im Jahr 1900 geboren und hat zuerst als Lehrmädchen in einem größeren Laden in der heutigen Karlstraße gearbeitet. Sie war lange noch ganz fit, so wie ich.«
»Oh ja!«
»Hat mich ja spät bekommen, mit 36 erst, also 1936. Hat halt auf den richtigen Mann gewartet. Als ich etwa fünf-

zig war und sie schon 86, hatte ich mal bei den Reichbergs zu tun, ich glaube, irgendwas mit dieser Monnika mit den zwei ›n‹ – affig das, aber die wollten ja immer was Besseres sein – und da hat Mama mir eine Geschichte erzählt …«

Ich lauschte atemlos. Nur jetzt nichts Falsches sagen. Nicht unterbrechen. Wer weiß. Die Frau war über achtzig Jahre alt und konnte jeden Moment alles wieder vergessen.

»Da hat sie mir berichtet, dass mit Robert Mänzer etwas, nun sagen wir, nicht gestimmt hatte.«

»Wieso denn das? Ein angesehener Arzt aus einer alten Ärztefamilie! Und was haben die Reichbergs mit ihm zu tun?«

»Eben, eben. Wären sie nicht so angesehen gewesen … Hm, hm, hm, hm …«

Ich rief mir das Foto von Robert Mänzer in Erinnerung. Ein gutaussehender Mann. Italienischer Typ. Dunkles kurzes Haar und freundliche Augen. Felicitas, so hatten wir damals festgestellt, sah ihm nicht sehr ähnlich. Bei ihr waren die blonden Gene der Familie stärker ausgeprägt.

»Hören Sie eigentlich noch zu?«, erkundigte sich Sigrid Süß giftig. »Sie wirken so abwesend.«

»Natürlich höre ich zu. Aber das sind alles so viele Namen und alles ist so lange her.«

»Dann sag ich nix mehr. Dann sollen die eben sehen, was sie machen. Der Max mit dieser Person.«

»Doch, bitte sprechen Sie weiter.«

Sigrid Süß stach mit ihrer Gabel in den Käsekuchen.

»Also. Aber zuhören, ja? Meine Mutter kannte auch die Mänzers gut. Ihre Tante, bei der sie gelernt hatte, war als junge Frau schon im Hause Heym gewesen. Das war Claras Mänzers Mädchenname. Sehr wohlhabende Leute. Fabrikanten, aber mit Drang zum Höheren. Und mit der Spedition Debertin verschwägert zu sein, war auch kein

schlechtes Geschäftchen. Hugenotten natürlich. Aber die sind ja in Ordnung, sind Christenleute wie wir. Jedenfalls hat Mama das Kleid abgesteckt, als Clara Mänzer damals ihren Schulabschluss gemacht hat. Nur Mädchenschule, nichts Besonderes. Kein Abitur, obwohl sie ja schon begabt war, für alles Mögliche. Hat danach bisschen dilettiert in der Kunst, wie das die feinen Mädchen damals gemacht haben. Jedenfalls hat sie sich später brav verlobt, gleich zu Beginn des Jahres 1920, doch dann tat sie etwas, worüber die Leute klatschten: Sie ging doch tatsächlich zum Französischlernen für ein paar Wochen nach Paris an eine Sprachschule für Mädchen. Institut pour jeunes filles allemandes – meine Mama hat das immer nachgesprochen, weil ihr der Klang der Worte so gefiel, und ich habe mir das gemerkt. Ich bin klein und alt, aber schlau. Und ich habe ein gutes Gedächtnis.« Sigrid Süß stemmte ihr Ärmchen zum Beweis vor die Nase. »So kurz nach dem Ersten Weltkrieg war das ja eine mutige Sache, eigentlich. Da waren sich Franzosen und Deutsche ja spinnefeind. Und dann nach Paris. Oh, là, là.«
»Ja, das weiß ich.«
»Trotzdem ... Die Heyms waren eine moderne Familie. Ja, so kann man es auch nennen. Modern. Die Musik, die Kunst. Deshalb Paris und CanCan! Sie verstehen?«
»Oh ja.«
»Da drüben war schon ein anderes Leben wie hier. Was man so gehört hat.«
»Oh ja«, murmelte ich erneut und erinnerte mich an ein Seminar an der Uni vor langer Zeit. »Ein Tanz auf dem Vulkan. Und ein Fest fürs Leben.«
»He?«
»Das sagte ein Mann namens Hemingway, Sie werden ihn nicht kennen. Er hat ein Buch über das Paris der Zwanzigerjahre geschrieben. Cafés, Musik, Luxus, Lebenslust, Tanz, Kabarett.«

»Den Herrn kenne ich nicht persönlich. Aber das sind alles keine guten Sachen für ein junges Ding!«, erledigte Sigrid Süß die damaligen Träume eines badischen Mädchens vom freien Leben. »Sie war aber nur ein paar Wochen dort. Obwohl das gereicht hat, hihihihi.«
Ich ahnte, worauf das Ganze hinauslief.
»War sie allein in Paris oder zusammen mit ihren Freundinnen, etwa mit Luise von Gleiburg?«
»Nein. Sie war allein dort. Eine frisch verlobte junge Dame. Höchst unschicklich. Wenn die Luise dabei gewesen wäre, dann wäre alles anders gekommen. Die wusste, was sich gehörte. Die beiden waren aber dickste Freundinnen. Immer zusammengesteckt und gekichert.«
Prompt erschien ein goldiges Nesthäkchenidyll vor meinen Augen.
»Einige Zeit, nachdem die Clara zurück war aus Paris, wurde meine Mama gerufen, und zwar zum Ändern von Kleidern, und da sie ja eine Dienstbotin war und eigentlich gar nicht wahrgenommen wurde, haben Luise und Clara in ihrer Gegenwart getuschelt.«
Jetzt wurde es interessant. Ich beugte mich vor und ermutigte sie: »Wie es junge Mädchen auch heute noch tun!«
»Vielleicht. Doch es sei kein übermütiges Tuscheln gewesen, hat meine Mama erzählt. Es war eher ein besorgtes Flüstern. Oh, meine gute Mutter, sie liebte den Tratsch. Tratsch ist das Trinkgeld der Hausschneiderinnen. Eine solide Währung, die bei Gelegenheit in Zahlung gegeben werden konnte.«
»Schön ausgedrückt für Erpressung.«
»Bitte?! Das haben wir nie getan. Meine verehrte Mama war eine Dame und eine versteckte Dichterin. Sie hat mir die Geschichte oft so herrlich erzählt. Jedenfalls wurde sehr bald wieder nach ihr geschickt. Clara heiratete nun rasch und das Brautkleid musste angemessen werden. Sie war ja schon seit einiger Zeit, also seit Anfang 1920,

verlobt. Es wurde im Winter eine prunkvolle Hochzeit gefeiert. Im Winter wohlgemerkt! Mit allem Drum und Dran. Geschenke von den Tanten und Omas und Eltern und so weiter. Da hatte« – jetzt kicherte auch Sigrid Süß – »die Clara aber schon ordentlich zugelegt. Wenn Sie verstehen, was ich sagen will!« Die Augen rollten, das Mündchen spitzte sich vielsagend.

Ich seufzte. Wenn das hier so weiterging, war noch ein Käsekuchen fällig.

»Wollen Sie damit andeuten, dass sie zu dem Zeitpunkt ihrer Hochzeit schwanger war?«

Das Mündchen spitzte sich noch weiter.

»Ihr Sohn Robert ist im Mai darauf in einem kleinen Dorf in irgendeinem Schwarzwaldtal zur Welt gekommen. Ziemlich zu früh ... Aber so etwas hat es ja immer gegeben. Da sprach man nicht groß drüber.« Wieder das Augenrollen.

»Genau, Frau Süß. Das war doch auch damals keine Seltenheit. Wenn man sich vor der Ehe nähergekommen war. Und wenn wirklich was passierte, na, also zumindest, wenn hinterher geheiratet wurde, dann wurde das meistens wirklich schnell vergessen. Ich weiß aus meinem Berufsleben, dass das ganz häufig vorkam.«

»Ja, Herzchen, wenn der Ehemann auch der Vater war. Sonst ... Paris ... Stadt der Liebe ... Sie verstehen?!«

»Nun, das ist ...«

»Mehr sage ich nicht. Alles andere wäre Verleumdung, aber meine Mama hat gehört, was wirklich los war. Und sie sahen ja auch alle recht passabel aus. Hatten Glück. Und der Ehemann kam aus bescheidenen Verhältnissen, hatte aber große Ziele und hat wohl ein Auge zugedrückt und das Rechnen vergessen. Obwohl, in dem Fall ... Damals war das alles nicht so einfach. Sie verstehen?«

»Wie meinen Sie das alles?«

»Mehr sage ich nicht. Ist immer nicht leicht. Nein, mehr kommt nicht. Und die Luise, na ja, die war nicht wirklich

fein. Vertratscht. Nein, wirklich fein war sie nicht. Aber jetzt kommt von mir nichts mehr.«
Wieder das Glitzern.
»Auch nicht für viel Geld?«
Ich seufzte. Und bezahlte meine Bestechungsgebühr in Käsekuchen-Währung.

****

Daniel ging erst nach mehrmaligem Läuten ans Telefon.
»Stör ich?«
»Maren, es ist nicht, was du denkst. Meine Familie aus Schweden ist zu Besuch. Ich habe mit meinen Nichten und Neffen Monopoly gespielt und verliere immer. Bin einfach kein geschäftstüchtiger Typ. Schön, dass du anrufst.«
»Danke. Daniel, ich brauche deinen Rat. Ich glaube, mit Felicitas kann man im Moment nicht vernünftig sprechen. Sie wandelt auf Wolke Sieben, aber irgendetwas müssen wir trotzdem unternehmen. Ich habe neue Informationen über das Bild.«
»Das Bild? Ach, dein Abraham Teniers. Ich glaube nicht, dass sich jemals jemand so ausgiebig mit dem guten Mann beschäftigt hat wie du.«
Ich berichtete ihm kurz, was ich erfahren hatte. Im Hintergrund hörte ich, wie die Parkstraße an einen gewissen Sören verkauft wurde. Lautes, triumphierendes Kindergejubel. Armer Sören. Er wusste es nicht, aber die Parkstraße taugte nichts. Sie war zu teuer und man fand keine Mieter.
»Paris? Ein Institut für deutsche Mädchen? Das gibt es doch heute garantiert nicht mehr. Das klingt ziemlich altmodisch.«
»Nein, natürlich nicht. Mal wieder am Ende, Daniel.«
»Hm, schade. Aber halt! Immer erst den guten alten Daniel fragen. Paris? Ich habe einen Kumpel im Archive

municipale. Ein Elsässer aus Saverne. Richard Muller. Wir waren früher mal zusammen auf Fortbildungen. Vielleicht kann er die damalige Adresse herausfinden.«

»Du kennst aber auch jeden!«

»Eher jede. Und falls er etwas findet, dann fahren wir beide zusammen hin und schauen uns Paris mal mit den Augen der Clara Heym an. Ich wollte schon immer mit einer netten Frau nach Paris.«

Ich versprach es ihm leichtfertig. Das Risiko war gering genug. In einer sich ständig verändernden Riesenstadt wie Paris musste ein Mädchenpensionat, das vor einhundert Jahren existiert hatte, längst vergessen sein.

Ich sollte mich irren.

ZWÖLF

Nein, ich reiste nicht gerne mit dem TGV. Er fuhr für meinen Geschmack ganz einfach zu schnell durch das platte französische Land, und wenn er eine Notbremsung machte, würde er noch viele Kilometer weiterrasen und dann erst zerschellen. Da konnte ich auch gleich fliegen, wovor ich mich auch fürchtete. So bin ich in Zeiten unbegrenzter Mobilität notgedrungen eine innereuropäische Touristin geworden.

Kurz schoss mir durch den Kopf, was für ein Feigling ich war. Sogar der eingefleischte Stubenhocker Theo hatte es bis nach New York geschafft. Weil es ihm ein Bedürfnis gewesen war. So wie auch Diana unbedingt nach New York gewollt hatte. Dafür war ihr vielleicht jedes Mittel recht gewesen, denn Amerika war offensichtlich immer schon ihr inniger Traum gewesen. Die Schwärmerei für Elvis, amerikanische Filme und amerikanische Mode hatte eine deutliche Sprache gesprochen. Vielleicht war sie also gar nicht vor einem lästigen Verehrer nach New York geflohen, wie ich insgeheim angenommen hatte, sondern gerne gegangen. Blieb immer noch die Frage, woher sie das Geld für einen soliden Neuanfang gehabt hatte. Sie stammte aus einer guten, aber am Ende nicht mehr reichen Familie, und sie war eigentlich nur eine Schneidergesellin.

Glücklicherweise sprach Daniel im Zug nicht viel und ich konnte meinen Gedanken nachhängen.

Der silberne Pfeil schoss in einer durch Drahtzäune abgesperrten Schneise durch trübes flaches Land. Der Transportierte saß darin wie in einer Blechdose, die auf einem Laufband dahinglitt. Ganz ruhig, ohne irgendein Rumpeln, wurden wir von A (Karlsruhe Hauptbahnhof) nach B (Paris Gare de l'Est) gebeamt.

Daniel las viel, sah gelassen aus dem Fenster, schickte ab und zu eine SMS und lächelte genießerisch.
»Warum fährst du eigentlich mit mir nach Paris?«, fragte ich ihn. »Morgens hin und abends zurück. Was für ein Interesse hast du an der Sache?«
»Erstens fahre ich gerne nach Paris und am liebsten mit dir, zweitens mag ich Felicitas und drittens mag ich es eben *nicht*, wenn Leute schöne Bilder verhunzen. Ich würde ganz gerne wissen, welcher Wasserbüffel das war.«
»Wasserbüffel ist männlich.«
»Genau. Würde eine Frau ein schönes altes Gemälde verunstalten?«
Ich lachte.
»Daniel, du hast eine zu hohe Meinung von uns Frauen. Wahrscheinlich weil du nicht eine einzige lange genug liebst, um zu sehen, wie die Goldverzierung irgendwann mal abblättert. Du kannst deine Lieben alle schnell ersetzen und austauschen, wenn sich der wahre Charakter zeigt.«
»Vielleicht hast du recht, aber das ist nicht schlimm, sondern wunderbar. Und ich bleibe dabei: Es war ein Mann, der die Uhr hineingepinselt hat.«
»Und ich sage, es war eine Frau!«
»Wir werden sehen. Wir wetten um eine Liebesnacht?«
Warum hatte ich ihm nur die Hand zu dieser Wette gereicht? Aus dem selben Grund, aus dem Leute im Casino ihr ganzes Vermögen auf Rot setzten. Sie hatten die Hoffnung, es ginge irgendwie gut.

Sein Freund Richard erwartete uns am Bahnhof. Er sah aus wie Depardieu: ungeschlacht, ungepflegt, ungeduldig und uncharmant.
»Ihr zwei habt vielleicht Sorgen! Wir kämpfen mit dem internationalen Terror und ihr sucht eine längst geschlossene Schule für deutsche Mädchen.«

Sein starker elsässischer Akzent tat mir weh, denn er beschwor Erinnerungen an Sélestat herauf. Richard sah auf einen Zettel, den er aus seiner Hosentasche hervorknüllte und ungeschickt glattstrich.
»Also, dieses Institut schloss natürlich 1939. Danach kamen keine Deutschen mehr nach Paris – zumindest nicht in friedlicher Absicht. Es befand sich in der Rue de Saone, einer damals und auch heute recht bürgerlichen Gegend unweit des Boulevard St. Germain. Ich habe hier einen zeitgenössischen Plan. Es lohnt nicht, dass wir selbst dorthin fahren. Die Gebäude stehen alle nicht mehr in der ursprünglichen Form. Der Straßenverlauf ist noch zu erkennen, aber die Häuser haben heute andere, wie sagt man, Bedeutungen. Da, wo die Schule war, ist heute ein Zentrum für EDV. Aber damals war es schon eine eher beschauliche Straße.« Er deutete auf eine Fotokopie.

Wir saßen in einem Bistro mit üppiger Fin-de-siècle-Architektur, wie es nur die Franzosen hinbekamen. Diese wunderschöne Mischung aus Alt und Modern. Spiegel, Bistrotische, Holzverkleidung, alte Schilder. Kaffeemaschinen rauschten im Hintergrund, Kellner riefen Bestellungen aus, an den Tischen wurde diskutiert und gelacht.
Richard breitete seine Zettel aus.
»Das Institut wurde von zwei deutschen Schwestern geführt, die recht fortschrittliche Ideen hatten, wie ich ein paar alten Zeitungsartikeln und ein oder zwei Eingaben bei der Verwaltung entnehmen konnten. Die Schülerinnen hatten tagsüber Unterricht, durften aber abends und am Wochenende allein ausgehen. Das war schon sehr progressiv damals. Sie werden zu Fuß in die Innenstadt gegangen sein und sich die Museen angeschaut haben.«
Ich nickte, blickte nochmals auf den Plan.
»Paris war zu der Zeit bestimmt romantisch. Was waren das für Gebäude um die Schule herum?«

Müller lächelte nachsichtig.
»Paris war damals nicht überall schön. Trostlose Mietskasernen, Armut, schäbige Korridore und schmutzige Höfe. Kleine Läden mit Krimskrams, Metzger mit blutigen Schürzen, Geflügel in engen Käfigen, Dreck, Pferdeäpfel und Matsch auf den Straßen, denn in Paris regnet es oft. Bettler, Prostituierte, Säufer in den Ecken und vor den kleinen Cafés und Bistros, die keinen Glanz hatten.« Richard hing seinen Erinnerungen nach. »Doch dies war eine ordentliche Gegend. Anwälte, ein paar Botschaften, Wohnungen von Regierungsmitarbeitern. Sogar der Vertreter der vier Kommunen des Senegal, der damals - Moment, wie hieß er? Blaise Diagne - zum ... zum ersten Vertreter einer Kolonie ins französische Parlament gewählt wurde. Ein Afrikaner. Das war schon eine kleine Sensation im Jahr 1914.«
Daniel und ich lauschten fasziniert diesem kurzen Exkurs in die Vergangenheit von Paris.
»Die teilten sich den Garten mit dem Institut. Die Anwälte wohnten zur rechten Seite. Und ein Studentencafé, in dem man abends Lieder sang, Jazzmusik hörte und Kabarett aufführte, war gerade um die Ecke. Das Paravent. Gibt es natürlich auch nicht mehr. Ich habe aber davon gehört.«
»Wo war das Paravent?«
»Augenblick. Hat alles draufgeschrieben, mein Volontär. Hier neben der Schule war die Wohnung des senegalesischen Vertreters und auch das Büro mit ein paar Mitarbeitern, ein wenig versetzt. Und wenn man da vorbeiging und rechts in die Rue Sage einbog, kam man zu dem Café. Na, da haben die Mädchen aus dem biederen Karlsruhe wohl etwas erlebt. Und ein paar Blocks weiter gab es damals noch mehr Varietés und Vergnügungsstätten. Es waren die lebenslustigen Zwanzigerjahre. Trotz aller Schattenseiten ... Ich hätte damals gerne gelebt.«
Ich hob fragend die Augenbrauen. Er räusperte sich.

»Nun, trotz des Elends der Arbeitslosen oder der vom Land Zugezogenen und trotz der unglaublich brutalen Kriminalität, die wir aus jenen Jahren auch aus Berlin und London kennen, war dies eine tolle und offene Stadt: Paris zwischen den Kriegen. Fitzgerald, Hemingway, Picasso, Cole Porter, ja, *der* Cole Porter. Es gab hier nicht dieses spießige Einerlei wie bei uns zu Hause. Schwarze Entertainer, Kreolen, Leute von der Île de la Reunion. Es muss einfach ein Erlebnis gewesen sein.«
Wir sahen ihn erstaunt an. Er schniefte verlegen.
»Na ja, ich komme aus Niederrödern bei Weißenburg. Das ist ein Dorf zwischen Feld und Wald. Wir haben nicht einmal mehr einen Bäcker. Er kommt mit dem Wagen ins Dorf, einmal am Tag. Und hier …« Er wies auf das Treiben auf der Straße, die Vielzahl an Cafés, Kneipen, Restaurants und kleinen Läden.
»Ich verstehe.«
Daniel und ich tauschten rasche Blicke. Was mochte Clara Heym, ein unternehmungslustiges Mädchen aus einer recht aufgeklärten badischen Familie, in diesem Garten, in dieser Straße, in diesem Viertel erlebt haben?
Richard verabschiedete sich und ich sah mich in dem Bistro um. Die halbe Welt war hier versammelt. Neben Schwärmen japanischer Touristen saßen bildschöne arabische Mädchen mit Augen wie Bernstein. In der Ecke thronte ein alter dunkelhäutiger Mann, der würdevoll durch seine Brille in die Welt blickte. Hübsche Amerikanerinnen, frisch, blond, mit Rucksack, tranken Cola mit vielen Eiswürfeln. Deutsche in praktischen Schuhen und mit Anorak prüften Rechnungen nach.

Daniel und ich tauchten noch für ein paar Stunden ein in diese üppige Pariser Welt. Streiften entlang an beladenen Marktständen, summenden Straßencafés und Bistros sowie eleganten Restaurants mit handgeschriebenen

Speisekarten. Inmitten von Straßenmusik, fremden Stimmen, Reisegruppen, die wie Schafe hinter einem Führer herliefen. An schönen, schicken Läden und kleinen orientalischen Geschäften vorbei. Wir liefen über breite Boulevards und entlang der schlammfarbenen, vor sich hin trödelnden Seine. Wir traten in Kirchen, von leuchtenden Fenstern erhellt, staunten geschwind über Altäre und Krypten, gingen wie im Rausch weiter, umgeben von Stimmen und Gerüchen, immer weiter, in Richtung des Bahnhofs. Um kurz nach Fünf würde unser Zug schon wieder zurücksausen.

Mit einem Coffee to go landeten wir auf unseren Plätzen. Auf der Fahrt nach Osten spürte ich jedoch keine Angst mehr vor der Geschwindigkeit, denn nun hatte ich ein Puzzle zusammenzusetzen. Leise und konzentriert sprach ich vor mich hin und Daniel hörte gelassen zu, ohne eine Miene zu verziehen.

»Clara Heym, Tochter aus einer großbürgerlichen Familie, hielt sich also in Paris auf. Sie war neugierig, offen, künstlerisch begabt, sportlich und eine hübsche Blondine. Ein Fall für dich.«

Daniel grinste.

»Sie kam zurück aus Paris, hat auffallend zugenommen, wirkte bedrückt, wurde rasch in eine Ehe manövriert. Alles spricht dafür: Clara war schwanger. Als sie ihren Zustand bemerkte, war es für sie gerade noch Zeit, ihren Verlobten Alfred Mänzer zu heiraten. Er hatte, wie wir gehört haben, zwar Aussichten, aber nicht viel Geld, stammte aus einer wesentlich einfacheren Familie als Clara, deren Vater wohl Exporteur oder Fabrikant war, auf jeden Fall recht wohlhabend.«

»Egal.« Daniel wickelte eine Tafel Schokolade aus und roch an ihr. »Hm, Zimt.«

»Danke. Genau wissen wir es nicht. Alfred hatte gerade fertig studiert und wollte Facharzt werden. Das Herz faszinierte ihn. Geld war ihm nicht wichtig. Er war wohl von einem christlichen Grundgedanken getragen, Stichwort: Diakonissenkrankenhaus.«

»Na ja, soweit kann man noch folgen.« Daniel verspeiste ein Stück nach dem anderen.

Ich fuhr fort: »Wir wissen nicht, was für ein Mensch er war. Geld und damit die Möglichkeit zur Weiterbildung mag es ihm erleichtert haben, diesen etwas schrägen Deal, wie wir heute sagen würden, einzugehen. Das Kuckuckskind wurde viel zu früh während eines angeblichen Urlaubs in einem damals abgelegenen Fleckchen in der Ortenau geboren.«

»Bin ich froh, dass ich mit solchen Sachen nichts zu tun habe«, meinte Daniel und schleckte sich den Zeigefinger ab. »Diese bürgerlichen Zwänge waren und sind der Tod jeglicher Erotik.«

Ernst gab ich zurück: »Daniel, dazu habe ich dir meine Meinung schon gesagt. Zwänge sind auch Haltestricke. Ihrer Freundin Luise von Gleiburg hat Clara jedenfalls anvertraut, was in Paris geschehen war. Sie war offensichtlich äußerst besorgt. Und was hat die mit diesem brisanten Wissen gemacht? Hat sie es etwa gegen Clara verwendet?«

Daniel wiegte den Kopf: »Ja, das könnte natürlich sein, aber ein uneheliches Kind ist doch nicht solch ein schweres Vergehen, dass man deshalb derart erpressbar würde. Soweit ich gehört habe, kam das früher oft vor. Keine Pille, keine haltbaren Kondome und sexuelle Unerfahrenheit. Also, ob das damals wirklich solch ein Skandal gewesen wäre? Und selbst, wenn das Kind von einem anderen war: Auch das kam vor. Immerhin spielte sich das Ganze nicht im 19. Jahrhundert ab, sondern eben in den Goldenen Zwanzigern, die ja recht locker waren.«

»Das kommt darauf an«, sagte ich langsam. »Ich fürchte, es kommt immer auf den Vater an.«

»Die beiden waren seit Anfang 1920 verlobt. Da war es keine Schande, im Winter desselben Jahres zu heiraten, weil ein Baby kam. Die waren auch nicht aus Stein.«
»1920«, sagte ich nachdenklich. »1920. Weißt du, immer wieder diese Jahreszahl im Zusammenhang mit den Mänzers. Wer hat sie nur das erste Mal erwähnt und wann? Wenn ich das nur noch wüsste!«
»Ich weiß es natürlich«, erwiderte Daniel lässig. »1920 wurde der Teniers erworben und 1920 hat sich, wie gesagt, Clara Heym mit Alfred Mänzer verlobt.«
»Tatsächlich. Gutes Gedächtnis!«
»Das braucht man, wenn man mehrere Damen in einer Woche unterbringen muss.«
Ich sah ihn streng an. Er räusperte sich und spitzte die Lippen zu einem verlegenen Pfiff.
»Und es gibt noch eine merkwürdige Übereinstimmung. Claras wohlhabende Mutter, die geborene Madame Debertin, starb im Jahr 1932 und aus dem Jahr 1932 stammt auch das Gutachten für den Abraham Teniers. Sie vererbte ihre Kunstgegenstände 1932 an ihr einziges Kind, an Felicitas' Uri Clara. Und 1932 wurde auch die Expertise für unser Uhren-Bild erstellt.«
»Zufall?«, fragte Daniel
»Ja, lauter Zufälle«, murmelte ich und dachte an den seltsamen Monstermann im Gartenhaus der Reichbergs ...

Es war angenehm, dass Daniel nicht aufdringlich war. Wir verabschiedeten uns am Bahnhof. Er nahm mich in den Arm, doch es war die burschikose Zärtlichkeit eines Bruders und tat mir gut.
Ich war ziemlich erschöpft, als ich die Treppe zu meiner Wohnung emporklomm. Immerhin war ich mal eben in Paris gewesen.
Holger Reiter trat aus seiner Wohnung, als er meine Schritte hörte.

»Hier, ein Einschreiben für Sie!«
Ich warf einen Blick darauf und verzog das Gesicht. Er betrachtete mich streng.
»Strafzettel. Nicht bezahlt, hm?«
»Genau. Ich hoffe immer wieder entgegen aller Vernunft, dass der Computer mich vergisst. Was machen Ihre gefleckten Bohnen?«
»Haben die Mendelschen Gesetze ausgiebig ausgenutzt und sind ganz unterschiedlich ausgefallen.«
Ohne zu wissen warum, gehorchte ich einem Impuls.
»Könnten Sie mir diese Mendelschen Gesetze kurz erklären? In Biologie habe ich nicht aufgepasst.«
Er lehnte sich an den Rahmen seiner Wohnungstür.
»Schwierig oder einfach? Die Erklärung, meine ich.«
Ich setzte meine schwere Tasche ab.
»So wie Sie es einem Kind erklären würden.«
»Dann kommen Sie kurz rein. Sie sehen sowieso aus, als könnten Sie einen Kaffee vertragen.«
»Ja, ich war heute in Paris.«
»Ach so. Nur in Paris, na dann! Sie trinken aber nicht zufällig, oder? Alkohol, meine ich.«
»Nein. Ich war wirklich in Paris. Beruflich.«

Kurz darauf saßen wir uns gegenüber, er hatte mir einen Kaffee serviert und geschwind zwei Tuben mit Farbe vor sich aufgebaut.
»Erstes Gesetz: Sie mischen rein schwarze Farbe mit rein weißer. Das Ergebnis ist immer gleich. Sie kriegen graue Farbe raus. Biologisch gesagt: Die verschiedenen Individuen unterscheiden sich nur im Genzustand in einem sogenannten Allelpaar. Dazu kommen wir später.«
Ich starrte auf das graue Gemisch vor mir.
»Zweites Mendelsches Gesetz: Sie mischen die Grauen untereinander. Je nach ursprünglichem Mischungsverhältnis können sie dann eine dunklere oder eine hellere

Variante erhalten. Die Farben spalten sich nach bestimmten Zahlenverhältnissen auf.«

»Aha.«

»Bei der dritten Regel können wir die Farbe nicht mehr so recht benutzen. Hier geht es vor allem um die Allele. Das sind die verschiedenen Zustandsformen eines Gens. Sie liegen in homologen Chromosomen an derselben Stelle. Wenn sie reinerbige Individuen sind, die sich in zwei oder mehr solcher Allele unterscheiden, das heißt also, sehr deutlich unterscheiden, so werden die einzelnen Allele unabhängig voneinander vererbt. Es kann dabei, wie beim wahllosen Mischen von Farben, zu einer Neukombination der Erbanlagen kommen. Diese Regel nennt man Unabhängigkeitsregel und erklärt, warum meine Schwester klein und rothaarig ist. So sah nämlich unsere Uroma aus. Pech für meine Schwester. Es können sich also alle Merkmale der vorangegangenen Generationen durchsetzen.«

»Wow! Das ist schwierig, aber interessant.«

»Ja. Diesem Augustinermönch haben wir viel zu verdanken. Unabhängig von der unerfreulichen Begleiterscheinung, dass sich manche Leute in unserer braunen Vergangenheit nur die Dinge herausgesucht haben, die ihnen passten.«

****

Ich war todmüde und konnte doch nicht einschlafen. Mein Herz jagte wie nach einem Dauerlauf. Auch tiefes Einatmen half nicht.

Ich kannte diesen Zustand nur zu gut. Es war die Spannung kurz vor der Lösung eines Rätsels.

Neben meinem Bett lag das Buch »Karlsruher Kinder im Dritten Reich«. Ich schob es unwirsch zur Seite. Eigentlich mochte ich nicht mehr darin lesen. Es deprimierte

mich. Dieser schleichende Wahnsinn, der sich in den gemütlichen und scheinbar toleranten badischen Alltag gefressen hatte. Die allmähliche Entrechtung der Juden, die sie selbst kaum hatten glauben können. Der Terror gegenüber Andersdenkenden wie den Anhängern der SPD.
Ich schlug eine Seite auf und las von einem 1939 gegründeten Club namens Cic-Cac-Club in Karlsruhe-Durlach, der den Nazis nicht genehm war. Denn Jazzmusik wurde nach 1941 verboten. Das deutsche Volk brauche alle geistigen und materiellen Kräfte, um dem Amerikanismus zu begegnen, und deutsche Menschen sollten keine entarteten Jazzschlager hören. Lieber Opern, Tanzweisen, Volkslieder deutschen Ursprungs als »vernegerte« - was für ein Ausdruck! - Jazzmusik.
Ich ließ das Buch sinken und dachte an den fast surrealen Tag in Paris, an das Viertel, in dem sich damals das Institut für die deutschen Mädchen befunden hatte. Nebenan die Vertretung des Senegal, ein Stück weiter eine Studentenkneipe mit amerikanischer Musik. In das Bild von Paris schob sich die Erinnerung an den Film, den Felicitas kürzlich gesehen hatte: »Monsieur Chocolat«. Die traurige Karriere eines Afroamerikaners in den Nachtclubs von Paris am Ende des 19. Jahrhunderts. Der Clown, den die Gesellschaft niemals wirklich akzeptieren würde. Er war nur ein buntes, lustiges Spielzeug.
Plötzlich formte sich in mir ein seltsamer Verdacht.

****

Das Dorf Waldulm war ein Ortsteil von Kappelrodeck, der wiederum als die etwas weniger spektakuläre Schwester der benachbarten Schwarzwaldperle Sasbachwalden galt. Alle diese reizenden Fachwerkorte schmiegten sich romantisch unterhalb der Schwarzwaldhochstraße an die Hänge, die meistenteils mit Weinreben bepflanzt und im-

mer wieder von kleinen Wäldchen und Hainen durchbrochen waren. Eine wunderschöne Gegend und bei gutem Wetter ein fast toskanisch anmutendes Ambiente. Man konnte sich durchaus ein gutsituiertes Karlsruher Ehepaar vorstellen, das in den Zwanzigerjahren des letzten Jahrhunderts hier Urlaub machte. In dieser Zeit pflegte man nicht an jedem freien Wochenende nach Rom oder New York zu jetten. Da tat es noch die gute alte Sommerfrische in der Nähe.
Auch heute war es hier romantisch. Am Ende der aufsteigenden Straße in Waldulm lief das Tal seinem Ende zu. Zwar waren die mächtigen Fachwerkhäuser und Gehöfte rechts und links restauriert, doch ahnte man noch, wie urig und ursprünglich es seinerzeit hier zugegangen sein mochte. Man sah förmlich den gemütlichen Schwarzwaldbauern, wie er auf der Bank vor dem Haus seine Pfeife stopfte und das Leben verstreichen ließ.
Hier hatte Clara Heym, frisch verheiratete Mänzer, mit ihrem Gatten Alfred also Urlaub gemacht und ihren kleinen Sohn Robert entbunden. Weit weg von zu Hause. Zufall oder geplant? Es würde jedenfalls schwierig, wenn nicht unmöglich sein, nach so langer Zeit noch etwas über die Vorkommnisse von damals herauszufinden. So wie das Tal endete, würde vielleicht auch hier meine Suche nach den Geheimnissen eines Bildes enden.
Doch so mies mein Leben in den letzten Monaten verlaufen war – das Glück schien mir bei diesem ersten »Fall« seit langer Zeit fast schon unheimlich hold zu sein.

»Hebamme?«, sagte die Apothekerin am Ort, eine energisch wirkende Person. »Haben wir heutzutage endlich wieder eine. Die Susi Löffler. Lange Jahre wollten die Frauen ja nur noch im Krankenhaus entbinden. Jetzt gibt es wieder Hausgeburten. Wie das hier früher war? Anfang des letzten Jahrhunderts? Na, Sie denken aber weit zurück. Moment bitte.«

Sie verkaufte ein Päckchen Aspirin an einen grämlich aussehenden Herrn, der um ein Glas Wasser bat, um die Tablette gleich einnehmen zu können.

Danach nahm sich die Apothekerin wieder Zeit für mich und geleitete mich zur Seite, direkt vor das Regal mit den teuren Vichy-Produkten, die immer so herrlich rein und natürlich aussahen und dabei so viel Geld kosteten.

Mit gedämpfter Stimme sagte sie: »Sie haben Glück. Mein Mann ist im Heimatverein und kennt sich aus. Ja, ganz früher, da gab es hier eine erfahrene Hebamme. Die brauchte man auch. Wenn Schnee lag und ein Baby kam, konnte man nicht einfach so hinunter nach Achern. Wer hatte denn schon ein Auto?!«

Ich nickte. Wahrscheinlich nur der Fabrikant.

»Das war seinerzeit die Line Melschenrieder. Eine wunderbare Frau. Sie soll ein echtes Original gewesen sein. Hat gearbeitet bis in die Fünfzigerjahre hinein. Sie war alleinstehend und ist im Heim gelandet. Traurig eigentlich, wo sie so vielen Kinder auf die Welt geholfen hat. Sogar der SWR hat mal im Radio über sie berichtet. Da waren wir natürlich stolz.«

»Wie sie Babys auf die Welt brachte?«

»Nein, das nicht. Die Line Melschenrieder hat nämlich alle Geburten und die Babys so lustig und manchmal auch ein bisschen deftig beschrieben. In einer Art Tagebuch. Damals hatten die Leute noch Zeit für so was, und sie war ja allein. Hatte keine Familie. Und es gab keine anderen Ablenkungen, vor allem im Winter. Die Line hat auch immer mal gerne ein, zwei Weinle getrunken. Saß wie ein Mann in der Wirtschaft, wurde berichtet. Nun, sie stammte aus einer Winzerfamilie.«

Ich wagte kaum zu atmen, um dieses unerwartete Glück nicht zu verscheuchen.

»Und wo sind diese lustigen Beschreibungen über die Geburten?«
»Bei unserem Pfarrer im Pfarrhaus da vorne. Der besitzt ein kleines Ortsarchiv.«

Man soll es nicht übertreiben mit dem Glück.
Der Pfarrer war nicht da. Er war gegangen, um eine Beerdigung zu besprechen, berichtete mir eine mürrisch aussehende Frau, die gerade mit zusammengekniffenen Augen Kräuter aus einem Topf herausrupfte. In einer halben Stunde sei er zurück. Nein, im Garten könne ich nicht warten, wenn man das anfinge, sei bald der Garten voll mit Hungerleidern.
Vielen Dank für das Gespräch!
Also trollte ich mich, fuhr nach Kappelrodeck und trank einen Kaffee in dem reizenden, am Waldrand gelegenen Zuckerbergschlösschen. Es wirkte wie aus einer anderen Welt mit seinen Tischen und Stühlen auf Kies, umgeben von herrlichen Büschen. Ein Paradies war diese Gegend. Kein Wunder, dass Clara hier Urlaub gemacht hatte. Und wie passend, dass das Baby gerade hier, weit weg von Karlsruhe, zur Welt gekommen war. Allzu passend?

Der Pfarrer, ein kleiner Mann mit verfrühter Glatze und schlechtgelauntem Gesicht, verspätete sich um zehn Minuten und ließ mich dann ergeben in sein Arbeitszimmer eintreten.
»Die Tagebücher unserer Hebamme Melschenrieder? Na ja, also eigentlich zeigen wir die immer nur an den Heimattagen und am Tag des Offenen Denkmals. Und nicht grade jedermann. Dann hätte ich viel zu tun.«
Hungerleider und Jedermann. Also, der Pfarrer und seine Assistentin verdienten einander wahrhaftig.
Ich lächelte bescheiden und gab mich als Ahnenforscherin zu erkennen. Auch das beeindruckte ihn wenig.

»Ich denke, das ist eine christliche Aufgabe«, heuchelte ich, »die Familie und deren Ursprünge zu ehren. Gerade heutzutage. Bei den vielen Kirchenaustritten. Da tut es gut, um die religiösen Traditionen der eigenen Familie zu wissen. Ich glaube, der Bischof hat so etwas erwähnt, als ich ihn kürzlich bei Freunden kennenlernte.« Frommer Blick. Plump, aber wirksam.
Der Pfarrer war nicht dumm. Er musterte mich misstrauisch.
»Na, wenn Sie meinen. Also gut, aber eigentlich ...«
Er stand auf und verschwand. Ich hörte ihn eine Treppe hinaufklettern. Eine Tür ging auf und wieder zu und irgendwann vernahm ich ein leises Stöhnen, als er die Treppe wieder hinunterstieg. Mit einem dicken schwarzen Buch, einer Art Kladde, kam er schwer atmend wieder herein und wischte sich den Schweiß von der kahlen Stirn.
»Wann war das? 1921. Im Mai. Mal sehen. Das ist übrigens eine Kopie der Tagebücher und die Namen haben wir geschwärzt. Datenschutz.«
Ich wartete. Er blätterte.
»Hier, am 26. Mai schreibt sie: *Da war die Gusti Hölzle bei mir. Die Tochter vom krummen Hölzle. Das war traurig. Eine Totgeburt. Aber sie hat ja schon einen festen Buben.* Und hier: *Eine feine, hübsche blonde Frau aus der Residenzstadt Karlsruhe kriegt ihr Kind mit allerlei Geheul und mit den allfälligen Geständnissen, so wie die Mägde auch, die im Sommer zu spät noch tanzen gingen und jetzt sitzen sie da. Sommerfrischlerin, sagt sie, dass sie sei. Aber wir haben noch gar keinen richtigen Sommer. Das Kind kommt schön brav, wann es kommen soll. Ein Bub. Robert soll er heißen. Und war die Madame froh, wie sie den Kleinen gesehen hat. Beinahe wie weiß! Sie hat mir während der Wehen von der schlimmen Sache da drüben erzählt, sie hat gezittert, und ich hab ihr gesagt, dass es sein kann oder auch nicht. Man hat da schon Wunder*

erlebt. Wie bei den Katzen. Gleiche Eltern, doch jede sieht anders aus. Die hat dann geweint vor Freude. Aber eine wie ich sagt nichts. Oh, wenn ich alles sagen würde! Auch aus dem Nachbarort die Lehrerstochter Marianne ... Also wenn der Herr Lehrer wüsste, wer da im Revier gewildert hat! Auch in der Woche geboren, die Tochter von der Klausenwirtin, die Nicole heißen soll ... Ist das ein christlicher Name? Im Guten Buch sucht man ihn vergebens.«

Ich starrte auf die schwarze Kladde. Mein Verdacht hatte sich bestätigt. *Beinahe wie weiß.*

****

Eigentlich wollte ich gleich wieder nach Hause fahren, doch dann ballte sich über den Vogesen auf der anderen Rheinseite ein ungeheures Gewitter zusammen. Schwarze Schwaden zogen von Frankreich über das Rheintal, scherten sich nicht um Landesgrenzen, und ein kalter Wind begann, die Schwarzwaldseligkeit ins Wanken zu bringen. Die Bäume wiegten sich fast aggressiv in einem wilden Tanz, und erste Blätter rissen sich von den Bäumen los. Ich übernachtete sicherheitshalber in dem kleinen Dorf in einer Pension mit Butzenscheiben und Holzdecken. Es gab niemanden, der zu Hause auf mich wartete. Kurz dachte ich an Holger, den wortarmen Biologen, der mir die Fahrradreifen aufpumpte. Ob er es wohl bemerkte, wenn ich nicht nach Hause kam?
Eine Stunde später. Das Gewitter war weitergezogen, entlud seine Gewalt jetzt vielleicht über Baden-Baden und scheuchte die Flaneure vor dem Kurhaus zurück in die Restaurants oder ins Casino. Hier aber, in den Weinbergen, sangen jetzt rasch wieder die Grillen. Pfeilschnell umkreisten schemenhafte Fledermäuse einen Schuppen hinter dem Gasthof, als sei nichts gewesen. Aus dem Grün

duftete es feucht und süß. Ich dachte an Peter Maffay und seine Ballade von der ersten Liebe eines jungen Mannes zu einer wesentlich älteren Frau: »Und es war Sommer.« Ich hatte das Lied immer gemocht, denn die Liebe, von der er sang, entsprach nicht der Norm.
In mir begann sich die Wahrheit zu formen. Zwei Gläser Wein und viel Zeit brauchte ich noch, um alles zu verstehen. Ich versetzte mich in Clara Heym hinein. Ein intelligentes, wissbegieriges Mädchen aus guter Familie. Eine junge Frau ohne Vorurteile und ein Aufenthalt im Ausland. Ein warmer August. Und ein böses Erwachen im Oktober ... Ich sah noch einmal den alten Stadtplan vor mir, den der unfreundliche Elsässer vor uns ausgebreitet hatte. Eine Seitenstraße des Boulevard St. Germain, Varietés, Restaurants, ein Spielplatz, ein Schwimmbad. Die senegalesische Vertretung, die sich einen Gartenzugang mit dem Institut teilte. Und es war Sommer ...
Neue Welten hatten sich für Clara aus Karlsruhe aufgetan, und neue Erfahrungen warteten auf sie. Lange Großstadtabende und eine fremde Leidenschaft ohne Grenzen. Vielleicht auch einfach nur Sex, der ihr durch die Konventionen zu Hause verwehrt war. Doch warum nicht hier und jetzt unbekannte Freuden entdecken? Clara hatte ganz normale Bedürfnisse gehabt, und sie hatte sie ausgelebt, weit weg von zu Hause und befreit von der Aufsicht der badischen Provinz.
Möglicherweise war der junge Mann, wenn es ihn überhaupt gegeben hatte, relativ hellhäutig gewesen. Senegal war eine französische Kolonie gewesen, es mochte Beziehungen zwischen Franzosen und Senegalesinnen gegeben haben. Vielleicht war er aber auch ein einfühlsamer, afroamerikanischer Jazzmusiker aus Georgia gewesen, der in Paris aufgetreten war. Oder ein kreolischer Künstler von der Insel Réunion. Wir würden das niemals erfahren. Und es war Sommer ...

Wie auch immer. Clara Heym war höchstwahrscheinlich schwanger nach Karlsruhe zurückgekehrt. Schwanger von einem jungen Mann, den sie nicht genauer kannte, der nur eine Affäre gewesen war, und sie musste fürchten, ihr Kind werde schwarz auf die Welt kommen oder zumindest als Mischling zu erkennen sein. Kein reines Vergnügen heute und ganz bestimmt keines in jenen Jahren. Sie hatte geheiratet, und dass dann viel schneller als nach Ablauf von neun Monaten ein Baby erschien, war kein wirkliches Problem gewesen. Die Zwanzigerjahre waren vergleichsweise tolerant und freizügig gewesen. Die Musik und die berühmten Bananen! Josephine Baker kam mir als unauslöschliches Bild jener Jahre in den Sinn.

Ja, die Zwanziger… Aber was kam dann? Das furchtbare rassistische Hitlerdeutschland mit Schrecken und Vernichtung. Es hatte zwar meines Wissens keine systematischen Vernichtungslager für farbige Menschen gegeben, denn Hitler hatte den perfiden Plan gehabt, Afrika zu unterjochen, und dann hätte er ein paar Mittelsmänner auf dem schwarzen Kontinent gebraucht. Aber ganz bestimmt war ihnen der Weg in gehobene, verantwortungsvolle Positionen nicht möglich gewesen und schon gar nicht mehr, nachdem sich im Verlauf des Krieges die afrikanischen Träume der Nazis in Luft aufgelöst hatten.

Und ein solches Kind als Spross einer wohlsituierten, badischen Familie. Der Vater an einem christlichen, konservativ denkenden Krankenhaus, der Sohn selbst ein Medizinstudent, von dem bekannt wurde, dass er afrikanischer Herkunft war, auch wenn man es vielleicht nicht sofort sah. Das war durchaus eine reale Bedrohung für die Familie gewesen. Und *ein* Mensch hatte von Roberts Herkunft gewusst: Luise von Gleiburg, verheiratete Reichberg.

DREIZEHN

Am anderen Morgen konnte ich nicht schnell genug nach Hause fahren. Ich musste mit jemandem reden, aber dieser Jemand durfte keinesfalls Felicitas sein. Also rief ich Daniel an.

Er war sofort bereit, mich zu treffen. Im Hintergrund hörte ich eine Dusche und leichte Schritte auf dem Boden tapsen. Eine kurze Welle der Eifersucht spülte mich an. Maren, ganz ruhig! Männer sind für dich kein Thema mehr. Und er hat niemals behauptet, er lebe wie ein Mönch.

Eine Stunde später saßen wir einander im Café am Ludwigsplatz gegenüber. Im Sommer ein Platz wie an der Riviera, nur ohne Meer. Ich rührte in meinem Kakao.

Daniel hatte mich lächelnd beobachtet.

»Und? Alles geklärt, Frau Detektivin?«

Heerscharen von jungen Mädchen mit den braunen Primark-Tüten zogen an uns vorbei. Ich dachte an meine Kelly und wurde noch trauriger.

»Vielleicht. Ich unterbreite dir jetzt meine Theorie: Luise von Gleiburg, später verheiratete Reichberg, hat die Familie Mänzer erpresst. Nein, falsch, eigentlich nicht die gesamte Familie Mänzer. Robert Mänzer war ja noch ein junger Mann, der nichts wusste.«

Daniel zog die Augenbrauen hoch.

»Ziel der Erpressung war das Ehepaar Clara und Alfred Mänzer. Luise hat die Herausgabe von Bildern und Kunstgegenständen erwirkt, welche Clara und Alfred Mänzer von Claras Eltern, den wohlhabenden Heyms, geerbt hatten. Manches mag sogar bereits Claras Mutter von ihren eigenen Eltern, der Speditionsfamilie Debertin, erhalten haben. Bedeutende Kunstsammlungen baut man nicht in einer Generation auf.«

Daniel nickte zustimmend.
»1932 ging beispielsweise der Teniers in den Besitz der Tochter Clara über. Bei der Gelegenheit wurde dann auch die Expertise bestellt.«
»Unglaublich. Erpressung! Die beiden Damen waren doch langjährige Freundinnen.«
»Ach, Daniel, das zählte damals nicht mehr. Die Reichbergs brauchten dringend Geld für ihren Lebensstil und da kam ihnen das Geheimnis um Robert gerade recht.«
»Geheimnis?«
»Ja.« Und nun entwarf ich vor Daniel das Puzzle, das ich in Gedanken bereits zusammengesetzt hatte: »Clara war im August 1920 für einen Monat in Paris und hat sich in einen dunkelhäutigen Mann verliebt. Wo und wie werden wir vielleicht nie erfahren. Auch nicht, wer er war. Sie hatte wenig Ahnung von Sex und von Verhütung wie in ihrer Zeit bei Mädchen aus der besseren Gesellschaft üblich. Anfang September war sie dann wieder in Karlsruhe und etwa im Oktober merkte sie, dass sie schwanger war, und natürlich hatte sie Angst, das Kind sei farbig. Sie hat sich Luise anvertraut. Dann wurde sie schnell noch im November mit ihrem Verlobten Alfred Mänzer verheiratet. Die Mama von Frau Süß hat vor der Hochzeit aber bemerkt, dass sie auffallend zugenommen hatte. Dennoch, es wurde geheiratet. Das Kind, offiziell Alfreds Kind, kam einiges zu früh im Mai im abgelegenen Kappelrodeck zur Welt, wurde Robert genannt und war so gut wie weiß. Clara hatte also aus ihrer Sicht Glück gehabt, so seltsam das heute klingt. Doch ihr Geheimnis war nicht sicher.«
Wie es seine Art war, hörte er ruhig zu. Am Ende sagte er nur gelassen: »Maren, deine Geschichte klingt gut, aber sie ist reine Spekulation und irgendwie ist das auch ein längst vergessenes Thema. Niemand würde heute etwas dabei finden. Hast du gesehen, wie bunt die Gesellschaft in Paris ist?«

»Ja, wunderbar bunt, aber eben heute!« Mein Ton war ungeduldig und böse geworden.
Er sah mich erstaunt an. Männer wie er konnten nicht mit wütenden Frauen umgehen.
»Aber damals, unter Hitler? Ich weiß, dass er Schwarze als Untermenschen sah, obwohl er sie nicht allesamt umbringen ließ, weil er hoffte, Afrika kolonialisieren zu können, und da brauchte er Dolmetscher. Wie pervers war das denn! Aber gegen Ende des Krieges gerieten dunkelhäutige Menschen und Mischlinge immer mehr unter Druck. In der feinen Gesellschaft waren sie keinesfalls geduldet und lebten im Grunde in ständiger Angst vor Deportation und Verfolgung. Roberts Herkunft könnte tatsächlich ein hässlicher Erpressungsgrund gewesen sein.«
Er nickte bedächtig.
»Und die Reichbergs brauchten dauernd Geld. Sie lebten auf großem Fuß, auch wenn die Aufträge nicht so üppig gesät waren! Irgendwie müssen sie es sich mit den Nazis verscherzt und dann wieder lieb Kind gespielt haben. Wolfgang wird in den schmutzigen Deal eingeweiht gewesen sein und sein Lieblingssohn Michael wahrscheinlich auch. Bei Morten, der ja kein gutes Verhältnis zu Vater und älterem Bruder hatte, weiß ich es nicht. So stehen wir vor der grotesken Situation, dass Morten seiner Flamme Diana vermutlich ihr eigenes Bild, also das Bild, das seit Langem ihrer Familie gehörte, zurückgeschenkt hat.«
Daniel schwieg jetzt. Nur seine Hände zitterten ein wenig.
»Auf jeden Fall ist es Zeit, dass Felicitas alles erfährt. Mein Gott, sie ist ausgerechnet in Max Reichberg verliebt. Absurd«, sagte er schließlich.
Ich blickte an den Nachbartisch. Ein arabisches Mädchen mit Kopftuch ließ sich umgeben von Tüten und Taschen nieder. Sie sah sehr hübsch aus.

»Für unsere Weltoffenheit müssen wir kämpfen!«
»Jeder auf seine Weise«, grinste er spitzbübisch. »In meinem Damenquartett befindet sich zum Beispiel zurzeit eine reizende Japanerin!«
»Quartett?«
»Vorsatz: Immer nur vier zur selben Zeit! Sonst kommt man durcheinander.«
Ich lachte den kleinen Stich weg, den mir seine Worte versetzten. Ein Stich, der nicht da sein durfte.
»Du hast recht. Wir müssen mit Felicitas sprechen.«
Er spitzte die Lippen.
»Wird vielleicht nicht ganz so einfach. Wer macht es? Du?«
Ich stellte mir vor, wie ich bei einer Telefonseelsorgerin anrief: *Also, ich habe eine recht gute Freundin. Und ich muss ihr heute sagen, dass sie nicht nur Verwandtschaft im Murgtal und in Offenburg oder Mannheim hat, sondern vielleicht auch im Senegal. Oder in der Karibik. Eine Überraschung? Wie bitte? Nein. Sie hat überhaupt keine Ahnung.* Ich seufzte.
»Und wie macht man so etwas am besten?«
Daniel setzte sich auf.
»Ich weiß es nicht, aber ich schicke dir heute Abend eine Mail mit einem Text zum Thema im Anhang, der mir gut gefällt. Druck ihn aus und nimm ihn mit. Sie wird ihn verstehen.«

****

Das Problem bei Felicitas war zunächst einmal, ihrer überhaupt habhaft zu werden. Meistens zwitscherte mir der Anrufbeantworter glücklich ins Ohr, dass seine Herrin unterwegs sei. Doch nach zwei Tagen Zwitschern rief sie mich zurück.
»Felicitas, können wir uns mal treffen?«

»Gerne. Komm doch zu mir nach Hause. Abends erwarte ich Max, wir wollen auf dem Balkon grillen. Er macht eine wunderbare Grillsauce aus Chili und Sahne und ...«
Ich war überzeugt, dass Max Reichberg eine gute Grillsauce machte. Alles, was er tat, war in Felicitas' Augen wunderbar. Bis jetzt.
»Könnten wir uns eine ganze Weile vor diesem Ereignis treffen, denn ich würde gerne etwas mit dir allein besprechen? Wirklich, Max Reichberg wäre nicht der richtige Teilnehmer an diesem Gespräch. Glaub mir.«
»Wenn du meinst! Also gut, dann komm zum Tee. Sagen wir vier Uhr. Ist es denn so wichtig? Geht es wieder um das Bild? Ach, kannst du das nicht endlich vergessen?! Ich werde es noch verschenken, wenn du so weitermachst.«
Das fehlte noch!
»Warte noch ein Weilchen damit. Ich komme um vier.«

Am Abend landete der Text, den mir Daniel versprochen hatte, in meinem E-Mail-Postfach und ich dachte, dass er doch ein netter Mensch sei. Die Textstelle stammte aus »Des Teufels General« von Carl Zuckmayer und handelte von deutschen Menschen am Rhein und die Absurdität der Ariernachweise:

Da war ein römischer Feldhauptmann, ein schwarzer Kerl, braun wie ne reife Olive, der hat einem blonden Mädchen Latein beigebracht. Und dann kam ein jüdischer Gewürzhändler in die Familie, der war ein ernster Mensch, der ist noch vor der Heirat Christ geworden und hat die katholische Haustradition begründet. Und dann kam ein griechischer Arzt hinzu, oder ein keltischer Legionär, ein Graubündner Landsknecht, ein schwedischer Reiter, ein Soldat vom Elsass, ein dicker Schiffer aus Holland, ein Magyar, ein Pandur, ein Offizier aus Wien, ein französischer Schauspieler, ein böhmischer Musikant – das alles hat am Rhein gelebt, gerauft, gesoffen und gesungen und Kinder gezeugt – und der Goethe, der kam aus demselben Topf, und der Beethoven, und der Gutenberg und der Matthias Grünwald und ... Es waren die Besten. Und warum? Weil sich Völker dort vermischt haben. Das ist der natürliche Adel. Das ist »Rasse«.

»Danke, Daniel«, murmelte ich in mich hinein. »Sie wird von diesem Text begeistert sein!«

****

Als ich läutete, schwebte Felicitas zart wie immer heran und öffnete die Tür. Ihre blonden Locken glänzten in der Nachmittagssonne und mit ihrer Porzellanhaut wäre sie ein Traum für meinen Biologennachbarn Holger und den alten Mendel gewesen.
Ich folgte ihr den vertrauten Weg ins Esszimmer. Pfötchen machte mir widerwillig auf dem Stuhl Platz. Sie hatte den Teetisch bereits fein und very british gedeckt. Die duftenden, noch warmen Scones hatte sie offenbar selbst gebacken, kleine Gurkensandwiches lagen sauber angeordnet neben Pumpernickel mit Frischkäse.
»Es ist nett, dass wir uns wiedersehen, Maren.« Klassische Eröffnung. »Ich hoffe, es geht dir gut. Du siehst jedenfalls wohlauf aus.«
»Ja, danke.«
»Nicht mehr so blass! Richtig kregel.«
Ich lächelte ein verkrampftes Lächeln.
»Felicitas, du hast ja in den letzten Tagen wenig Zeit gehabt, aber ich habe tatsächlich noch ein wenig weiter geforscht und einiges Interessantes herausgefunden.«
Felicitas war zu höflich, um die Augen zu verdrehen. Doch sie schnippte ungeduldig mit ihrem sorgfältig manikürten Zeigefinger an die Teetasse.

»Du darfst jetzt nicht erschrecken und nach meinen Erkenntnissen ist es weder sicher noch werden wir es jemals mit Gewissheit wissen, aber es könnte sein, dass dein Urgroßvater nicht dein biologischer Urgroßvater war.«
Das nahm sie noch mit Humor. Zog die Brauen hoch.
»Alfred Mänzer? Nicht? Huch. Ein Skandal?« Das klang ironisch. Felicitas steckte sich zierlich einen Scone in den Mund und kaute so genießerisch, als küsste sie ihren Max. Ich musterte sie mit leichter Abscheu. So frisch Verliebte sind manchmal wirklich eine Plage.
Amüsiert deutete sie auf mich: »Nun, Maren, es freut mich, dass du dich so mit meiner Familiengeschichte beschäftigst und das auch noch unentgeltlich, aber weißt du, was vor hundert Jahren passiert ist, zählt heute nicht. Ich habe den Mann nicht gekannt. Also dann war es eben nicht Alfred Mänzer, sondern ein anderer. Es ist zwar nicht schön, da wir ja dann eigentlich gar nicht Mänzer heißen dürften, sondern ...« Sie sah mich frisch erwachtem Interesse an. »Sondern wie eigentlich?«
»Keine Ahnung. Es könnte ein recht, sagen wir, ungewöhnlicher Name sein.«
Nun griff ich doch in meine Tasche und holte es heraus. Das passende Buch zum Gespräch, nämlich die Familiengeschichte »Eine preußische Liebesheirat«. Das Werk, auf dem eine weiße Biedermeierdame abgebildet war, die sich an einen rabenschwarzen Mann schmiegte, schlummerte schon lange in meinem Bücherschrank. Ich hatte es vor Jahren einmal kurz angelesen, weil hinten ein Stammbaum abgedruckt war und solche Geschichten für mich immer interessant waren. Es ging um einen Afrikaner, der als Höfling an den preußischen Hof verpflanzt worden war und dann seinen Weg bis mitten in die feine Gesellschaft gefunden und sogar ein preußisches Fräulein geheiratet hatte. Ein Autorenteam hatte der Geschichte der Familie nachgespürt.

Ich klappte die letzte Seite des Buches so auf, dass sie das Titelbild nicht sehen konnte.
»Schau mal, diese Frau. Fällt dir an ihr etwas auf?«
Felicitas beäugte das Foto. Eine dunkelblonde Frau, eine Wissenschaftlerin, wie der Text unter dem Bild besagte, beugte sich über ein Schriftstück. Sie mochte etwa in unserem Alter sein.
»Nein. Eine ganz normale sympathische Frau. Ich wollte mich aber eigentlich mit dir unterhalten und kein Rätselraten spielen.«
Okay, Maren, jetzt mal los.
»Reg dich nicht auf. Die Frau auf dem Bild erfährt gerade eben, dass ihr Ahne, ihr Ururgroßvater, aus Afrika stammt.«
Dumm war sie nicht, meine Freundin. In Windeseile verknüpften sich bei ihr Synapsen.
»Was willst du damit sagen? Mein Uropa kam nicht aus Rastatt oder Mannheim, sondern aus Afrika?«
»Ich könnte es mir vorstellen. Es ist zumindest eine Option.«
Felicitas lachte ein etwas tönernes Lachen.
»Nun, das ist absurd. Ich sehe doch ganz normal aus.«
»Hui. Höre ich da ein bisschen Rassismus heraus? Und was ist denn ›normal‹? Aber die Frau hier in dem Buch sieht auch aus wie wir. Und selbst wenn du anders wärest … Heutzutage ist das doch egal. Diese Dinge zählen glücklicherweise nicht mehr.«
Sie starrte mich an.
»Bei dir vielleicht. Ich will aber das sein, was ich immer war. Wie kommst du überhaupt auf diesen abseitigen Gedanken? Meine Uri Clara war vielleicht nicht mehr so gut gestellt wie ihre Vorfahren im 19. Jahrhundert, aber sie verkehrte immer noch in erstklassigen Kreisen. Da gab es keine … nun, keine solchen Leute. Frag doch diese Schneiderin.«

Ich seufzte: »Eben. Die hab ich schon gefragt. Solche Leute gab es vielleicht nicht in Karlsruhe. Aber in Paris. Und außerdem sind wir alle von irgendwoher. Hier, lies das doch mal.« Ich schob ihr den Text von Zuckmayer hin.
Sie studierte ihn ohne erkennbare Emotion. Dann legte sie ihn sacht zurück.
»Felicitas, darf ich dir berichten, wie ich überhaupt draufkomme?«
»Ich weiß es nicht.«
Der Schock war ihr ins Gesicht geschrieben.
»Also, ich vermute, dass Morten Reichberg deiner Tante Diana damals ihr eigenes Gemälde zurückgeschenkt hat. Wahrscheinlich unwissend.«
»Was? Jetzt fängst du wieder mit diesem Bild an.«
»Leider ja. Das Kunstwerk stammt wohl – wie auch die Plastik – aus dem Besitz deiner Ururgroßeltern, den Heyms. Sie waren ursprünglich wohlhabend, kultiviert und besaßen etliche Kunstschätze, die sie an ihre Tochter Clara vererbten. Gewiss hat sie das eine oder andere auch von zu Hause mitgebracht. Ich vermute stark, dass die Heyms den Abraham Teniers aus Freude über die Verlobung ihrer einzigen Tochter im Jahr 1920 für sich selbst angeschafft haben. Wegen des passenden Titels ›Der Antrag‹.«
»Was? Das Bild … Mein Bild?«
»Ja. Als Claras Mutter, Alberta Heym, geborene Debertin, starb, ging es endgültig in Claras Besitz über. Da wurde auch die Expertise angefertigt. Es gehört also sozusagen doppelt dir. Du dachtest, deine Vorfahren hätten alles in den Kriegen verloren, doch so war es nicht.«
Dann berichtete ich ihr von unseren Recherchen in Paris: »Es ging dort seinerzeit freizügig zu. Die Mädchen durften abends allein ausgehen, und in dem Viertel befand sich eine Musikkneipe mit ziemlich buntem Publikum. Nebenan war die Landesvertretung des Senegal und die Schule teilte sich einen Garten mit ihr. Der Boulevard St. Germain

war nur ein paar Schritte entfernt. Clara war ein schönes, weltoffenes Mädchen. Es war ein warmer August in einer prickelnden Stadt.«
Felicitas starrte mich an.
»Du musst verrückt sein. Du konstruierst so etwas aus der geografischen Lage einer Schule heraus. Lachhaft. Ich glaube das nicht. Das ist reine Vermutung und wie ein Film. Ein schlechter Film.« Kleine Pause. Dann empört: »Du meinst, meine Uri Clara hat mit einem ... Dunkelhäutigen geschlafen?«
»Warum nicht? Sie war jung, endlich mal weg von zu Hause, und ihre Sexualität erwachte gerade. Meine Güte, es ist doch keine Tragödie.«
»Ich glaube das nicht. Von uns war doch keiner ... schwarz. Nicht mal braun.«
»Das kommt sehr häufig vor, aber darüber reden wir später. Denk doch logisch: Es muss seinerzeit ein starkes Motiv gegeben haben, damit Luise von Gleiburg ihre engste Freundin Clara erpressen konnte. Und *das*, also eine farbige Herkunft, wäre im Hitlerdeutschland ein wunderbares Motiv gewesen. Vielleicht nicht das KZ, aber ein sicheres Ende der Karriere und ein gesellschaftlicher Skandal wären die Folge der Enthüllung gewesen. Studierverbot für Robert auf jeden Fall. Und er wollte unbedingt Arzt werden. Es war sein Traum.«
»Ich glaub dir kein Wort! Du hast keine Beweise.«
Ich schwieg. Da hatte sie recht.
Felicitas stand auf.
»Ich brauch jetzt einen Schnaps.«
»Du?«, fragte ich erstaunt. Außer Sherry hatte ich meine Freundin kaum jemals Alkohol trinken sehen.
Sie suchte in ihrem schönen Biedermeierschrank nach einem Schnapsglas, fand natürlich keines und stellte schließlich eine Flasche Mirabellenlikör sowie ein kleines Weinglas vor sich auf den Tisch.

»Ja, trinken Schwarze nicht immer viel zu viel?«
Es war für sie bestimmt nicht lustig, aber trotzdem unterdrückte ich mühsam ein Schmunzeln.
»Du bist doch nicht schwarz. Heutzutage sind diese ganzen Schubladen lachhaft. Sieh dich um in unserem Karlsruhe von heute. Alles bunt. Und das mit dem Trinken ist ein Vorurteil. Gib mir auch einen, bitte. Ich trinke nämlich auch gerne.«
Felicitas schenkte sich großzügig ein und ignorierte meine Bitte.
»Weiter mit deinem Märchen!«
»Die Reichbergs wiederum, so haben wir von verschiedenen Quellen gehört, lebten nur zu gerne auf großem Fuß. Und wir haben gelesen, dass Wolfgang Reichberg ab 1942 die Aufträge als Architekt und Stadtplaner ein wenig wegbrachen. Da kamen ein paar Kunstwerke, die man in der Schweiz verhökern oder vielleicht auch Nazi-Größen wie dem Kreis um den gierigen und dekadenten Göring verkaufen konnte, ganz gelegen.«
»Das würde also wirklich bedeuten, dass Morten meiner Tante Diana ihr eigenes Bild geschenkt hätte.«
»Ja. Was sehr dafür spricht, dass er nichts von der Erpressung wusste. Zumindest nicht, als er ihr das Bild in der Hoffnung auf eine Liebesaffäre geschenkt hat. Diana hat jedenfalls die merkwürdige Uhr darauf entdeckt. Warum auch immer sie ihr auffiel, wissen wir nicht. Wir haben aber gehört, dass sie sehr gründlich war und ein scharfes Auge für Gestaltung und Zeichnung hatte.«
»Meine Güte! Ich hätte dir gar nichts von meiner Familie erzählen sollen.« Sie schenkte sich nach.
»Nicht zu viel trinken! Ich muss nachdenken.«
»Der Mensch denkt, Gott lenkt!«, gluckste Felicitas.
Ich nahm ihr die Flasche aus der Hand.
»Du denkst nicht, Maren, du denkst dir was aus. So warst du immer schon!«

Ich beachtete sie nicht, obwohl Betrunkene ja bekanntlich die Wahrheit sprechen.
»Also, nehmen wir an, sie hat den Fehler im Gemälde bemerkt. Möglicherweise hat sie Morten auf die Uhr angesprochen. Sie könnte aber auch direkt zu seinem Bruder gegangen sein, der sich wie das Oberhaupt der Familie aufführte. Schließlich, das hat sie von Morten gewusst, stammte das Bild aus dem Familienbesitz der Reichbergs. Ich stelle mir die Szene vor. ›Was habt ihr denn für komische Bilder in eurer Familie?‹, hat sie ihn gefragt, forsch wie sie war. Michael wurde unsicher. Was weiß sie? Prüft sie jetzt Sachen nach? Kannte sie das Bild von einem Foto? Gibt es noch alte Unterlagen? Michael entscheidet für die Familienehre. Er spricht mit Diana, sagt ihr vielleicht sogar seine Version der Wahrheit, eventuell trifft er sie ein paar Mal, denkt daran, dass unter ihren Verehrern auch ein Michael war. Und er bietet ihr das, was sie am sehnlichsten wünscht: Eine berufliche Möglichkeit in New York. Vielleicht auch nur unter dem Vorwand, dass er die Beziehung zu Morten nicht gut heißt. Kurz darauf ist deine Tante jedenfalls nach Amerika ausgewandert und hat hier die Brücken fast vollständig abgebrochen. Man hat nicht mehr viel von ihr gehört. Dies würde auch Mortens Traurigkeit erklären.«
»Glaubst du an all das?« Felicitas bohrte ihren Blick in mein Gesicht. Ich spürte es fast körperlich.
»Ich weiß es nicht«, antwortete ich. »Wie kann man Gefühle beweisen? Drohungen? Hoffnungen, die viele Jahre zurückliegen? Was hat Diana gewusst?«
Einen Moment lang schwiegen wir.
»Und wenn sie die Brücken gar nicht freiwillig abgebrochen hat?«, sagte Felicitas nun ungläubig und unter dem Einfluss eines weiteren Schlückchens. »Wir haben sie nie wiedergesehen. Nur Briefe von ihr bekommen. So etwas könnte man arrangieren.«

»Du meinst, man hat sie ermordet?«
Felicitas zuckte mit den Schultern. In ihrer Hand zitterte noch immer ein angebissenes Gurkensandwich. Jetzt legte sie es so steif wie ein Roboter zurück auf die Platte. Das hätte sie unter normalen Umständen niemals getan.
»Warum nicht?«
»Felicitas, sie hat nicht nur Briefe geschrieben. Angeblich hat sie auch angerufen.«
Felicitas versuchte aufzustehen. Es misslang.
»Maren, das klingt wie ein Kriminalroman. Und ich? Ich meine, ich bin doch noch die Felicitas wie immer, oder?«
Ich legte eine Hand auf ihr Knie.
»Natürlich. Es ist alles so lange her. Wir reden von deinem Ururgroßvater und leben in 2017. Aber damals waren die Verhältnisse andere.«
Sie raufte sich das Haar. Es stand ihr gut.
»Ich habe … Ich habe niemals … an so etwas gedacht. Und Max? Mein Gott, Max!«
Das hatte ja kommen müssen. Erst jetzt wurde ihr die Tragweite klar.
Beruhigend sagte ich: »Felicitas, ich denke, wir sollten mit Morten sprechen. Er ist der Schlüssel zu allem. Ich hoffe, wir werden jemals erfahren, was er wusste.«
»Um Himmels Willen. Max! Er ist ein Reichberg. Ich kann ihn bis auf Weiteres nicht wiedersehen. Ich sage unser Treffen ab. Aber was du da redest, ist alles sowieso Unsinn. Du bist krank. Vermutlich wahnsinnig.«
Ich legte Felicitas die Hand auf den Arm.
»Beruhige dich erst einmal. Ich rufe dich heute Abend an und wir besprechen die weiteren Schritte. Vielleicht ist es wirklich gut, du sagst ihm erst einmal ab. Nicht, dass du noch eine junge Beziehung zerstörst.«
»Was gibt es da noch zu zerstören? Seine Familie hat meine erpresst. Er hat es gewusst oder auch nicht. Wenn das alles überhaupt stimmt.« Jetzt fing sie an zu schluchzen.

Ich brachte meine Tasse zurück in die ordentliche Küche, spülte sie aus und hängte sie an ihren Haken. Als ich ging, stand meine Freundin vor dem Spiegel. Und ich sah sie sonnig lächeln.
»Ein bisschen kraus sind sie ja doch, meine Haare, nicht wahr? Ich muss mir ein Glätteisen besorgen.«

****

Zu Hause fand ich Holger auf den Treppenstufen vor. Er las einen mehrseitigen Brief. Mein Postkasten war hingegen erstaunlich leer. Er blickte zu mir hoch.
»Sie sehen aufgeregt und erschöpft aus.«
Ich nahm neben ihm auf dem kalten Stein der Treppe Platz.
»Ich habe gerade einer Freundin eine – na sagen wir – interessante Nachricht mitgeteilt. Ist es eigentlich theoretisch möglich, dass ein Dunkelhäutiger und eine Weiße ein Baby miteinander haben, das nahezu weiß ist?«
Er sah mich aufmerksam an.
»Seltsame Frage. Sie sind aber nicht bei irgendeiner komischen Partei, oder?«
»Nein. Wirklich nicht. Es hat etwas mit meinen Recherchen zu tun.«
»Na gut. Es ist möglich. Es gibt Zwillingspärchen, bei dem der eine schwarz und der andere weiß ist. Ich kenne einen Kollegen, er ist wirklich ein sehr dunkelhäutiger Mann aus Ghana und hat eine Frau aus Muggensturm geheiratet. Deren Tochter ist weiß mit dunkelblonden Spaghettihaaren!«
»Unglaublich!«
»Nicht so ungewöhnlich, wie Sie denken. Ich hatte es Ihnen ja erläutert und will sie jetzt nicht mit komplizierten Buchstabenkombinationen verwirren. Manchmal werden eben Generationen übersprungen und es meldet

sich eine andere genetische Information zu Wort. Er hatte vielleicht hellhäutige Vorfahren und bei dem Kind hat sich das durchgesetzt. Zwar hat Mendel festgestellt, dass der dunklere Farbstoff dominant ist, aber das muss nicht sein. Die Natur hat eigene Gesetze und außerdem kommt es immer auf die Vorfahren an. Selbst zwei Schwarze können theoretisch ein weißes Kind bekommen, wenn die Konstellation der Erbanlagen stimmt.«
Er hatte bedeutungslose Zeichen und Striche auf die Rückseite seines Briefumschlags gekritzelt. Nachdenklich betrachtete ich das Stück Papier. Briefumschläge. Absender? Und das brachte mich auf eine Idee, von der ich noch nicht genau wusste, wohin sie mich führen würde.
Es gab keine New Yorker Adresse von Diana. Aber es müsste trotzdem eine Möglichkeit geben, ihre ehemalige Anschrift ausfindig zu machen. Natürlich war alles lange her in einer Stadt, die niemals schläft und sich dauernd verändert, und doch war es den Versuch wert.
Ich zog mich am Treppengeländer hoch.
»Danke! Jetzt weiß ich, warum ich Biologie in der Schule abgewählt habe.«
Holger schmunzelte: »Sie gehen wirklich interessanten Dingen nach!«
Ich seufzte: »Allerdings. Sie sind noch nicht lange in Karlsruhe, nicht wahr? Ich habe einen zweifelhaften Ruf bei denen, die mich etwas näher kennen. Das hier ist harmlos. Ich hatte schon mit Mord und Totschlag zu tun.«
»Sie machen mir Angst. Und diesmal?«
»Diesmal ist es nur eine Erpressung.«
Dachte ich.

****

In meiner stillen Wohnung nahm ich das Handy und verfasste eine SMS an Theo. Einmal könnte es nun wirklich

von Vorteil sein, dass er nicht wie gewohnt in seinem staubigen Buchladen in der Südstadt hockte, sondern in Amerika.
Für seine Verhältnisse antwortete mir mein gebildeter Freund erstaunlich rasch:

Ich lese zwar gerade und du weißt, da lasse ich mich nicht gern unterbrechen, aber für dich tue ich immer noch fast alles. Ich will es versuchen. Aber es kann ein paar Tage dauern. Hast du eine Ahnung, wie groß diese Stadt ist und wie schlecht mein Englisch?

Natürlich hatte Felicitas bis zum Abend keine Ruhe gefunden. Um acht Uhr erreichte mich ein ratloser Anruf von Daniel: »Ich sitze hier bei einer gut gebauten Mulattin mittleren Alters. Au, Felicitas! Au, nicht das schwere Kissen, das war ein Scherz. Sie möchte, dass du ihr hilfst, sich weiterhin zu betrinken.«

Um neun Uhr traf ich bei Felicitas ein. Daniel öffnete mir die Tür.
»Sie ist nicht gut drauf. Sieh selbst!«
Felicitas saß da und blätterte in einer Zeitschrift, als sei sie nicht von dieser Welt. Pfötchen beobachtete sie interessiert vom Sofa aus.
»Hey!«, ließ meine Freundin lediglich fallen, und: »Prost!«
»Guten Abend, Felicitas!«
»Na, Frau Ahnenforscherin, zufrieden? Hahaha. Aber nichts davon kannst du jemals beweisen. Schwarz?« Sie sprang auf und schubste mich vor ihre bereits sattsam bekannte Fotowand mit ihrer Ahnengalerie. »Keiner von denen hier ist auch nur andeutungsweise schwarz. Gutaussehende Menschen, alles. Angesehene Ärzte! Gut, bisschen dunkel im Abgang, hahaha.«

»Das eine hat mit dem anderen nichts zu tun. Und bitte, du wirst doch nicht zur Rassistin mutieren!«
Felicitas stach mit einem zarten Zeigefinger nach mir. »Du hast dir das alles ausgedacht, um dich an mir zu rächen.« Dann gab sie ein leises Glucksen von sich, gefolgt von einem misstrauischen Blick. »Wer weiß davon?«
Ich dachte an Frau Süß und ihre Andeutungen und an die Nonne im Diakonissenkrankenhaus. Es waren nur kleine Bemerkungen gewesen, die man so oder so verstehen konnte, doch ich wusste aus meiner Arbeit, dass familiäre Geheimnisse die Tendenz hatten, sich irgendwie zu verbreiten. Eine hochgezogene Augenbraue oder ein Aha an der richtigen Stelle konnten genügen. Wir wussten außerdem nicht, wie diskret Luise von Gleiburg wirklich gewesen war.
Achselzuckend ließ ich sie vor ihrer Ahnengalerie herumschwanken und wandte mich an unseren Freund, der irgendwie peinlich berührt wirkte.
»Das hat man davon, wenn man zu selten Alkohol trinkt. Nix gewöhnt. Wir müssen noch einmal mit Morten Reichberg sprechen und du solltest dabei sein. Er muss uns sagen, was sich damals genau abgespielt hat.«
Daniel schüttelte das freundliche Haupt.
»Nein, das ist eure Sache. Ich bin nur der Bilderfachmann. Zu dritt können wir ihm nicht entgegentreten, das ist zuviel. Ich kann aber im Nebenzimmer warten. Falls er euch etwas antut.«
»Warum sollte er?«, fragte Maren. »Er hat Diana ein Bild geschenkt und sie hat ihn möglicherweise auf die Uhr aufmerksam gemacht. Was ihm das bedeutete, wissen wir nicht. Vielleicht war es ihm sogar egal. Echte Kunstsammler sind die Reichbergs sowieso nicht. Es befindet sich kaum noch etwas von echtem, klassischem Wert bei den Leuten. Schau dir doch diese törichte Monnika an.«
»Hm!« Daniel dachte angestrengt nach.

»Felicitas, nehmen wir an, sie haben Bilder von deiner Familie erpresst. Wo sind diese Gemälde heute und haben sie die alle an gierige und dummdreiste Nazis verkauft? Denn weder im Büro noch in der Wohnung ist etwas von Rang.«

»Wir wissen nicht, um wie viele Bilder oder Kunstgegenstände es sich handelte. Und wo sie sind. In Safes verschwunden vielleicht. Es ist, als jagten wir das Karlsruher Bernsteinzimmer«, gab sicht Felicitas ratlos.

»So wie ich die Reichbergs jetzt einschätze, ist es jedenfalls nicht bei ihnen. Bis auf den hässlichen Kerl im Gartenhäuschen. Den wollte offenbar nicht mal Göring«, schloss Daniel die Überlegungen.

VIERZEHN

Am nächsten Tag handelte Felicitas erstaunlich rasch und effizient. Am Telefon klang sie kühl und überlegt, war also wieder nüchtern.

»Ich habe einem gewissen Herrn Max Reichberg abgesagt. Zahnarzttermin. Natürlich erfunden.«

Aua. Und das von Felicitas, die immer ehrlich war, weil Ehrlichkeit für sie Höflichkeit bedeutete.

Noch kühler fügte sie an: »Ein gewisser Herr Morten Reichberg kommt morgen um drei!«

In die Wohnung würde Morten kommen und ich sollte dabei sein. Felicitas hatte nun die Verwaltung ihrer Vergangenheit ebenso effizient und niveauvoll in die Hand genommen wie ihr Leben.

Am Morgen vor dem Treffen rannte ich unruhig durch die Karlsruher Geschäftswelt. Riss T-Shirts von ihren Bügeln. Schnappte eine Bluse, um sie anzuprobieren und wieder irgendwo zerknüllt liegenzulassen. Lief durch den Karstadt mit einer Handtasche über dem Arm, die noch nicht bezahlt war. Immer wieder dachte ich unfreiwillig an Felicitas' beiläufig hingeworfene Bemerkung, ob Diana Mänzer überhaupt jemals nach New York gegangen oder ihr praktischerweise etwas zugestoßen war. Unwahrscheinlich war es nicht. Viele Verbrechen geschehen, weil ein anderes vertuscht werden soll, und die ganze Zeit schon lauerte im Hintergrund meines Bewusstseins die Angst, wir könnten an irgendeinem Punkt dieser Geschichte auf ein Verbrechen stoßen.

Aber nicht jeder Mensch ist eines Mordes fähig. Wir kannten den alleinstehenden Onkel der Familie nicht gut genug, um zu beurteilen, zu welcher Sorte Mensch er gehörte. Gespannt wartete ich auf Theos Antwort aus New York und auf Morten Reichbergs Reaktionen auf Felicitas' Fragen.

Morten erschien jovial, aber ernst wie immer in einem graugrünen Kaschmirpullover und einer perfekt sitzenden steingrauen Jeans. Wenn ihn nicht immer diese unbeschreibbare Traurigkeit umwehen würde, wäre er immer noch ein sehr attraktiver Mann. Erneut fragte ich mich, warum Diana ihn nicht erhört hatte. Trotz der Uhr im Bild und einem unschönen Geheimnis seiner Familie. Im Grunde war sie vielleicht vor der gleichen Entscheidung gestanden wie jetzt viele Jahre später ihre Nichte: Vergesse ich, was meiner Familie angetan wurde? Wenn Diana es überhaupt gewusst hatte.
In der Hand hielt Morten Reichberg etwas altmodisch eine Schachtel Mon Chéri, die Felicitas sehr unhöflich zur Seite schob. Ich begrüßte ihn, er nickte mir eher abweisend zu und Felicitas, ebenfalls ganz gegen ihre Gewohnheit, kam gleich zur Sache. Sie hielt sich nicht damit auf, ihm Tee oder Kaffee anzubieten, obwohl ich wusste, dass sie entsprechende Getränke stets bereithielt. Gefolgt von der wachsamen Katze, führte sie ihn mit ihren fließend graziösen Bewegungen gleich zu dem Gemälde in ihrem Gästezimmer.
»Das ist das Bild, das Sie meiner Tante geschenkt haben: ›Der Antrag und ein Mahl auf dem Lande‹.«
»Ja.« Morten Reichberg wurde ein wenig rot. »Es schien mir zu dem Zeitpunkt ein geeignetes Bild. Ich war sehr an Ihrer Tante interessiert, wie Sie ja wissen.«
»Pech. Und das da ist eine Uhr, die dort nicht hingehört!« Sie deutete auf den hinter Blattwerk fast verborgenen Männerkopf, dessen Arm die weiße Stelle aufwies.
Morten beugte sich vor, sodass seine Nase fast die Leinwand berührte. Dann höchst erstaunt: »Was ist das?«

»Das ist ein Handgelenk und daran die Aussparung von einer Armbanduhr. Und die gab es im 17. Jahrhundert nicht.«
»Wieso denn das? Ist ja eigenartig.« Er wich zurück.
Ich beobachtete ihn scharf, doch ich konnte schwören, dass er die Wahrheit sagte. Der Mann hatte den Fehler in diesem Bild noch niemals gesehen. Diana hatte ihn nicht angesprochen. War sie also tatsächlich gleich zu Reichberg gegangen wie ein Bluthund, der eine Fährte schnupperte?
»Das begreife ich nicht. Wer hat denn dieses Bild so verändert? Ich meine, man sieht es nicht auf den ersten Blick. Auch nicht auf den zweiten, aber trotzdem. Das schmälert ja den Wert.«
»Vermutlich Clara Mänzer, Dianas Großmutter. Wie wir nun wissen, konnte sie gut malen und verfügte über das entsprechende Wissen über Farben und Techniken. Sie konnte überhaupt vieles gut.« Hier räusperte ich mich vielsagend. »Ihr und ihrer Familie sind diese Bilder offenbar abgepresst worden. Und zwar höchstwahrscheinlich von Ihren Leuten. Den Reichbergs.«
Morten wurde blass.
»Um Himmels willen, was? Davon hatte ich wirklich keine Ahnung! Das mit der Uhr sehe ich zum ersten Mal. Ich habe mich auch nicht so sehr in dieses Bild vertieft. Eigentlich bin ich mehr für moderne Kunst. Es hat mir gar nicht so sehr gut gefallen, aber wie gesagt, der Titel schien mir so passend für uns.« Er sank auf einen Stuhl.
Fragend sah ich Felicitas an. Sie nickte mir zu, ich eilte in die Küche, holte das Kaffeetablett und ein Glas Mineralwasser.
Er nahm einen kleinen Schluck.
»Diana und ich, wir waren uns sehr nahe. Ja, ich möchte sagen, wir haben uns geliebt. Zumindest *ich* habe sie sehr geliebt. Sie war alles, was ich mir von einer Frau ge-

wünscht hatte. Schön. Selbstständig. Erotisch. Ja, auch erotisch. Wir... Lassen wir das. Alles. Ich war ja nicht mehr ganz jung und hatte ein Idealbild. Eines, das offenbar unerreichbar war.«
Er trank wieder einen Schluck, und er tat mir leid.
»Mein Vater war aber niemals wirklich glücklich mit dieser Beziehung. Er rümpfte die Nase über die Mänzers. Nicht offen, aber ich spürte, dass er auf sie herabblickte und Vorbehalte gegen sie hatte, die ich nicht verstand. Ich solle warten, nichts überstürzen. Ich habe das nicht eingesehen. Sie kam doch aus einer angesehenen Arztfamilie, und ihre Vorfahren, die Heyms, waren einst wohlhabende Fabrikanten. Mein Vater legte eigentlich sehr viel Wert auf solche Dinge.«
Es ist immer eigenartig, ältere Männer wie Morten Reichberg von ihrem Vater erzählen zu hören. Die alten Männer verschwimmen dann irgendwie ineinander.
Felicitas warf ihrem Gast einen ironischen Blick zu.
»Ja, das haben wir gehört.«
»Aber ich hatte sowieso kein gutes Verhältnis zu meinem Vater. Er hat meinen wesentlich älteren Bruder immer vorgezogen. Die zwei haben ständig zusammengesteckt und alles Geschäftliche miteinander besprochen. Sie waren sich sehr ähnlich.«
»Und Ihre Mutter?«
»Mama? Die lebte in ihrer eigenen Welt: Bridge, Gesellschaften, Pferderennen. Sie war immer auf dem Sprung. Nervös. Eigentlich war sie eine sehr unglückliche Frau. Warum, weiß ich nicht.«
Es war für Morten wahrscheinlich nicht leicht gewesen als ernster, nachdenklicher Nachzügler in einer karriereorientierten Familie, in der Äußerlichkeiten triumphierten.
Er fuhr fort: »Nun ja, ich traf Diana dann mehr oder weniger heimlich. Doch ich war wirklich verliebt und hätte mich über meinen Vater hinweggesetzt. Auch wenn er

mich enterbt hätte. Diana wäre mir wichtiger gewesen. Leider schätzte sie das gar nicht. Sie hatte große Pläne und wollte Designerin werden. Darin lag ihr Talent. ›Vielleicht warten wir‹, meinte sie. Ich ließ mich darauf ein, in der Hoffnung, meine Familie würde sich beruhigen. Und dann war sie eines Tages weg. Ich habe nur noch ein paar belanglose Briefe von ihr bekommen. Und zweimal haben wir telefoniert.«

Ich sah Felicitas an und fühlte mich fast erleichtert.

»Und es war wirklich ihre Stimme?«

»Ja. Ganz bestimmt. Sie sprach einen ausgeprägten Karlsruher Dialekt und hatte eine sehr dunkle, schöne Stimme. Und sie wusste auch Dinge, die kein anderer wissen konnte. Was wollen Sie damit sagen? Dass sie in Wahrheit gar nicht in Amerika war?«

»Wir hatten uns eben unsere Gedanken gemacht.«

Schweigend saßen wir alle drei da. Erstmals kam mir der Gedanke, dass Morten Opfer und nicht Täter gewesen war.

»Könnte es sein«, deutete ich sehr vorsichtig an, »dass Diana mit Ihrem Vater oder Ihrem Bruder über ihre Beziehung gesprochen hat, vielleicht gefragt hat, was es eigentlich mit dem Bild auf sich hatte, ihn in Verlegenheit gebracht hat und dass er … ihr …«

Der ältere Herr setzte die Kaffeetasse ab.

»Dass er was? Dass er ihr Geld gegeben hat, damit sie mich verlässt? Meine eigene Familie? Wegen einer kleinen Veränderung in einem Bild?«

»Wann ist Ihr Vater gestorben?«

»Im selben Jahr. 1975. Er war damals achtzig Jahre alt. Doch er war noch ganz agil. Und geistig auf der Höhe. Mein Bruder war damals um die fünfzig gewesen, Jahrgang 1926. Michael mochte mich nie. Ich glaube, er hat mir nie so recht verziehen, dass ich noch gekommen bin, so spät, so unerwartet.«

Wir schwiegen wieder. Man hörte es geradezu. Hier, vor uns, bröckelten die Steine, die Mortens Welt gewesen waren. Die Frau, die er geliebt hatte, hatte ihn möglicherweise für eine Karriere weit weg von ihm geopfert.
Langsam und mit hängenden Schultern verließ der stattliche ältere Herr Felicitas' Wohnung. Die Tür fiel leise hinter ihm ins Schloss. Es klang erschreckend endgültig.
Noch wussten wir alle nicht, dass es in letzter Sekunde ein Trostpflaster für ihn geben würde. Aber eines, an das er sich würde gewöhnen müssen.

****

Für mich gehörte es allmählich zum Alltag, dass ich schlecht schlief und die Nächte aus Grübeln und Herzrasen bestanden. Auch in dieser Nacht starrte ich wieder an die Decke, als ob dort die Antwort für das Rätsel der Reichbergs und der Mänzers zu finden gewesen wäre.
Von Ferne ächzte eine letzte Straßenbahn. Vereinzelte Heimkehrer riefen sich auf der Straße etwas zu. Ein Hund kläffte, bis er heiser wurde.
Wir hatten uns so sehr darauf konzentriert, was mit Diana los gewesen war, dass wir eine wichtige Frage vergessen hatten: Warum hatte Clara Mänzer die Erpressung nach dem Krieg, als sie in Sicherheit war, nicht aufgedeckt? Eine Weile hätte sie noch stillhalten können, bis sich die chaotischen Verhältnisse in dem zerstörten Karlsruhe geordnet hätten und wieder Recht und Ordnung gesprochen werden konnte, aber dann?
Vielleicht war es ihr, der Tochter aus bestem Hause, auch im Deutschland der Nachkriegsspießer noch peinlich gewesen, ein uneheliches Kind aus der Liaison mit einem dunkelhäutigen Mann geboren zu haben, auch wenn es nicht zu sehen war. Sie wusste es aber. Und sie sah, wie wenig Wertschätzung die zahllosen Besatzungskinder

jener Zeit genossen. Andererseits ging es hier um sehr viel Geld, wenn man ihr die Kunstwerke hätte zurückgeben müssen. Geld, das sie als Witwe, die nie gearbeitet hatte, gewiss brauchen konnte. Das Familienvermögen war durch den Krieg deutlich geschmälert und ihr Sohn Robert war vielleicht zu diesem Zeitpunkt noch Student gewesen.
Ich setzte mich auf und zündete die Nachttischlampe an. Kreisrundes Licht umgab mich. Wann war Clara Mänzer eigentlich genau gestorben?
Ich sprang aus dem Bett und holte das schmale Stammbuch heraus, das mir Felicitas ganz zu Beginn unserer Recherchen mitgegeben hatte. Es dauerte nicht lange, bis ich den in steiler Handschrift gehaltenen Eintrag über Clara Mänzer gefunden hatte. Bei Baden-Baden sei sie umgekommen. Dort stand als Zusatz: *Verunglückt an den Battertfelsen Baden-Baden, 12. September 1945.*
Etwas wie trauriger Triumph machte sich in mir breit: Die Geschichte war noch nicht zu Ende. Ich hatte es geahnt. Ein böser Schatten hatte von Anfang an über der Sache mit der Uhr gelegen. So böse wie das Gesicht des Mannes am Fenster. Und außerdem: Leute, die bei Wanderungen in mitteleuropäischen Gefilden sterben und noch nicht alt sind, machen sich bei mir immer verdächtig.

****

Daniel erwies sich wieder als Zauberer. Der Mann musste das Netzwerk eines Politikers oder eines Lobbyisten haben. Auch in Baden-Baden kannte er natürlich jemanden, der uns weiterhelfen konnte – wenig überraschend handelte es sich dabei um eine Frau. Er äußerte sich nicht genauer zum Wesen dieser Bekanntschaft. Sie sei nicht mehr ganz jung, berichte seit vielen Jahren in der örtlichen Zeitung, dem Badischen Tagblatt, über Kulturelles.

Ganz früher sei sie Tänzerin und Schauspielerin gewesen.
Genüsslich lächelnd stellte er uns in einem Café in Baden-Baden einander vor. Wir waren ohne Felicitas unterwegs, die ihren Geigenkindern nicht absagen konnte.
»Die haben genau getaktete Terminkalender«, hatte sie geklagt. »Da darf nicht mal das Pferd aus dem Reitunterricht krank werden.«
Und es war vielleicht auch besser so. Meine Freundin war über den Schock, dass die hochgelobte Tante Diana nicht aus edlen Motiven heraus ausgewandert war, noch nicht so ganz hinweg. Diana war schlichtweg eine höchst berechnende Person gewesen, die ihre Liebe für Geld und ein neues Leben in New York geopfert hatte.
»Elisabeth hat alle großen Rollen getanzt«, verkündete Daniel jetzt stolz mit sonorer Verführerstimme. Die Tänzerin sah man Elisabeth Scheu heute noch an. Sie hielt sich sehr gerade und war schlank. Ihre Haut schimmerte alterslos wie Porzellan, ihre Lippen waren ebenso sorgfältig geschminkt wie ihre Nägel lackiert. Das Haar türmte sich zu einer schwarzen, natürlich gefärbten Pracht auf. Die Puppengestalt trug ein enges Kostümchen und lispelte ein wenig.
Daniel hatte sie am Tag zuvor angerufen und sie hatte nicht gezögert, uns zu treffen.
»Vielleicht kann ich euch helfen. Meine Eltern waren große Freunde der Presse, der unabhängigen Presse wohlgemerkt. Sie hassten das verlogene Zeug, das die Nazis gedruckt haben.« Elisabeth fuhr sich mit einer langen schmalen Zunge, die der einer Schlange glich, über die feuerroten Lippen. »Und als 1945 die Presse wieder unabhängig wurde und das sogenannte Badener Tagblatt, übrigens als erste Tageszeitung in der französischen Besatzungszone, eine Lizenz erhielt, haben sie alle Ausgaben gesammelt. Als Mahnung für die Nachwelt.«

Welch ein Glück. Mein Wiedereinstieg in den Beruf schien von Zufällen und guten Geistern gesäumt.
Elisabeth setzte gekonnt eine tragische Miene auf.
»Ach, ich vermisse meine Eltern. Sie waren eingesessene Baden-Badener. Oft haben sie mir erzählt, wie es zuging, als im Kurgarten Flakgeschütze aufgebaut waren zum Schutz gegen die Franzosen, die von Gernsbach heranrückten. Die wurden dann wie durch ein Wunder wieder abgebaut und Baden-Baden verschont. Meine Mama hat sich immer noch daran erinnert, wie der erste französische Panzer vor dem Kurhaus hielt. Und sie hat bei der Gelegenheit den ersten Farbigen ihres Lebens gesehen. Er hat ihr ein Pfefferminz geschenkt.«
Freiheit, dachte ich. Freiheit und Sicherheit auch für Clara Mänzer und ihr Geheimnis, das sie nun eigentlich lüften konnte. Doch kurz danach war sie tot.
»Ja, und dann waren die Franzosen plötzlich da und besetzten die schönsten Häuser. Die Stadt glich für einige Zeit einer reinen Geisterstadt. Hotels, Restaurants, Zeitungen, Briefe, Telegramme, Telefon – nichts gab es mehr. Meine Eltern haben oft davon erzählt. Es war ein Schock für die Kurstädter, die vom Krieg bisher nicht allzu viel mitbekommen hatten.«
Diese Frau und ihre Eltern waren ein echter Volltreffer. Was hätte ich im Fall von Felicitas Mänzer erreichen können, wenn sich die Geschichte schon in der Zeit des Internets abgespielt hätte? Nichts Gedrucktes hätte ich mehr vorgefunden und keinen Menschen, der sich an Geschriebenes erinnerte. Weil alles zu viel und zu schnell im Takt von Mausklicks ging und gelöscht wurde, wenn es keine Bedeutung mehr hatte.
Elisabeth befeuchtete ihre Lippen erneut – wahrscheinlich ein Tick.
»1951 erschien dann erstmals das Badische Tagblatt, für das ich heute arbeite. 1968, als die Studentenrevolte um

sich griff, haben meine Eltern empört mit dem Sammeln aufgehört. Sie wollten von den sogenannten Beatniks nichts wissen. Die Guten lebten ein wenig in der Vergangenheit. Der vor den Kriegen natürlich.«
»Und wo sind diese alten Ausgaben?«
»In meinem Keller. Dass noch mal jemand danach fragt, hätte ich nicht gedacht. Sie können gerne mitkommen. Eine Freundin von Daniel ist auch eine Freundin von mir.«
Ich beleuchtete den Aspekt mit Daniel lieber nicht genauer.
Was Elisabeth als Keller bezeichnete, wäre bei mir glatt als Wohnraum erster Klasse durchgegangen. Tapeziert, gefliest, mit Bildern, Spiegeln und kleinen hängenden Pflanzen. Schränke aus grauem Material, das wie Holz aussah. Nichts stand im Weg, nichts hing sinnlos herum, außer vielleicht zwei Ballettschühchen mit braunem, altem Blut an der Spitze, die an einem Nagel baumelten. Sonst war alles picobello sauber und ordentlich. Elisabeth krauste die gerade Alabasterstirn und glitt mit der Hand über die Schränke.
»Hier muss es sein.« Sie öffnete die Türen und im Inneren standen Ordner, natürlich ebenfalls sauber beschriftet. »Es muss ja der erste Ordner sein. 1945. September. Kurz nach der Gründung dieser Zeitung.«
Sie blätterte und ihr dunkelroter Nagel des Zeigefingers glitt über die Nachrichten. Das Fenster zu einer fernen, fremden Zeit wurde aufgestoßen: Es ging um Plünderungen und Lebensmittelkarten sowie Ausgabestellen für Ausweise, um die Zone verlassen zu können. Man berichtete von Stichflammen, die irgendwo hoch gezischt waren, und über die Aufnahme von Flüchtlingen. Es ging um Schüsse, die aus den Wäldern, wo die Eroberer das heimische Wild jagten, erklangen, um Straßenlaternen, die zerstört wurden, um bedrohliche Dunkelheit in der Stadt. Nachrichten

aus Frankreich und Bilder von verhafteten Leuten ergänzten das eher magere Blatt. Dann fanden wir die gesuchte Rubrik:

Aus unserer Stadt
Am Battertfelsen stürzte am Wochenende eine Wanderin aus Karlsruhe ab. Sie muss auf den glitschigen Steinen ausgerutscht und in die Tiefe gestürzt sein, obwohl sie festes Schuhwerk trug. Die Polizei vernahm einige Zeugen, die die beiden Frauen zuvor beobachtet hatten. Als die eine Wanderin umdrehte, sei ihre Begleiterin noch weitergegangen, obwohl es zu regnen begonnen hatte. Hinter einer Felsgruppe sei die Verunglückte dann verschwunden und auf dem steileren der beiden Pfade weitergelaufen. Die Polizei hat den Fall als Unglück zu den Akten gelegt und warnt vor unsachgemäßem Besteigen der Felsen.

Ich ließ das Blatt sinken.
»Aha. Sie waren also zu zweit unterwegs gewesen. Das hatte ich mir gedacht. Und was bedeutet ›auf dem steileren der beiden Pfade‹?«
Sie richtete sich auf. Ihre Augen blitzten vor Unternehmungslust.
»Ich kann es dir zeigen. Machen wir einen kleinen Ausflug.«
Wann hatte sie eigentlich angefangen, mich zu duzen? Wahrscheinlich hielt sie mich für eine von Daniels Freundinnen, mit denen sie die Erinnerung an schöne Stunden mit ihm teilte.
Daniel hatte sich währenddessen in Baden-Baden umgesehen und kehrte mit zufriedener Miene und einer kleinen Plastiktasche zu uns zurück.
»Neues Poloshirt. Bisschen optisch aufrüsten.«
»Na prima.« Elisabeth und ich tauschten ein Lächeln.

»Obwohl es gar nicht nötig wäre.« Er grinste wissend. »Weißt du, es gibt so wenige Männer in meinem Alter, die passabel aussehen, nett und intelligent sind und keine finanziellen Interessen haben. Dagegen steht ein Heer liebesbedürftiger Frauen in mittleren Jahren, denen das Poloshirt egal ist.«

»Und die einsam sind!«

»Die meisten sind verheiratet«, erwiderte er ernst. »Sie sind einsam in ihrer Ehe!«

****

Elisabeth fuhr einen alten Citroën mit offenem Verdeck, der ebenso zu ihr passte wie der Louis-Vuitton-Shopper auf dem Rücksitz. Sie bemerkte meinen Blick.

»Mehr als eine Tasche«, sagte sie mit einem Schmunzeln. »Lebensgefühl!«

Gemütlich gondelten wir in ihrem spektakulären Auto eine schmale Serpentinenstraße hoch zum sogenannten Alten Schloss. Die beeindruckende Ruine, weit oberhalb der Stadt, blickte hinunter auf das noble Städtchen im Oostal, auf die anmutigen Gebäude von Casino und Trinkhalle. Nackte Wände, leere Fenster, Moos, Gras, Stein, vergilbte Tafeln. Dies hier war ein anderes Baden-Baden, eines für Rustikale und Wanderfreunde.

Elisabeth wies auf einen ansehnlichen Waldweg vor der Ruine hin, auf dem schon einige Spaziergänger wandelten.

»Hier, auf diesem breiteren Weg, kannst du ganz bequem sogar auf Krücken bis nach Ebersteinburg wandern. Den nannte man früher den Franzosenweg. Den nehmen die meisten. Hier links sind dann diese steilen Kletterfelsen, die nur durch halsbrecherische Manöver zu erobern sind, und oberhalb von ihnen kann man auf einem Felsenweg auch nur als sehr geübter Wanderer entlanglaufen. Wie-

der oberhalb davon gibt es aber noch einmal einen deutlich bequemeren Pfad, von dem aus man die sich plagenden Kletterameisen da unten herrlich beobachten kann. Den kennen nur wenige. Alle denken, mit den Felsformationen ist Schluss. Aber der Förster muss ja überall in den Stadtwald gelangen können und ich denke, das waren auch alte Schmugglerpfade.«
»Das leuchtet ein.«
Elisabeth wies auf ihre Ballerinas.
»Wisst ihr was? Seht ihr euch in Ruhe um und ich setze mich hier auf ein Mäuerchen, genieße den Ausblick und warte auf euch. Ich fahre lieber Auto, als zu laufen, und mit diesen Schuhen würde mich jede Bergrettung links liegenlassen.«
»Okay. Danke, Elisabeth.«
Daniel winkte ihr augenzwinkernd zu und eilte mir nach. Ich stand am Beginn des bequemen Wanderweges.
»Da ist sogar eine Schautafel.«
Daniel klappte seine altmodische Lesebrille auf, die ihm einen besonders intellektuellen Charme verlieh. Das Schild war schon ziemlich verwittert und hatte die nostalgische Anmutung der Fünfzigerjahre. Deutlich konnte man auf der schematischen Darstellung des Wandergebietes drei Ebenen erkennen, auf denen man sich vom Alten Schloss in Richtung des eingemeindeten Bergdorfs Ebersteinburg bewegen konnte. Der breite Weg, auf dem wir standen, eine Art Klettersteig oberhalb der steilen Felsen, und etwas darüber noch ein weiterer, schmaler, aber nicht halsbrecherischer kleiner Pfad. Interessanterweise kreuzten sich der Felsenweg und der Pfad immer mal wieder und gaben wahrscheinlich mutigen, aber müden Kletterern die Chance, aus dem Abenteuer auszusteigen und gemütlich wieder nach unten zu gehen.
Ich starrte auf die Topografie. Hörte nicht die Vögel singen, nicht das Holz im Wald knacken und roch nicht die

frische Tannenluft. Das Schild mit den blass eingezeichneten Wegen war so klar, als sehe ich eine Anweisung zum Mord vor mir.
Meine Stimme musste gekrächzt haben, als ich mehr feststellte, als fragte: »Gut. So ist es passiert. Clara Mänzer war also offenbar nicht allein unterwegs gewesen. Sie war mit einer anderen Frau zusammen, wie es ja hier auch in der Zeitung stand. Gemeinsam ist man auf den Felsen herumgeklettert und hat dann den oberen Weg beschritten. Die andere Frau hat dann Clara gegenüber wahrscheinlich eine Ausrede gebraucht, warum sie umdrehen und später nachkommen wollte. Zum Beispiel, es sei ihr übel oder sie habe etwas verloren.«
»Maren, das klingt wie ein Drehbuch zu einem Film, der nur in deinem Kopf existiert!«
»Oh nein. Das Drehbuch hat eine eiskalte Mörderin geschrieben. Wir lesen es jetzt nur. Der Film ist abgedreht. Glaub mir, sie sagte, Clara solle schon vorausklettern. Dann ist die andere Frau ein Stück auf den Felsen zurückgelaufen und hat den nächsten Abzweig zu dem bequemeren Weg etwas oberhalb der Felsen genommen. Dort, wo die beiden Wege wieder zusammenliefen, hat sie Clara überrascht und sie hinuntergestoßen.«
»Das ist doch ein Fantasiegebilde! Am Battert gab es natürlich viele Tote im Laufe der Jahrzehnte des hiesigen Klettertourismus', aber das waren unvorsichtige Wanderer.«
»Clara war nicht unvorsichtig. Sie war eine geübte Sportlerin. Das ist bekannt.«
»Wer soll aber die andere Frau sein?«
»Das ist doch klar. Luise von Gleiburg, verheiratete Reichberg. Sie hat ihre Freundin kaltblütig umgebracht, damit sie nicht auspackt und den Behörden von den Erpressungen während der Hitlerzeit erzählt. Ich weiß, dass auch Luise eine gute Bergziege war. Ich habe ein entsprechen-

des Foto bei den Reichbergs zu Hause gesehen. Und die beiden Frauen sind schon früher miteinander gewandert und geklettert. Das ist ebenfalls verbürgt.«
»Und wenn sie zusammen unterwegs waren ... So ohne Weiteres mordet man doch nicht! Eine langjährige Freundin. Stell dir den Blick vor, als sie heruntergestürzt ist! Wer kann diesen Blick aushalten?«
»Luise konnte ihn aushalten. Oh doch, Daniel! Für die Reichbergs und vor allem für Luise ging es um alles. Der Ruf der Familie wäre für immer ruiniert gewesen. Keine lukrativen städtischen und staatlichen Aufträge im Nachkriegsdeutschland mehr. Ächtung drohte ihnen, denn sie waren Nazis. Nicht nur Mitläufer. Erpresser und Rassisten. Und wir wissen, wie sie das schöne Leben liebten. Wie Luise ihre Freundin dazu gebracht hat, von Kriegsende bis in den September stillzuhalten, wissen wir nicht. Wahrscheinlich hat sie ihr versprochen, alles zurückzugeben und sich zu stellen.«
»Maren, du willst mir also erklären, dass wir es hier mit einem eiskalt geplanten Mord zu tun haben?«
»Und ob! Schade nur, dass die Mörderin tot ist. Mord verjährt in diesem Land nämlich nicht.«
»Und die Erpresser sind auch längst verstorben. Beweise gibt es auch nicht mehr. Alles vorbei.«
»Nicht ganz. Dieser Fluch wirkt bis heute. Die Reichbergs besitzen immer noch Dinge, die den Mänzers oder den Heyms gehört haben. Wir haben die Statue selbst gesehen.«
Daniel schüttelte den Kopf.
»Wenn das alles stimmt ... Das wäre ja ganz furchtbar. Ist dieser Unfall denn niemals angezweifelt worden?«
Ich seufzte.
»1945? Da hatte die deutsche Polizei, so wie sie überhaupt schon wieder eingesetzt war, anderes zu tun, als den Tod einer unvorsichtigen Touristin aus Karlsruhe zu

untersuchen. Was glaubst du, was hier in der Stadt los war? Alle Häuser besetzt, beschlagnahmt, und die französichen Soldaten waren nicht gerade zimperlich. Die Stadt stand wenigstens noch. ›Baden-Baden wollen wir verschonen, denn dort wollen wir wohnen!‹«

Daniel musterte mich anerkennend: »Du kennst dich aus.«

»Ich hatte immer mal wieder Aufträge aus Baden-Baden. Da hat man das Geld, um sich jemand wie mich leisten zu können. Wir haben natürlich für all das keine Beweise. Es sind nur Vermutungen, aber sie passen alle zu gut zusammen. Luise und Clara sind schon als junge Mädchen gemeinsam gewandert, man sieht es, wie gesagt, auf einem der vielen Familienfotos, die mir Felicitas gezeigt hat. Luise musste Clara und ihr Wissen unbedingt schnellstmöglich loswerden.«

Daniel setzte sich auf einen Baumstamm.

»Es hört sich alles abenteuerlich an. Doch praktischer war es für Luise schon, wenn die einzige Zeugin tot war. Ihren Kindern hat sie nichts gesagt. Wahrscheinlich war das Teil des schmutzigen Deals.«

»Da bin ich mir nicht sicher. Ihr Mann hat natürlich von allem gewusst und es vielleicht sogar angeregt. In diesen Zeiten haben Frauen keine Erpressungen in großem Stil allein durchgeführt. Morten hat gesagt, sein Bruder habe dem Vater viel näher gestanden als ihm und sei Morten gegenüber verschlossen und abweisend gewesen. Einer muss ja auch Diana das Geld gegeben haben, damit sie nach New York gehen konnte. Ich denke, das war Michael Reichberg. Sein Vater Wolfgang war zu dem Zeitpunkt schon ein sehr alter Mann und hat seinen Lieblingssohn wahrscheinlich die Schmutzarbeit machen lassen. Morten hat uns erzählt, dass Vater und Bruder gegen die Verbindung mit einer Mänzer waren. Und dies vermutlich aus verschiedenen Gründen. Schließlich kannten sie Roberts Herkunft, und sie waren tief im Inneren noch immer Rechts eingestellt.«

Daniel lehnte sich gegen einen Baum und rieb sich nachdenklich die Nase.

»Ja. So könnte es gewesen sein. Aber ich weiß nicht, ob wir dieses Verbrechen nicht lieber ruhen lassen sollten. Felicitas' Glück ist gefährdet, wenn wir ihr von diesem schrecklichen Verdacht erzählen.«

Da war ich anderer Meinung: »Daniel, was für ein Glück könnte das sein, jetzt, da sie weiß, dass Max' Familie die ihre erpresst hat. Jetzt, da sie verdauen muss, dass ein Teil ihrer eigenen Familiengeschichte nichts als eine Lüge war. Lass uns darüber nachdenken. Aber ich glaube, wir gehen besser zurück. Deine Elisabeth wartet.«

»Es ist nicht meine Elisabeth. Ich führe ein Leben ohne Besitzansprüche.«

»Dann eben *eine* Elisabeth.«

****

Zu Hause überfiel mich wieder jene typische Unruhe, die in diesem Stadium eines Falles auftritt. Ich musste mit jemandem reden, der mich verstand.

Melchior war nicht da. Natürlich könnte ich zur Kriminalpolizei gehen, meinen Verdacht äußern. Sie würden mir erfahrungsgemäß sowieso zunächst nicht glauben. Dann würden sie einen lieblosen Blick auf den Fall von damals werfen und ihn erneut zu den Akten legen, da alle Beteiligten verstorben waren. Die Presse würde Wind davon bekommen. Felicitas' Ruf und ihre Geigenschule wären gefährdet, denn auch wenn sie nichts mit den Vorkommnissen von damals zu tun hatte, so würde doch etwas an ihrem Namen kleben bleiben. Mord ist ein hässliches Wort. Nein, die Sache musste begraben werden. Und doch widerstrebte es mir, einen Mord einfach so zu übergehen. Zumindest Morten sollte davon erfahren. Und nicht nur er. Nein, die ganze Familie.

Ich war wieder zu Gast in Durlach, und im Gepäck hatte ich diesmal unsere Geschichte.
Die eitle, oberflächliche Monnika saß da wie eine erstarrte Barbiepuppe, mit einem festgefrorenen Lächeln, leeren Augen und schien nichts zu begreifen. Max schüttelte den Kopf, als habe er Wasser in den Ohren. Er war ein schöner Mann, doch durch diese Geste wirkte er jetzt wie ein junger Cockerspaniel. Mortens Miene hingegen war wie versteinert. Ich konnte mir vorstellen, was in ihm vorging, sollte er meine Geschichte glauben. Seine Geliebte hatte ihn verlassen, weil sie das Geld vorzog, das ihr sein Bruder Michael angeboten hatte. Er hatte ein lästiges Fräulein Mänzer loswerden wollen und es war ihm perfekt gelungen. Sein Vater wiederum hatte eine befreundete Familie erpresst, war wahrscheinlich ein überzeugter Nazi gewesen und das hatte Mortens Lebensglück gekostet. Und seine feine Mutter war nichts als eine feige Mörderin gewesen.
Ich fuhr fort: »Den Verbleib von Dianas Tagebüchern werden wir nicht endgültig klären können. Vielleicht hat Wolfgang Reichberg sie gestohlen, als er erfahren hatte, dass er nicht mehr lange leben würde und die letzten Spuren beseitigt werden mussten. Gerade für einen distinguierten älteren Herrn war es einfach, in Felicitas Mänzers Wohnhaus zu gelangen. Er wusste vermutlich, wo er suchen musste. Und wenn er sie nicht gefunden hätte – nun, nach seiner Leiche die Sintflut. Beweise dafür haben wir aber nicht. Es kann, aber es muss nicht so gewesen sein. Manche Fragen werden nie beantwortet. Wir sind nicht in einem Kriminalroman.«
Monnika erwachte aus ihrer Starre. Ihre Stimme wurde schrill, ihr Mund verzerrte sich: »Sie sagen es selbst.

Das sind alles nur Behauptungen und Lügen. Was unterstehen Sie sich, meinen Schwiegervater einen Dieb zu nennen und meinen Mann einen …« Ihre Stimme brach. »Verlassen Sie sofort unser Haus!«
In ihren Augen stand Panik, da ihr nun dämmerte, auf welchem Treibsand ihr Leben aufgebaut gewesen war. Sie war schon mit Michael verheiratet gewesen, als er sich mit Diana getroffen hatte. Und sie hatte nichts bemerkt.
»Ich will niemanden von Ihnen mehr sehen. Sie nicht, und Ihrer sauberen Freundin, diesem Bastard, können Sie das ebenfalls bestellen. Sie können nichts von alledem beweisen. Ich werde unseren Anwalt auf Sie hetzen!«
»Mama, bitte lass das. Wir müssen alles in Ruhe besprechen.« Max legte seiner Mutter eine Hand auf die Schulter, doch die Hand zitterte. Er bemühte sich sichtlich um Schadensbegrenzung, aber auch ein Teil seiner Welt war zusammengebrochen.
»Sorgen Sie sich nicht, Frau Reichberg. Auch ich möchte in Zukunft keinen Fuß mehr in Ihre Nähe setzen!«, sagte ich kühl.
Sie starrten mich alle an. Ich war allein zu ihnen gekommen. Ohne Daniel und natürlich ohne Felicitas. Angst hatte ich keine gehabt. Sie würden mir nichts tun, da war ich mir sicher gewesen. Sie hatten nicht die böse Energie ihrer Vorfahren. Und im Grunde hatte ich sowieso von allem genug. Ich hatte genug von dem Mann am Fenster und von der verdammten Uhr.
Clara hatte sie hineingemalt, in der verzweifelten Hoffnung, irgendjemand in der Zukunft würde das Zeichen, das mit dem Bild etwas nicht stimmte, lesen und seiner Geschichte nachgehen. Eine schwache Hoffnung, die auch beinahe enttäuscht worden wäre, wäre ich nicht krank geworden.
Als Clara den Pinsel führte, hatte sie nicht gewusst, dass das Tausendjährige Reich nicht mehr lange währen wür-

de. Mit Beklommenheit mochte sie die Uhr als Schatten in das Bild gemalt haben, doch die Erpresser hatten nichts von der winzigen Fälschung bemerkt. Sie hatten sich die gestohlenen Kunstwerke wahrscheinlich niemals wirklich genau angesehen. Nicht einmal die durchschnittlichen elf Sekunden. Und so waren sie ahnungslos geblieben. Einige Kunstwerke hatten sie verkauft, andere vielleicht als Bestechung verwendet, um Aufträge zu bekommen. Wie viele es waren, würde man niemals wissen. Den Abraham Teniers hatten sie jedoch behalten. Vielleicht hatte ihnen der Titel gefallen.

Wolfgang und Michael Reichberg hatten über die Erpressungen Bescheid gewusst, der unerwünschte Nachzügler Morten hingegen nicht.

Morten?

Als ich mich an der Tür noch einmal umdrehte, sah ich ihn nicht mehr. Die Tür zum Garten war geöffnet. Er war gegangen.

FÜNFZEHN

In den folgenden Stunden igelte ich mich erschöpft zu Hause ein. Es ging mir jedes Mal so, wenn ich ein kleines Stück von dem Vorhang zur Seite gezogen hatte, der das Böse verhüllte.
Ich lag auf dem Sofa und starrte an die Decke, als der Rechner zwitscherte, um eine neue Mail anzukündigen. Es war Daniel:

Wie lief es? Ich war bei Felicitas. Sie fängt an, alles zu begreifen. Komm doch morgen mal vorbei!

Morgen! Ja, morgen konnte ich vielleicht zu ihr gehen. Heute brauchte ich endlich meine Ruhe. Und meinen Seelenfrieden.

****

Daniel und ich saßen bei Felicitas auf dem Sofa - zwar nebeneinander, doch wir hielten sorgsam Abstand. Pfötchen schien das zu spüren und hatte sich genau zwischen uns aufgebaut. Oh Gott, ich kannte das doch alles. Daniel und ich hatten einen Fall zusammen aufgeklärt. Unseren ersten Fall. Das schweißte zusammen und bald würde mehr daraus werden. Er war mir sympathisch. Ich ihm vielleicht auch. Er konnte charmant sein. Ich im Moment nicht, aber mit der Zeit würden alte Wunden heilen.
Die Maren von heute würde eigentlich mehr zu dem wortkargen Biologen passen. Nein, die Maren von heute passte noch zu niemandem.
Felicitas hatte uns gegenüber in einem Sesselchen Platz genommen und sah so verschwollen aus, als habe jemand

sie verprügelt. Sie musste stundenlang geweint haben und sich jetzt ganz leer fühlen.
Sie kramte ein besticktes Taschentuch hervor und schnäuzte sich trotzig.
»Ich mache Schluss mit Max. Seine Leute haben meine Familie erpresst und uns ein Vermögen gestohlen. Und sie haben meine Tante verscheucht. In Amerika ist sie einsam gestorben. Nichts bleibt mehr von unserer Familie. Niemals könnte ich mit Max leben. Es käme niemals etwas Gutes aus einer Liaison zwischen einem Reichberg und einer Mänzer heraus.«
»Felicitas, das ist die Vergangenheit. Max hat mit den Untaten seines Großvaters nichts zu tun.«
»Und denen seines Vaters. Und was ist mit den Genen? Es steckt in den Genen.«
»Unsinn. Wir sollten den Genen auch nicht zu viel Macht geben!«
Hatte ich das gesagt? Ich, die ich von der Kontinuität von Familien lebte?
Mein Handy zwitscherte wieder. Diesmal die lang erwartete Nachricht von Theo aus Amerika:

Dearest Maren. Du hast es mal wieder geschafft. Sogar über den großen Teich. Die Straße in Brooklyn konnte ich finden, denn das Kino »Manhattan Jewel« existiert zwar nicht mehr, doch das Stadtarchiv New York hat seit Neuestem Hunderttausende von alten Straßenansichten ins Netz gestellt. Die verstehen ihr Handwerk, die Jungs.
So konnte ich die Straße auf dem Bild und die Ecke, Corner sagen sie hier, leicht finden. Und auch die Nummer 8. Früher war das wohl nur eine ebenerdige Wohnung oder ein kleiner Laden mit einer Art Schaufenster. Heute ist dort eine etwas flippige, zweistöckige Boutique, die der Tochter der früheren deutschen Besitzerin gehört. Die Besitzerin selbst ist tot. Wohl an Krebs verstorben.

Ihre Tochter konnte ich auch sprechen. Sie ist Anfang vierzig, ganz lustig, sehr nett und hat (in schlechtem Deutsch, leider) gesagt: »Ich kam schon aus Deutschland mit.« Sie ist mit einem Arzt verheiratet und hat zwei Kinder. Ich schicke dir nachher ein Bild von ihr aufs Handy.

Ich starrte die Nachricht an. Ungläubig. Doch Theo hatte die moderne Technik verstanden und ließ der ersten Nachricht gleich die zweite folgen. Jetzt hatte er also sogar gelernt, Anhänge zu verschicken.

Hallo, ihr da. Dies ist ein Foto von Diana, welches mir ihre Tochter schickte, und das ist eins von ihrer Tochter Mirella selbst!

Ich blickte auf die Fotos und konnte es nicht glauben. Theo schrieb dazu lakonisch:

Ich bin ja kein Spezialist für solche Fälle, aber eure Diana war wohl schon ein bisschen schwanger, als sie in New York ankam. Zumindest hat mir das eine ältere Frau aus dem Lebensmittelladen (sie sagen Deli hier dazu, seltsam oder?) gegenüber erzählt. Auch eine ehemalige Deutsche aus Saarbrücken. Sie hat heute noch einen moselfränkischen Dialekt zum Schneiden. Tja, so spielt das Leben! Man wird hier ganz locker. Bis bald.

»Theo wird locker. Oh Gott. Und wir haben uns geirrt. Es war nämlich alles ganz anders«, sagte ich langsam und immer noch ungläubig. Ich reichte Daniel das Handy. Er warf einen Blick darauf, grinste und gab es an eine fassungslose Felicitas weiter.
Die starrte das Foto an. Ich schüttelte den Kopf.
»Dianas Weggang nach New York und ihr Kontakt mit Michael oder Wolfgang Reichberg hatte vollkommen andere

Gründe. Sie sagte einem von beiden, dass sie schwanger war, wohl wissend, dass die Familie Reichberg sie dann loswerden wollte. Sie hatte keine Ahnung warum, aber Morten hatte mit ihr darüber gesprochen, dasss sie sie nicht mochten. Sie sei ihnen nicht gut genug.«
Felicitas hatte aufgehört zu schniefen. Sie hörte nun aufmerksam zu.
»Die Reichberg-Männer wollten ihrerseits verhindern, dass Morten von seiner Vaterschaft erfuhr. Sie waren immer noch Rassisten und wünschten kein neues Familienmitglied mit schwarzer Vergangenheit. Und sie wollten aus gutem Grund erst recht keine Mänzer in der Familie.«
»So?«, fragte Felicitas funkeläugig. »Aha!«
Ich schmunzelte.
»Ja, und deshalb haben sie Diana Geld gegeben, damit sie in New York ein neues Leben anfangen konnte. Wahrscheinlich, das hört sich jetzt verrückt an, hat sie den Uhrenschatten niemals gesehen. Diana hat das Bild zurückgelassen, tja, weil sie es ganz einfach nicht haben wollte. Es gehörte in die Familie und damit zu ihrer muffigen Vergangenheit. Sorry, Felicitas, aber deine Tante war ein Biest.«
»Also bitte!« Felicitas protestierte, aber es klang schwach.
»Diana hatte bei ihrer Ankunft in Amerika einen kleinen Import aus Deutschland dabei. Und ich muss sagen: Mirella hat schon was von Morten«, bemerkte Daniel amüsiert. »So um die Augen herum. Dieses helle Grau. Es ist eindeutig das Reichberg-Grau! Sag einer, es kommt nichts Gutes bei einer Verbindung von Reichberg und Mänzer heraus.«
Wir standen auf, stellten uns links und rechts hinter Felicitas, und starrten alle noch einmal die Aufnahme an. Mirella hatte tatsächlich graue Augen, doch damit endete auch die Ähnlichkeit mit den Reichbergs. Denn sie war dunkelhäutig!

DANK

Danke an meine Leser, die Maren vermisst haben.
Jetzt ist sie wieder da!

Stammbaum der Familie Mänzer

Urgroßmutter Alberta Heym (geb. Debertin) 1880–1932 ⚭ Urgroßvater Heym † 1917

Urgroßvater Alfred Mänzer † 1944 ⚭ Urgroßmutter Clara Mänzer (geb. Heym) 1901–1945

Großmutter Gitte ⚭ Großvater Robert Mänzer 1921–1984

Vater Sempermann ⚮ Mutter Liselotte Sempermann (geb. Mänzer)

Tante Diana Mänzer *1953

Felicitas Mänzer *1972

Stammbaum der Familie Reichberg

Wolfgang Reichberg 1895–1975 ⚭ Luise Reichberg (geb. von Gleiburg) *1901

Monnika Reichberg *1953 ⚭ Michael Reichberg *1926

Morten Reichberg *1942

Max Reichberg *1975